aufbau

AUFBAU VERLAGSGRUPPE

Kathrin Groß-Striffler

Gestern noch

Roman

Aufbau-Verlag

ISBN 978-3-351-03206-7

Aufbau ist eine Marke
der Aufbau Verlagsgruppe GmbH

1. Auflage 2007

Einbandgestaltung Andreas Heilmann, Hamburg
Druck und Binden Druckerei C. H. Beck, Nördlingen
Printed in Germany

www.aufbau-verlag.de

Immer wieder habe ich erwogen, die Geschichte von Maria und Johann zu erzählen, die auch meine Geschichte ist, doch was war es, das mich davon abhielt, war es Angst, Angst davor, dass ich ihr Ende festschreiben würde, wenn ich es ausspräche? Maria ist nicht mehr bei mir und wird auch niemals wiederkommen, das ist die Wahrheit, und die Wahrheit ist schmerzlich und befreiend gleichermaßen. Jetzt fühle ich mich in der Lage, den beiden ein Denkmal zu setzen – Maria und Johann, meinem Bruder. Ein Denkmal in Form einer schlichten, bescheidenen Erzählung, so schlicht und bescheiden wie die Menschen, von denen sie handelt. Ich hoffe, sie wird mir gelingen.

Ich war fünfzehn, als die Geschichte begann. Es gibt das Bild eines unbekannten Malers, das ich auf dem Dachboden gefunden habe, bevor ich auszog, es zeigt eine weite, hügelige Landschaft, am Horizont von bläulich schimmernden Bergen umgeben. Zitronengelb blüht der Raps auf den Feldern, daneben wächst, noch hellgrün, die Wintergerste. Etwas Schwermütiges liegt über der Landschaft, und man fragt sich, warum, schmiegen sich doch die kleinen Dörfer mit ihren hellroten Dächern so anmutig in die Senken, zieht sich ein Flüsschen so keck windend durch das Land, dass man sein fröhliches Glucksen zu hören vermeint – und dennoch: Ganz sich selbst überlassen erscheint der Landstrich, abgegrenzt gegen den Rest der Welt, rasch über den Himmel ziehende Wolken werfen dunkle Schatten auf die Erde, und über den Bergen, aus deren Nadelgehölz bläulich weiß der Dunst aufsteigt, liegt

Stille. Nichts scheint sich zu bewegen. Wartend verharrt das Land.

Gestern habe ich das Bild aus meiner Schreibtischschublade genommen und aufgehängt – es soll meine Erinnerungskraft schärfen. Maria hat es nicht gesehen, als sie bei mir war, und darüber bin ich froh, denn ich bin mir sicher, dass es unsere gemeinsame Zeit noch verkürzt hätte. Jetzt hilft es mir, die zurückliegenden Ereignisse deutlich vor mein inneres Auge zu rufen – jenes Jahr, als die Sonne schon im Frühling heiß vom Himmel herunterschien und nächtliche Gewitter ergiebige Regenfälle brachten, sodass eine gute Ernte zu erwarten war. Auf dem Bild sieht man eine kleine Stadt; dort wohnten Johann und ich und unsere Eltern, und dort wohnte auch Maria. Johann und ich waren die Söhne von Charlotte und Anton, die jedermann in unserem Teil der Kleinstadt Oma und Opa Andres nannte, obwohl sie noch gar keine Enkelkinder hatten. Ich bin ein Nachkömmling; fünfundvierzig Jahre war meine Mutter bei meiner Geburt gewesen. Johann war, als die Geschichte begann, vierunddreißig und ich, wie gesagt, fünfzehn. Die alte fränkische Kleinstadt, in der wir lebten, war zweigeteilt – in eine Ober- und eine Unterstadt. In der Oberstadt, die von uns in einer Mischung aus Ehrfurcht und Abwehr »Millionenviertel« genannt wurde, lebten die Lehrer, zwei Rechtsanwälte, ein paar Kaufleute, die Ärztin und der Apotheker, von denen noch die Rede sein wird. In der Unterstadt wohnten wir, die Bauern, unsere Häuser säumten den Marktplatz. Wenn man durch die Eingangstür eines dieser Häuser trat, stand man in einem dunklen Gang, von dem das Wohnzimmer und die Küche abgingen. Der Gang führte hinaus in einen schmalen Hof; links dampfte der Misthaufen, rechts waren die Kälberställe, und weiter unten, unter dem Kornspeicher, in dem Heu, Stroh und Getreide gelagert wurden, befand sich der Kuhstall und, in unserem Fall, der Pferdestall. Alles war winklig und eng, und die Gülle sickerte über den Weg, der zum Hoftor führte. Unsere Mutter hielt auch Hasen, die sie in ausrangierten Kleiderschränken untergebracht hatte. Es roch nach Heu, nach Mist, nach Tieren, und wenn die Sonne hoch stand und in unseren Hof hineinleuchtete, tanzte der Staub auf den Strahlen.

Unser Vater war der jüngste Sohn eines Landwirts im Nachbarort; der älteste hatte, wie es Brauch ist, den Hof bekommen, und die beiden anderen mussten sich entweder Arbeit suchen oder in einen Hof einheiraten. Der mittlere Bruder wurde Schlosser; Anton hingegen hatte, wie er uns zu erzählen pflegte, als ich noch ein kleines Kind war, eines Abends das Pferd vorgespannt, war in den Nachbarort gefahren und hatte Charlotte, die er von gelegentlichen Tanzveranstaltungen kannte und die das einzige Kind und somit die Hoferbin war, einen Brief überreicht. Was darin stand, sagte er nicht, nur dass Charlotte rot geworden war, als sie ihn entgegennahm, rot »wie eine Tomate«, dass sie ihn hereingebeten und ihm einen Schnaps serviert hatte. Ich sehe sie vor mir: wie sie schüchtern, die Augen gesenkt, im Zimmer umherhuschte, die Hände, als sie Anton endlich gegenübersaß, im Schoß verschränkt hielt, wie die einfache Stofflampe, die noch heute in unserer Wohnküche hängt, ihr Gesicht beleuchtete; wie Charlotte vorgab, nach draußen zu horchen, wo Hella, das Pferd, ungeduldig stampfte. Ob sich meine Mutter gefragt hat, was meinem Vater wichtiger gewesen sein mochte, sie oder der Hof? Viel gesprochen wurde sicher nicht an jenem Abend, denn mein Vater war kein Mann großer Worte; er mag sich nach dem Stand der Ernte erkundigt haben, nach der Größe der Äcker, nach der Milchleistung der Kühe. Auf dem Tisch zwischen ihnen lag der Brief, ungeöffnet; »An Charlotte Meindel« hatte mein Vater in kindlicher Handschrift darauf geschrieben. Der Brief ist seit kurzem in meinem Besitz; wenn ich ihn hervorhole und lese, rührt mich die Ernsthaftigkeit und Geradlinigkeit, mit der mein Vater sein Ziel verfolgte, aber ich sehe auch, dass ihm jede romantische Regung abging, dass es ihm nie eingefallen wäre, um die Frau seiner Wahl zu werben. »Zu einem Mann gehört eine Frau«, steht da, »und zu beiden ein Hof«; ein harter Arbeiter sei er und grundehrlich und treu und sie könne sich auf ihn verlassen, was immer auch geschehen möge. Auf dem heimatlichen Hof sei er überflüssig, er, der »bei voller Manneskraft« sei und darauf brenne, zu zeigen, was in ihm stecke. Es fällt mir schwer, mir meinen Vater als kräftigen, zupackenden Bauern vorzustellen, da er infolge seiner Krankheit in den letzten zehn Jahren seines Lebens zu einem dürren Männlein geworden war, dessen zotige Witze seiner Umgebung, insbesondere seiner Frau, ein Übermaß an Gleichmut abverlangten, doch wo mich meine Fantasie verlässt, hole ich mir unser Familienalbum zu Hilfe, in das meine Mutter im Lauf der Jahre die wenigen Fotos, die von unserer Familie gemacht wurden, eingeklebt hat. Sie selber war keine Schönheit, auch in jungen Jahren nicht; ihre untere Zahnreihe stand ein wenig vor, sodass es aussah, als sei ihre Unterlippe ständig schmollend vorgeschoben, was ihr einen mürrischen Ausdruck verlieh, ihre Haare waren von gleichmäßigem Braun, das bald zu Graubraun wechselte, und wenn sie lachte, sah man den breiten Spalt zwischen ihren Schneidezähnen. Sie hatte einen kräftigen Körper, gut geeignet für das harte Leben einer Bauersfrau, und sie trug, solange ich mich erinnern konnte, jene ärmellosen Kittelschürzen, die ihre derben Oberarme betonten. In dem Jahr, in dem meine Geschichte beginnt, war sie sechzig; sie war dick geworden, und sie war nicht mehr gut zu Fuß, klagte über Schmerzen in den Beinen und hatte einen langsamen, watschelnden Gang. Sie ging nicht mehr mit auf den Acker, kümmerte sich um die Hausarbeit und pflegte die Kälbchen. Als Kind hatte ich es geliebt, mit ihr zum Füttern zu gehen; sie füllte einen Eimer, an dessen unterem Ende sich ein Gummisauger in Form einer Euterzitze befand, mit noch warmer, frisch gemolkener Milch und hielt ihn fest, während das Kälbchen daran saugte. Der kurze Schwanz zuckte aufgeregt hin und her, und schon bald warf die Milch um das Maul des Tieres Blasen, die an seinen Barthaaren zitternd hängen blieben und schließlich, wie Seifenblasen, zerplatzten. Die Küchenarbeiten versah meine Mutter, soweit es möglich war, sitzend; wenn sie am Herd stehen musste, stützte sie sich auf einen Stock, den sie gelegentlich auch dazu benutzte, ihrem Mann spaßhaft, wie es schien, aber mit einem Unterton von Ernst zu drohen, wenn er ihr mit seinen unablässigen Witzeleien auf die Nerven ging. Ja, sie waren ein ungleiches Paar; so still, gütig und freundlich sie auf der einen Seite war, so unruhig, nervös war er auf der anderen und immer darauf bedacht, das jeweilige Gespräch mit seinen Späßen zu unterbrechen. Rein äußerlich unterschieden sie sich, abgesehen vom Körperumfang, auch darin, dass mein Vater noch fast alle seine Zähne besaß, während die Wangen meiner beinahe zahnlosen Mutter eingefallen waren; damals war es für alte Bauersleute nicht üblich, sich ein Gebiss anfertigen zu lassen, was zur Folge hatte, dass meine Mutter nur noch weiche Nahrung zu sich nehmen konnte, die sie zwischen Zunge und Gaumen zerquetschte. Sie pflegte das Brot in ihren Kaffee zu brocken und dann herauszulöffeln, was Maria, als sie es zum ersten Mal sah, stutzen ließ, nur kurz und fast unmerklich, denn sie war zu gut erzogen, als dass sie anderen Menschen auf den Mund gestarrt hätte, aber doch so, dass ich es wahrnahm, und ich schämte mich, als würde ich meine Mutter plötzlich mit anderen Augen sehen und als hätte ich das am liebsten vor Maria verborgen.

Meine Eltern, Johann und ich: das war unsere Familie. Dabei hätte meine Mutter für ihr Leben gern eine Tochter gehabt … Einmal hörte ich, wie sie zu einer Nachbarin sagte: »Wenn mir der liebe Gott schon die Töchter verwehrt hat, hoffe ich auf die Schwiegertöchter!« Doch bisher wartete sie vergebens. Es gab viele Bauern, die Junggesellen waren, denn die Frauen hatten Besseres zu tun, als sich der Plackerei auf einem Hof auszusetzen, sie wollten in die Stadt, und sie rümpften die Nase über die, die doch blieben und nach Stall rochen und schwarze Ränder unter den Fingernägeln hatten. Für Johann muss es bitter gewesen sein, dass manche seiner Bekannten eine Frau abbekommen hatten, deren Hof kleiner war als der seine und die weniger gut aussehend waren, denn er war groß und muskulös und hatte ein breites, freundliches Gesicht.

Nach jenem heißen Frühling wogte das Getreide schon im Juni goldgelb auf den Feldern, und die erste Heuernte lag zwei Monate zurück. Eines Abends, als der von der Sonne erwärmte Mist dampfte wie sonst nur in den Sommermonaten, trat ich aus dem Gang in den Hof hinaus, um Bento, den Hund, von der Kette zu befreien, als ich ein Pochen unten am Hoftor hörte. Das war etwas Ungewöhnliches, denn wenn uns ein Nachbar oder Verwandtschaft besuchen kam, wurde nicht ans Tor gepocht; man schob einfach den Riegel zurück und trat ein, nur angekündigt vom Bellen des Hundes. Johann war im Kuhstall und hörte nichts; seit ein paar Monaten hing dort ein kleines Transistorradio an der Wand, das er anstellte, wenn er die Stallarbeit besorgte, und dessen Lautstärke ordentlich aufgedreht werden musste, um das Brummen der Melkmaschine zu übertönen. Dieses Radio war für uns ein Zeichen dafür, dass wir mit der Zeit gingen; andere Bauern folgten unserem Beispiel, und bald konnte man, wenn man in den Abendstunden an den Häusern vorbeilief, hier und dort Musik hören, wobei sich alle, wie in stillschweigender Übereinkunft, auf ein und denselben Sender beschränkten, den nämlich, in dem die gängigen Schlager gespielt wurden.

Johann also hörte nichts, sodass ich Bento, der erregt bellte, an meine Seite rief. Der Weg, der zwischen Misthaufen und Kälberstall zum Hoftor hinunterführte, war nur etwa einen Meter breit; die einzelnen Gehöfte waren so dicht aneinander gebaut, dass Mensch und Tier auf engstem Raum miteinander lebten. Die letzten Sonnenstrahlen fielen herein, und Schwärme von Mücken stoben über den Dung. Neben dem Kuhstall waren Ballen frischen Heus aufgeschichtet, die köstlich dufteten, und der Boden war von einer Ladung Klee bedeckt, den Johann vor kurzem mit dem Traktor heimgebracht hatte, fettem dunkelgrünem Klee, den die Kühe liebten. Als ich das Hoftor öffnete, blendete mich die Sonne derart, dass ich heftig blinzeln musste. Maria, ein Mädchen, das ich flüchtig von der Schule kannte, stand vor mir. Sie war groß und schlank, ihre Haare waren im Nacken straff zusammengebunden, und in ihren Wangen waren Grübchen. Sie lächelte mich an.

»Entschuldige«, sagte sie, »aber der Ammerbäck schickt mich … ihr hättet ein Pferd zum Reiten, sagt er …«

Der Ammerbäck war unser Bäcker am Ort, ein verschlagener magerer Mann, der seit kurzem ein Pferd besaß und vom Reiten, wenn ich Johann glauben wollte, so viel verstand wie die Kuh vom Rechtschreiben. Wir selbst hatten zwei Pferde; die Zuchtstute Milana und Ronja, Johanns Reitpferd. Es gab einen kleinen Reitverein, dem der Ammerbäck vorstand, mit einem riesigen Schimmel, auf dessen Rücken man Reitstunden nehmen konnte, und einem südländisch wirkenden Reitlehrer, Manfred mit Namen, der aus dem nächsten Ort kam und selbst ein Pferd hatte. Dieser Reitlehrer hatte, wie ich später erfuhr, im Dritten Reich aufgrund seines Aussehens viel Übles erleiden müssen, weil man der Meinung war, dass er von Zigeunern abstammte. Ich lernte ihn kennen, als ich eines Abends Johann beim Reiten zuschaute, ihn und Gudrun, die andere Stütze des Vereins, der man nachsagte, sie sei hinter dem Reitlehrer her; sie war dick, trug gewöhnlich eine tief ausgeschnittene Bluse, die viel von ihrem wogenden Busen freigab, und ist mir deswegen so lebhaft in Erinnerung, weil sie eines Tages nach der Reitstunde im Stall eine Maus mit der Mistgabel durchbohrte und sich grinsend am erbärmlichen Quieksen der kleinen Kreatur weidete. Johann selbst ging nur gelegentlich auf den Reitplatz; meist ritt er ins Gelände, und an Sonntagen sah ich ihn manchmal in der Ferne über eine Wiese galoppieren, wenn ich mich mit meinen Klassenkameraden draußen herumtrieb, er stand locker aufgerichtet im Sattel, und Ronjas Schweifhaare wehten im Wind. Es lag etwas Einsames über ihm, etwas, das zur Melancholie der Landschaft passte, und gleichzeitig war da so viel wilde, ungezügelte Schönheit, wie Pferd und Reiter, eins miteinander, vor dem bläulichen Schimmer der Berge dahinflogen, dass ich oft hinter meinen Kameraden zurückblieb, als hätte mir dieses Bild mehr zu sagen als das Gerede unter uns Jungens.

»Komm rein«, sagte ich und bemühte mich, mir meine Verlegenheit nicht anmerken zu lassen. Maria war eine aus der Oberstadt. Maria war eine aus dem Millionenviertel. Was um alles in der Welt wollte sie hier? Ich kam mir sehr groß und schlaksig vor, meine Arme fühlten sich zu lang an, mein Kopf schien weit über dem Boden zu schweben. Bento schnupperte an ihren Beinen. Der Hund war in der ganzen Stadt gefürchtet, weil er schon mehrfach Leute gebissen hatte, doch Maria streckte die Hand zu ihm aus, ließ ihn daran riechen und fuhr ihm dann langsam über den Kopf – und Bento hielt still, und es sah aus, als ob sie zu ihm sagen könnte: komm mit, und er würde ihr folgen. Das brachte mich noch mehr durcheinander. Ich räusperte mich, hätte mich am liebsten gegen eine Wand gelehnt, möglichst lässig, denn ich wusste nicht wohin mit meinen Armen, meinen Händen, fand plötzlich, dass ich einen Buckel machte, und richtete mich, so unmerklich wie möglich, gerade auf.

Maria lächelte mich an. »Wie heißt er?«, fragte sie und wies auf den Hund, mit einer so unbefangenen Geste, als stünde sie täglich bei Bauersleuten auf dem Hof und plauderte mit ihnen.

Ich räusperte mich nochmals. »Bento«, antwortete ich und versuchte, meiner Stimme einen beiläufigen Klang zu geben, doch das Wort kam nur lächerlich krächzend heraus. Ich wandte mich um. »Komm mit«, sagte ich kurz und lief vor ihr her zum Kuhstall, mir meiner ungelenken Schritte unangenehm bewusst. Zwischen der Wand und dem Heu war gerade genug Platz für eine Person. Ein Schwarm Mücken flog auf. Der Kuhstall war ein langer, schmaler Raum mit zwei kleinen Fenstern, die, wie mir mit einem Mal auffiel, sehr schmutzig waren. Zehn Kühe fanden darin Platz; über dem Stand jeder einzelnen war eine Schiefertafel mit ihrem Namen und der täglichen Milchleistung angebracht. Johann zog mit einer Mistgabel nasses Stroh und Mist zwischen ihren Beinen hervor und schob alles zu einem Haufen zusammen. Er sah und hörte uns nicht. Mit leichtem Schwung warf er den Dung auf die Schubkarre. Die Kühe peitschten mit ihren Schwanzquasten gegen ihre Flanken, um die Mückenschwärme zu verscheuchen. In den Futtertraufen türmte sich der Klee, den sie mit ihren bläulichen Zungen heranholten. Die Melkmaschine brummte, und man konnte die Milch durch die Schläuche rinnen sehen. Aus dem Kofferradio dudelte ein Schlager.

»Johann!«, rief ich.

Johann sah auf. Hinter ihm schien die Sonne durch eines der Fenster herein und ließ seine Haare, die sich über der Stirn schon ein wenig lichteten, rötlich schimmern. Er stützte sich auf die Gabel. »Hallo«, sagte er überrascht.

»Ob Maria bei uns reiten kann, will sie wissen«, sagte ich. »Ach, das ist übrigens Maria ...«

»Danke, wir kennen uns schon«, sagte Maria höflich. »Vom Reitplatz.« Sie wandte sich an Johann. »Also, der Ammerbäck hat gesagt, Sie hätten nicht genug Zeit zum Reiten wegen der Arbeit, und da dachte ich – ich würde Ihr Pferd sehr gern ausreiten, wenn Sie nichts dagegen haben …« Ihre Stimme verebbte. Sie strich sich eine Haarsträhne hinter das Ohr und lächelte verlegen.

»So«, sagte Johann gedehnt. Er verlagerte sein Gewicht von einem Bein auf das andere. »Hat das der Ammerbäck gesagt! Hat er auch gesagt, dass die Ronja ziemlich schwierig ist – ziemlich nervös?«

Maria schüttelte den Kopf. »Ich käme schon klar«, sagte sie nach einer Weile.

»Wir können's ja mal versuchen«, sagte Johann kurz angebunden, drehte sich um und fuhr mit seiner Arbeit fort. »Sie können morgen kommen und Ronja mit ins Gelände nehmen.«

Maria nickte. »Gern«, sagte sie. »Und vielen Dank. Und das Putzen und Ausmisten übernehme ich auch.«

»Aha«, sagte Johann skeptisch. Über die Schulter sah er an Maria herunter. Sie trug eine Jeans, Turnschuhe und eine gelbe Bluse. Sie sah aus, als schlüpfte sie jeden Morgen in frische, gebügelte Kleider.

»Dann also bis morgen«, sagte Maria.

»Wiedersehen«, sagte Johann. Maria strich Bento noch einmal über den Kopf. Beim Hinausgehen blieb sie kurz stehen, und von hinten sah es aus, als ob sie tief einatmete. Das Hoftor quietschte, als sie es öffnete.

»Tschüs!«, rief sie mir zu.

»Wiedersehen«, gab ich zurück. Als sie von außen den Riegel vorgeschoben hatte, ließ ich mich mit ausgebreiteten Armen rückwärts in den Klee fallen. Über mir, im Gebälk der Scheune, wehten Spinnweben. Außen an der Stallwand hatten Schwalben ihr Nest gebaut und flogen pfeilschnell aus und ein. Eine Mücke ließ sich auf meiner Stirn nieder. Was waren das denn für Aussichten – dass dieses Mädchen zu uns zum Reiten kommen würde! Ich schüttelte den Kopf. Was für eine Idee! Ich stellte mir vor, wie sie in blankgewichsten

Reitstiefeln – aus Leder!, nicht wie die unsrigen aus Gummi! – und in enganliegender hellbeiger Reithose erscheinen würde. Würde ich ihr beim Putzen und Satteln helfen müssen? Ich seufzte. Ich war erstaunt, wie bereitwillig Johann sein Pferd, seinen Augapfel, hergegeben hatte. Es stimmte natürlich, dass er kaum zum Reiten kam, und wenn wir erst ernten würden, hätte er gar keine Zeit mehr. Aber trotzdem. Ich richtete mich auf und spuckte aus. Sie würde ja bald sehen, dass es harte Arbeit war, einen Stall auszumisten. Das Radio wurde ausgeschaltet, und ich hörte, wie Johann die Melkzapfen mit einem leisen Plopp von den Eutern nahm. Und wenn sie erst einmal ein Pferd putzen musste, das sich draußen auf der Koppel im Dreck gewälzt hatte ... Johann kam aus dem Stall. »Ich gehe die Pferde holen«, sagte er. Er wirkte keineswegs beunruhigt.

»Glaubst du, dass diese Maria mit der Ronja zurechtkommt?«, fragte ich.

Johann winkte ab. »Die kommt einmal und nicht wieder«, sagte er ruhig.

Ich atmete aus. Natürlich, er hatte Recht – und ich hatte mir wegen nichts den Kopf zerbrochen. Ich nahm ein Büschel Klee und riss die Blätter von den Stängeln. Eine dunkle Wolke hatte sich vor die Sonne geschoben; der nächtliche Regen kündigte sich an. Mit einem Mal wirkte der Hof düster und grau. Ich legte Bento die Hand auf den Kopf. »Scheiße«, sagte ich.

In letzter Zeit war ich leicht aus dem Gleichgewicht zu bringen. Ich war mit mir selber uneins, ohne zu wissen, warum. Oft empfand ich ein großes Bedürfnis nach Bewegung – es konnte vorkommen, dass ich nach Schule, Feld- und Stallarbeit noch zum Eichberg hinauslief, einem an einer Stelle sehr steilen Hügel, der ein Stück außerhalb des Ortes lag. Gewöhnlich rannte ich den Berg hinauf, bis ich völlig außer Atem war, lauschte auf das heftige Pochen meines Herzens und dachte an nichts anderes, als dass ich noch schneller laufen müsste, noch schneller ... Oben angekommen, blieb ich immer stehen und schaute zurück. Unter mir lag die Kleinstadt. In der Nähe des Marktplatzes ragte der Turm der katholischen Kirche auf, ein Stück weiter versteckte sich der kleinere der evangelischen Kirche hinter einer riesigen alten Linde. Die meisten der Bauernhäuser waren aus Fachwerk, und das Kopfsteinpflaster der Straße, die quer über den Marktplatz führte, glänzte, wenn es regnete. Manchmal ertappte ich mich dabei, dass ich Regen dem Sonnenschein vorzog – als würden die tiefhängenden dunklen Wolken meiner Stimmung mehr entsprechen als das weite, lichte Blau eines Sommerhimmels. Man konnte den alten Ortskern gut erkennen – die Häuser, die sich um den Marktplatz gruppierten, die Kirchen, die Reste einer Befestigungsanlage; das Millionenviertel war erst später entstanden, als aus dem Dorf eine aufstrebende Kurstadt geworden war. Ein Gipswerk hatte sich angesiedelt, für dessen Arbeiter man ein paar hohe Mietshäuser gebaut hatte. Ein Gymnasium war zur Grundschule hinzugekommen, desgleichen ein Internat für auswärtige Schüler. Ich gehörte zur ersten Generation von Bauernkindern, die ein Gymnasium besuchten; das verdankten wir einem sehr engagierten Schuldirektor, der die Bauersleute zuhause aufsuchte und davon zu überzeugen verstand, dass es gut sei, ihre Kinder auf eine weiterführende Schule zu schicken. Meine Eltern hatten halb überrascht, halb verlegen eingewilligt, doch sie weigerten sich, zu den Elternabenden zu gehen oder Schulveranstaltungen zu besuchen. Mir war das recht; nichts wäre mir peinlicher gewesen, als meine Mutter in der Sprechstunde eines meiner Lehrer zu wissen.

Inzwischen war der Himmel bewölkt. Ich war wieder auf den Eichberg gerannt und stand nun oben, heftig keuchend, und sah hinüber zu den Bergen, die den Landstrich einrahmten. Es war still, nur in der Ferne bellte ein Hund. Die goldgelben Getreidefelder wechselten sich ab mit Wiesen und Ackerland, das mit Rüben bepflanzt war, holprige Feldwege verliefen dazwischen, und nur ab und an sah man ein Auto eine der engen Landstraßen entlangfahren. Ich hätte mir gewünscht, die Landschaft malen zu können, das Grau der tiefhängenden Wolken, die schwarzen Raben, die einzeln oder in kleinen Schwärmen über die Felder flogen, die blaugrün schimmernden Blätter der Futter- und Zuckerrüben, und ich sog tief den unverwechselbaren Geruch ein nach Getreide und nach feuchter, fruchtbarer Erde. In Form einer Wolke stoben Stare vorüber und ließen sich auf einem Feldweg nieder; ihr Federkleid schien andauernd die Farbe zu wechseln, funkelte einmal blau, einmal tiefgrün, einmal schwarz, silberne Punkte tanzten darauf, und ihr aufgeregtes, seltsam schnalzendes Zwitschern erfüllte die Luft.

Johann fiel mir ein, wie ich ihn vor ein paar Abenden vorgefunden hatte; er hatte auf einem Heuballen gesessen und mein Näherkommen nicht bemerkt. Er hatte die Arme auf die Knie gestützt und den Kopf in die Hände gelegt. Das Radio lief, obwohl die Stallarbeit schon beendet war. Ich hatte »Johann« gesagt, und er war zusammengefahren; als er mich erkannte, hatte er traurig und müde gelächelt. Ich hatte das Radio ausgemacht und war ohne ein weiteres Wort ins Haus gelaufen. Als er mir in die Küche gefolgt war, hatte ich es vermieden, ihn anzusehen. Irgendwie war mir sein Gesichtsausdruck nicht geheuer gewesen.

Der Regen setzte ein, und ich hob ihm mein Gesicht entgegen. Bald rann mir das Wasser aus den Haaren, aber immer noch blieb ich stehen, wo ich war. Leise klatschten die Tropfen auf die Rübenblätter. Der Regen verwandelte den Dreck auf dem Betonweg in Matsch, und als ich mich dann doch auf den Weg machte und zurücklief, musste ich aufpassen, dass ich nicht ausrutschte. Ich kickte mit dem Fuß einen Erdklumpen zur Seite. Wie eintönig der Regen herunterprasselte!

Ich hatte keine Lust, nach Hause zurückzukehren, doch zum Enger zu gehen, einem Bierlokal, in dem sich meine Klassenkameraden zu treffen pflegten, erschien mir ebenso öde.

Langsam schlenderte ich zurück.

Am nächsten Morgen schien die Sonne, wie jeden Tag, heiß vom Himmel. Wenn die nächtlichen Regenfälle nicht aufhörten, würden wir nicht ernten können, weil der Feuchtigkeitsgehalt des Getreides zu groß wäre, und immer häufiger besahen wir die abends heraufziehenden Wolken mit Unruhe. Ich hatte an diesem Tag bis in die Nachmittagsstunden Unterricht – und ich erinnere mich genau, wie ich in der Schule saß, an meinen Fingernägeln kauend und unkonzentriert, und wie ich wartete, dass die Zeit verging, und als der Unterricht endlich beendet war, lief ich mit langen Schritten nachhause. Schon von weitem sah ich, dass Ronja draußen stand, an einen im Mauerwerk eingelassenen Ring gebunden, und dass sie in eine Staubwolke gehüllt war. In einiger Entfernung blieb ich stehen. Maria putzte das Pferd, zog den Striegel mit kreisenden Bewegungen durch das Fell, das an Rücken und Kruppe mit einer verkrusteten Schlammschicht überzogen war. Hin und wieder hustete sie. Als ich näher kam, wandte sie mir den Kopf zu und lächelte freundlich. »Willst du helfen?«, fragte sie. Ihr Gesicht war leicht gerötet, und auf der Stirn und über der Oberlippe perlte der Schweiß. Ich suchte nach einer möglichst schlagfertigen Antwort.

»Nein danke«, brachte ich schließlich hervor. Ich trat an ihr vorbei auf das Hoftor zu. In den strengen Pferdegeruch mischte sich der schwache Duft ihres Parfums. Sie benutzte ein Parfum! Es roch herb und frisch, nach Tannennadeln vielleicht. Sie trug, wie ich aus den Augenwinkeln konstatierte, keine beige Reithose, sondern wieder ihre Jeans, ihre Turnschuhe, nur diesmal ein enganliegendes hellgrünes Oberteil. Ihre Schultern und Arme waren gebräunt und muskulös. Ich schob den Riegel auf.

»Also dann«, sagte ich.

»See you later«, antwortete sie und lächelte wieder. Ich zog das Tor hinter mir zu. Ich seufzte. Dann dachte ich daran, was Johann gesagt hatte – dass Maria nur ein einziges Mal kommen würde und dann nie wieder. Aber so sicher war ich mir dessen nicht mehr. So wie sie da draußen stand und Ronja putzte, musste man auch damit rechnen, dass sie gut mit dem Pferd zurechtkam – und wenn ich eins nicht wollte, so war das irgendein wildfremdes Mädchen auf unserem Hof! Doch plötzlich fiel mir ein, dass Maria ja bald Abitur machen würde, in ein paar Wochen schon, und dass sie dann wohl keine Zeit mehr hätte, Ronja zu reiten. Und nach dem Abitur würde sie wegziehen, in eine Stadt, um zu studieren. Erleichtert atmete ich aus. Es war alles nur eine Frage der Zeit! Ich sah in den Kuhstall hinein. Ich ging nie vorbei, ohne nach den Tieren zu sehen, denn manchmal stand eine Kuh kurz vor dem Kalben, und dann brauchte sie Hilfe. Alle lagen, geruhsam wiederkäuend, im Stroh. Draußen stampfte Ronja mit dem Huf auf; wahrscheinlich plagte sie eine der riesigen Bremsen, von denen es in diesem Jahr, wohl wegen der feuchtheißen Witterung, viele gab. Aus dem Kälberstall kam kein Laut, und die Hasen hatten ihr Hinterteil der wärmenden Sonne zugekehrt. Bento begrüßte mich stürmisch; er war an seine Hütte gekettet und bewachte den engen Gang, der zum Haus führte. An ihm kam niemand vorbei, der nicht gern gesehen war. Um zu den Sätteln zu gelangen, die unter einem Dachvorsprung aufgehängt waren, würde Maria an ihm vorbeigehen müssen – und ein Hund an der Kette verhielt sich anders, als wenn er frei herumlief. Halb besorgt, halb schadenfroh lief ich in die Küche, deren einziges Fenster auf den Hof hinausging. Während ich aß, würde ich beobachten können, was sich draußen abspielte … Meine Mutter saß am Tisch und pulte Erbsen in eine Schüssel.

»Grüß Gott, Nikolas«, sagte sie.

»Hallo, Mama«, antwortete ich. Es war heiß in der Küche, weil der Herd auch im Sommer zum Kochen angeschürt werden musste. In einer Pfanne hatte meine Mutter Bratwürste und Sauerkraut für mich warm gehalten, und ich setzte mich hin, um zu essen.

»Lass es dir schmecken, mein Bub«, sagte meine Mutter. Sie seufzte ein wenig. »Im Hundertjährigen Kalender steht«, sagte sie, »dass es den ganzen Sommer regnen wird!«

Ich antwortete nichts darauf. Meine Mutter nahm ein großes Stofftaschentuch aus ihrer Schürzentasche und wischte sich damit über die Stirn. Sie schüttelte die Schüssel, dass die Erbsen durcheinanderkullerten, und stand mühsam auf. Ihr langes, dünnes Haar hatte sie zu einem Knoten geschlungen und mit Nadeln zusammengesteckt. Ich war der Einzige unter all meinen Klassenkameraden, der eine grauhaarige Mutter hatte! Die Tür ging auf, und mein Vater kam herein. »Der kann sich ärgern, bis er schwarz wird«, sagte er kichernd.

Meine Mutter stöhnte auf. »Was hast du denn jetzt wieder verbrochen«, fragte sie.

Mein Vater zog sich einen Stuhl heran. »Den findet er nie,« sagte er und zwinkerte mir zu. Durch die unzähligen Fältchen wirkte die Haut in seinem Gesicht zerknittert wie Pergamentpapier. Sein Kopf war fast völlig kahl; die verbleibenden grauen Strähnen fielen ihm immer wieder in die Stirn und über die arglistig blitzenden Äuglein. Er war kleiner als meine Mutter und sehr mager und wirkte neben ihrer üppigen Fülle noch schmaler, als er in Wirklichkeit war. »Ich hab den Schlüssel versteckt«, sagte er stolz. »Jetzt kann er nicht mehr in sein Haus!«

Meine Mutter schüttelte den Kopf. »Lass mich raten«, sagte sie. »Du meinst den Josef …«

Mein Vater nickte. »Er ist mit seinem Pferd draußen auf dem Acker«, sagte er. »Und wenn er heimkommt, kann er nicht ins Haus hinein!« Mein Vater lachte, dass es ihn schüttelte. »Sein Gesicht möchte ich sehen!«, rief er. »Wenn der dasteht mit seinem Gaul und nicht weiß, was er machen soll!«

»Man sollte es nicht glauben, dass du dreiundsechzig bist«, sagte meine Mutter traurig. »Man sollte denken, du wärst ein kleines Kind.«

Mein Vater beachtete sie nicht. »Soll ich dir verraten, wo ich den Schlüssel versteckt habe?«, fragte er mich in komplizenhaftem Ton, wobei er meine Mutter mit einer unwilligen Handbewegung bedachte.

»Zieh nicht auch noch deinen Sohn mit hinein!«, rief meine Mutter. Sie humpelte zum Herd hinüber und fachte das Feuer neu an, um die Erbsen zu kochen.

Mein Vater neigte sich zu mir herüber. »Ich hab ihn in meiner Jackentasche«, flüsterte er mir ins Ohr. »Da, schau – da steht er morgen noch da und sucht!«

»Du bist verrückt«, sagte ich langsam. Ich wusste, wer es sein würde, der den Schlüssel zurückbrachte. Und wer sich dem Zorn des alten Josef aussetzen müsste … Er hatte seinen Hof am Stadtrand und war der einzige Bauer, der nach wie vor mit einem Pferd, einer schweren Kaltblutstute, pflügte, weil der Boden, wie er sagte, nur so ordentlich durchgearbeitet wurde. Er war noch kleiner und schmächtiger als mein Vater, ein verhutzeltes Männlein, das mit uns in Dauerzwist lebte. Seine Frau, eine einfache, derbe, gutwillige Person, die uns nicht nur nie auch nur den kleinsten Vorwurf gemacht hatte, sondern sogar mit meiner Mutter des Öfteren zur Kirche zu gehen pflegte, hatte es, so sagte man im Ort, nicht leicht mit ihrem Mann, der ein Quertreiber und Hitzkopf war und mit seiner Eigenwilligkeit und Sturheit überall aneckte. Er würde kochen vor Wut und sich einen Gegenzug ausdenken, der die Albernheit meines Vaters wie einen Schülerstreich aussehen lassen würde. Dann hätte meine Mutter viel gutes Zureden aufzuwenden, um ihren Mann wieder aufzupäppeln.

Draußen waren leichte Schritte zu hören, und ich erhob

mich halb und spähte zum Fenster hinaus. Maria kam hoch, um den Sattel zu holen; in ihrer ausgestreckten Hand hielt sie, soweit ich das erkennen konnte, ein Stück Wurst, das sie Bento hinhielt. Er nahm es ihr vorsichtig aus der Hand, fraß es und wedelte dabei leicht mit dem Schwanz. Maria strich ihm über den Kopf und, ich traute meinen Augen nicht, band ihn los. Er sprang, nun begeistert kläffend, um sie herum, als sie den Sattel von der Stange herunternahm. Sie zögerte kurz, dann trat sie zum Fenster und rief herein: »Ist es in Ordnung, wenn ich den Bento mitnehme?«

Meine Mutter sah mich überrascht an.

»Das ist Maria«, sagte ich schnell. »Sie geht mit mir zur Schule, und sie will die Ronja ausreiten, und Johann hat nichts dagegen.«

Meine Mutter humpelte zum Fenster.

»Guten Tag«, sagte Maria höflich.

»Grüß Gott«, gab meine Mutter zurück. Beide lächelten.

»Lass den Bento lieber da«, sagte ich.

»Okay«, sagte Maria. »Ich gehe dann nachher noch mit ihm spazieren …« Sie wandte sich ab, nahm das Zaumzeug vom Haken und lief, den Sattel über den Arm gehängt, hinunter zum Hoftor. Bento ließ sich neben dem Misthaufen in der Sonne nieder.

Meine Mutter sah immer noch zum Fenster hinaus. »Wer ist das«, wollte sie wissen. »Wer ist Maria? Ich habe sie noch nie gesehen …«

»Sie ist die Tochter von der Ärztin«, sagte ich.

»Von der Frau Doktor?«, fragte meine Mutter überrascht. »Und die will bei uns reiten?« Sie schüttelte den Kopf. »Diese jungen Leute«, seufzte sie. »Die werden schon wissen, was sie tun … und wenn der Johann nichts dagegen hat …« Wieder schüttelte sie den Kopf. Es war offensichtlich, dass es ihr schwerfiel, sich einen Reim auf das Geschehen zu machen. Unten von der Straße drang Hufeklappern herauf.

Meine Mutter trug meinen Teller und die leere Pfanne zum Spülbecken. Ich versuchte mir vorzustellen, wie sie sich verhalten würde, wenn Maria in die Küche käme. Sicher wäre sie freundlich, wie sie zu jedermann freundlich war. Ich rückte meinen Stuhl unter den Tisch. »Ich mache Hausaufgaben«, sagte ich.

»Guter Junge«, sagte sie. »Du wirst es noch weit bringen!« Meine Mutter hatte große Ehrfurcht vor dem Gymnasium. Für sie waren alle, die es besuchten, Wunderkinder – und dass ihr Sohn nun dazugehörte, war für sie eine nicht versiegende Quelle des Stolzes. Was wir dort lernten, war jenseits ihres Vorstellungsvermögens; aber solange ich gehorsam und, wie sie es nannte, »anständig« blieb, sah sie darin auch keinen Widerspruch zu dem, was sie Johann und mir zu vermitteln suchte.

Meinen Vater hatte zwischenzeitlich eins seiner plötzlich auftretenden Nickerchen überwältigt, und er saß friedlich schnarchend im Sessel, der in der Küchenecke stand. Darüber hing ein Kruzifix, hinter das ein Palmwedel geklemmt war, und ein Weihwasserschälchen, mit dessen Wasser uns meine Mutter an Sonntagen zu besprengen pflegte. Über dem Herd war die ansonsten weiße Wand vom Rauch des Feuers dunkel; ein paar blankgescheuerte Pfannen hingen dort, und ein rechteckiges großes gusseisernes Gefäß stand auf dem Herd, in dem immer heißes Wasser war, das man zum Spülen und zum Kaffeekochen verwenden konnte. Über der Tür prangte ein auf einen derben roten Stoff gesticktes Vaterunser. Der Boden war mit Linoleum ausgelegt, in das unsere Stallstiefel im Lauf der Zeit kleine Unebenheiten hineingetreten hatten, und unter dem Tisch lag ein Teppich, der auch schon bessere Zeiten gekannt hatte. Außer dem Tisch mit der Plastikdecke gab es vier Stühle, die daran gerückt waren, und den Sessel meines Vaters. Diese Küche war, so wie in allen Bauernhäusern, der Mittelpunkt des täglichen Lebens und für mich ein

Ort der Behaglichkeit, weil es immer gut nach Essen roch und das Feuer im Herd knisterte; damit es nicht zu heiß wurde, waren Fenster und Tür im Sommer weit geöffnet, und ein angenehmer Luftzug, der den Geruch nach Kühen, Gülle und Heu hereintrug, wehte durch den Raum.

Bis heute war mir die Küche, ihre Einrichtung und Atmosphäre, eine Selbstverständlichkeit gewesen, etwas, das nicht weiter beachtet wurde, das immer da und immer gleich war, doch mit einem Mal sah ich sie mit anderen Augen, sah ihre Einfachheit, ja Schäbigkeit, die lächerlichen blau-rot karierten Vorhänge, die sich im Wind bauschten, das kleine Waschbecken, in dem wir uns nach dem Stalldienst die Hände wuschen, und den halbblinden Spiegel darüber, und ich ertappte mich dabei, dass ich hoffte, Maria würde nie ihren Fuß hineinsetzen, würde nie eine jener bauchigen Tassen in der Hand halten, deren Ränder an manchen Stellen abgeschlagen und schartig waren. Plötzlich schämte ich mich. Und schämte mich, dass ich mich schämte …

Ich beschloss, meine Hausaufgaben erst am Abend, nach dem Stalldienst, zu machen und einen kleinen Spaziergang zu unternehmen, nicht irgendeinen Spaziergang, sondern einen, der ein ganz bestimmtes Ziel hatte: ich wollte mir Marias Haus ansehen. Sie wohnte am anderen Ende der Kleinstadt; ihre Mutter hatte die Praxis dort, gleich neben dem Wohnhaus, doch da ich mich nicht daran erinnern konnte, jemals krank gewesen zu sein – was, wenn ich meinen Eltern Glauben schenken konnte, von der guten Landluft kam, die auch mein Vater in früheren Jahren gern rühmte –, hatte ich sie nie aufsuchen müssen. Gelegentlich machte ich mir, zusammen mit ein paar Kameraden, einen Spaß daraus, mit dem Fahrrad durch das Millionenviertel zu rasen und neugierig in die Gärten zu schauen, doch noch nie hatte ich wirklich ein Bedürfnis verspürt, mich dort umzusehen. Jenes Viertel und seine Bewohner waren mir innerlich so fern, als trenne sie eine unsichtbare Grenze von uns – und das, obwohl viele der Schüler in meiner Klasse von dort kamen. Über diese Grenze hinweg wurden selten Freundschaften geschlossen, was nicht hieß, dass wir jene Kinder böswillig gemieden hätten; sie waren einfach »anders«, und wir ließen sie und sie ließen uns in Ruhe. Sie unterschieden sich nicht nur in ihrer Sprache von uns, sondern auch in ihrer Kleidung, ihren Umgangsformen, ihrer Art, in der Pause zusammenzustehen, während wir Fußball spielten. Auch die Tatsache, dass wir eines Tages gemeinsam Abitur machen und vielleicht mit ihnen studieren würden, brachte uns einander nicht näher, was wohl auch daran lag, dass wir uns gar nicht vorstellen konnten, es jemals so weit zu bringen. Wie unsere Eltern glaubten wir im Grunde unseres Herzens nicht daran, dass unsere Zeit am Gymnasium mehr als eine Episode in unserem Leben bleiben würde. Eine Zeitlang wären wir Wunderkinder; aber bald hätte die harte Wirklichkeit uns wieder.

Im Millionenviertel war jedes Haus von einem großen Garten umgeben, der von hohen Hecken eingerahmt war und in dem sich nicht selten der Inbegriff von Luxus verbarg: ein Swimmingpool, dessen Wasser hellblau durch die Blätter schimmerte. Es war nicht so, dass uns kein Schwimmbad zur Verfügung gestanden hätte; außerhalb des Ortes gab es ein viereckiges Becken, das einmal im Jahr mit Frischwasser gefüllt wurde. Dort tummelten wir uns, wenn es heiß war und wir nicht bei der Ernte mithelfen mussten, täglich, woran auch die Tatsache, dass das Wasser bald eine grünliche Farbe annahm und seltsam zu riechen begann, nichts änderte. Auch hinter der Hecke, die Marias Haus und Garten umgab, glänzte ein Pool. Der Rasen wuchs dunkelgrün und samtig und sah aus, als würde sorgsam jedes Unkraut, jeder Löwenzahn, jedes Gänseblümchen daraus entfernt, ich sah Rosenrabatten und geschwungene Blumenbeete und einen Brunnen, der in einer Ecke sprudelte. Und ich sah einen hochgewachsenen

Mann, der dort auf und ab ging – den Apotheker, Marias Vater. Er hatte die Hände auf dem Rücken verschränkt. Wenn er am Ende des Gartens angekommen war, blieb er kurz stehen, drehte sich dann ruckartig um und nahm seinen Gang wieder auf. Er wirkte in Gedanken versunken. Stille lag über dem Viertel, nur hin und wieder unterbrochen durch das Geräusch eines heranfahrenden Autos – Patienten, die in die Sprechstunde kamen –, eine Stille, wie ich sie nicht kannte, denn bei uns herrschte dauernd irgendwelcher Lärm, sei es von einem Gebläse, einem Traktor oder einem Radio; bei uns muhten Kühe, Ketten klirrten, Hunde bellten, Schweine grunzten. Ich konnte mich nicht entscheiden, ob ich diese Stille mochte, denn ich war nicht unempfänglich dafür, dass man auf diese Weise das Zwitschern der Vögel, das Raunen des Windes in den Ästen der Bäume hören konnte, aber sicher musste man hier immer leise sein, leise und rücksichtsvoll, um diese Stille nicht zu stören. Marias Haus war ein langgestreckter Bungalow mit mehreren Veranden und einer mit Schilfgewächsen begrünten Dachterrasse. Hier wohnten alle auf einer Etage und nicht, wie bei uns, auf mehreren Stockwerken; hier gingen die Zimmer nicht von dunklen Fluren ab, hier waren die Fenster groß, und es gab auch verglaste Türen, die sich zum Garten hin öffneten. Auch dass man einen Garten sozusagen als erweiterten Wohnbereich nutzen konnte – zum Schutz vor der Sonne waren über den Veranden Markisen angebracht –, dass man sich dort zum Essen aufhielt, dort vielleicht ein Nickerchen machte, Gäste empfing und, nach dem monumentalen Grill zu schließen, Gartenpartys gab, fand ich bemerkenswert. Ich stand hinter der Hecke und schaute; über diesen Rasen ging Maria, wenn sie zuhause war, dort räkelte sie sich in der Sonne, in jenem Pool schwamm sie, an jenem Grill stand sie, lächelnd, und unterhielt sich in feinem Hochdeutsch mit ihren Freunden, Maria, die in diesem Augenblick, von einer Staubschicht bedeckt, auf Johanns Pferd durch die Gassen ritt, an der großen Scheune vorbei, in der wir den größten Teil unserer Heu- und Strohvorräte lagerten, und zum Ort hinaus, und die Bauern würden sich, da war ich mir sicher, umdrehen und sie begaffen, auf die Mistgabel gestützt, auf dem Traktor sitzend, sie würden draußen auf dem Acker ihre Arbeit sein lassen und ihr nachsehen, verwundert, grinsend den Kopf schüttelnd, sie würden sich, nachdem sie vorbeigeritten war, zurufen: »Wo hat sich der Johann denn die an Land gezogen«, und sie würden ihre Schildmützen in den Nacken schieben und sich kratzen und nach einer Weile, immer noch kopfschüttelnd, mit ihrer Arbeit fortfahren. Und Maria, was würde sie denken, hoch da oben auf dem Pferd? Würde sie freundlich grüßen, erröten, wäre sie verletzt, amüsiert, oder würde sie gar nicht bemerken, wie sie angestarrt wurde? Käme sie überhaupt mit Ronja zurecht, oder würde sie den Bauern das Schauspiel einer Reiterin bieten, mit der das Pferd machte, was es wollte? Ich ließ die Zweige, die ich zur Seite gebogen hatte, zurückschnellen und machte mich auf den Heimweg. Ich war plötzlich müde und mir gleichzeitig all der Augen bewusst, die mich vielleicht beobachteten, mich, der sich in einen Teil des Städtchens verirrt hatte, der so wenig zu ihm passte wie unser Stadtteil zu Maria.

Zuhause hatte Johann das Hoftor ganz geöffnet und beiseitegeschoben und war mit dem Traktor und dem Ladewagen rückwärts in die Einfahrt gefahren, um neuen Klee abzuladen, der mit ruckartigen Bewegungen des Kratzbodens von der Ladefläche befördert wurde. Als er den Motor abstellte, sah er auf den Ring im Mauerwerk, an dem das Seil und Ronjas Stallhalfter hingen, und kratzte sich am Kopf; dann stieg er herunter, nickte mir zu und ging zum Pferdestall, um Milana, die bald fohlen sollte, auf die Koppel zu bringen.

»Wann ist Maria weg?«, fragte er mich.

»So gegen halb vier«, antwortete ich.

»Mist«, sagte er. »Ich wollte doch da sein, wenn sie das erste Mal reitet!« Er sagte nichts weiter. Ich hörte, wie er im Stall mit Milana sprach. So wortkarg er sonst war – mit seinen Pferden sprach er immer. »Ho-ho«, sagte er beruhigend, als er die Stute an dem Traktor vorbeiführte. Mir wäre es nicht im Traum eingefallen, Johann von meiner kleinen Erkundungsfahrt zu berichten; er hätte nur den Kopf über mich geschüttelt. »Was geht dich das an, wie die leben«, hätte er vielleicht gesagt. Und dann hätte er sich seiner Arbeit zugewandt.

Ich saß in der Küche und machte meine Hausaufgaben, als ich Maria zurückkommen hörte. Meine Mutter hatte Kaffee gekocht und stellte nun fünf jener großen Tassen auf den Tisch. »Sag Maria, dass es Kaffee gibt«, sagte sie.

Ich sah sie verdutzt an.

»Wer bei uns arbeitet, kriegt auch was zu essen und zu trinken«, sagte sie.

»Aber …«, begann ich, dann stand ich auf. Langsam ging ich zum Stall hinunter. Ich hörte, wie Johann und Maria draußen auf der Straße miteinander redeten, aber ich verstand nicht, was sie sagten. Marias Stimme klang fröhlich; daraus konnte man schließen, dass sie gut mit Ronja zurechtgekommen war. Ich gab mir einen Ruck und ging hinaus. »Der Kaffee ist fertig«, sagte ich.

Marias Gesicht war erhitzt, auf ihrer Stirn standen Schweißperlen. »Wo ist ein Wasserhahn?«, fragte sie. »Ich will Ronja noch abwaschen …«

»Im Hof neben dem Kuhstall«, sagte Johann. Es war unmöglich zu sagen, was in ihm vorging. Freute er sich, dass sein Pferd nun mehr bewegt werden würde? War er verwundert darüber, dass Maria mit ihm klarkam?

»Maria«, sagte ich. »Meine Mutter hat Kaffee gekocht …«

Maria sah mich an – erfreut, wie es schien. »Danke«, sagte sie. »Ich komme gleich!«

Johann ging in den Hof und kletterte auf den Traktor.

»Halt Ronja fest, während ich hinausfahre«, sagte er. Er ließ den Motor an und fuhr vorsichtig auf die Straße; dann parkte er Traktor und Ladewagen und sprang vom Fahrersitz herunter. Er ging zu den Kleehaufen und zog sie mit einer Gabel auseinander.

Ich wusste nicht, was ich tun sollte. »Also kommt dann«, sagte ich lahm und lief in die Küche zurück.

»Du musst den Schlüssel zurückbringen«, sagte meine Mutter; mein Vater war nirgends zu sehen, doch der Schlüssel lag auf dem Tisch.

»Ich trinke noch schnell Kaffee, dann fahr ich los«, sagte ich.

Johann brachte den Sattel hoch und hängte ihn auf; Maria folgte ihm, und Bento hielt sich neben ihr. Aus den Augenwinkeln sah ich, wie meine Mutter an sich herumzupfte, sich mit der Hand über die Schürze fuhr, eine Spange aus ihren Haaren nahm und sie neu hineinschob. Anstatt sich wie sonst hinzusetzen, wartete sie, bis die beiden hereingekommen waren. »Setzt euch«, sagte sie. Sie humpelte zum Herd und brachte die Kaffeekanne. Maria lächelte, als sie einschenkte.

»Danke«, sagte sie höflich. Ihre Tasse, das war deutlich zu sehen, hatte eine große Scharte am Rand.

Meine Mutter schob ihr Zucker und Milch hin, dann setzte sie sich. Sie hatte die Reste eines Streuselkuchens vom Vortag auf einem Teller angerichtet und hielt ihn nun Maria hin. »Ich hoffe, er ist noch nicht zu trocken«, sagte sie entschuldigend. Maria nahm sich ein Stück und biss hinein. »Er ist sehr gut«, sagte sie.

Eine Weile sprach niemand, sodass man hören konnte, wie geräuschvoll Johann und meine Mutter ihren Kaffee schlürften. Maria war zu höflich, um sich umzusehen, doch ich war mir sicher, dass ihr nicht viel verborgen blieb. Johann kaute schweigend. »Darf ich den Bento noch zu einem Spaziergang mitnehmen?«, fragte Maria.

»Sie werden ganz dreckig, wenn Sie bei uns arbeiten«, sagte meine Mutter. »Das muss doch nicht sein …«

»Das macht mir nichts«, sagte Maria. »Das macht mir wirklich nichts aus!«

Meine Mutter schüttelte zweifelnd den Kopf. »Was werden Ihre Eltern sagen?« Es gab niemanden, den ich kannte, der von meiner Mutter jemals mit »Sie« angeredet worden wäre.

»Duzen Sie mich doch bitte«, sagte Maria.

Johann griff nach der Kaffeekanne. »Wollen Sie noch welchen?« Als er Maria nachschenkte, überzog sich sein Gesicht langsam mit einer tiefen Röte. Mein Bruder war also doch nicht ganz so unbeeindruckt, wie er tat. Was mich betraf, so wäre ich am liebsten aufgestanden und gegangen. Wie peinlich das alles war! Spürte Maria denn nicht, dass sie hier nichts verloren hatte? Warum mischte sie sich in unser Leben ein? *Sie* wirkte überhaupt nicht verlegen. Kunststück, sagte ich mir. Schließlich sind *wir* ja die dummen Bauern, und sie kann auf uns herabsehen! Es schien aber nicht so, als sähe sie auf uns herab; sie war einfach nur freundlich und nett, und ich rutschte unruhig auf meinem Stuhl hin und her. Das machte ja alles noch schlimmer … Sie saß aufrecht da, hielt die Tasse in ihren Händen und nippte immer wieder daran. Es roch nach Erbsensuppe, und trotz des Luftzugs war es heiß. Unten im Stall muhte eine Kuh.

Johann schob seine Tasse zurück und stand auf. »Ich muss los«, sagte er. »Sie können den Bento ausführen, wenn Sie wollen.«

Maria stand ebenfalls auf. »Danke für den Kaffee und den leckeren Kuchen«, sagte sie.

Meine Mutter lächelte. »Gern geschehen«, sagte sie.

Es mag unglaubhaft klingen – aber im Lauf des Sommers gewöhnten wir uns an Maria. Wir gewöhnten uns daran, dass ihr Fahrrad am Nachmittag gegen die Hauswand gelehnt war, und daran, dass Bento frei im Hof umherlief. Der Hundertjährige Kalender hatte nicht Recht behalten, und Mitte Juni hatte es aufgehört zu regnen; es war eine Wonne zu sehen, wie hoch das Getreide stand, wie voll und schwer die Ähren und wie groß die Körner waren. Maria schrieb und bestand, gleichsam nebenher, ihr Abitur, doch weder in der Zeit davor noch nachher änderte sich etwas an der Regelmäßigkeit, mit der sie zu uns kam. Im Juli begannen wir mit dem Dreschen; Johann war einer der wenigen Bauern im Ort, die einen Mähdrescher besaßen, und so konnten wir dreschen, wann es uns beliebte. Da wir in jenem heißen Sommer fast täglich hitzefrei hatten, kam ich früh von der Schule nachhause; ich war derjenige, der den Traktor mit dem Anhänger hinaus aufs Feld fuhr, und ich wartete dort, bis der Getreidetank voll war und die Körner durch ein Rohr auf den Anhänger geleitet wurden. Der Mähdrescher verschwand fast in einer riesigen weißen Staubwolke, und die Luft flimmerte in der Hitze; mir lief der Schweiß in Strömen herab, doch ich war, wie wir alle, bester Laune, denn die Ernte würde gut ausfallen in diesem Jahr. Wir arbeiteten fieberhaft, immer wieder mit einem schnellen Blick zum Himmel, doch jeden Morgen schien die Sonne unbarmherzig heiß herunter. Wir dachten an nichts anderes als an die Ernte, wir sprachen von nichts anderem, und es konnte vorkommen, dass ich selbst im Schlaf noch riesige Körnerhaufen schaufelte, Strohbündel gabelte, Getreide in das Gebläse warf. Der heiße Kornspeicher wurde mit jedem Tag voller, meine Haut stach und prickelte von der Mischung aus Schweiß und Getreidestaub, und wenn ich die Strohbündel auf den Scheunenboden hochwarf, fielen mir einzelne Halme in die Haare. Auch das Gesicht meines Bruders war mit einer Staubschicht überzogen; wenn er abends den Mähdrescher in der Maschinenhalle abgestellt hatte und nachhause kam, drehte er als erstes den Wasserhahn im Hof auf und wusch sich und fuhr sich mit den nassen Händen durch die Haare, bis sie ihm eng um den Kopf lagen und seine hohe Stirn und die breiten Wangenknochen noch mehr betonten. Mein Vater trotzte und bockte, weil niemand Zeit hatte, sich um ihn zu kümmern, er weigerte sich zu essen, und meine Mutter hatte ihre liebe Not, ihn zu kleinen Bissen zu überreden. Das Radio im Stall blieb ausgeschaltet, denn der Stalldienst wurde schnell, zwischen Fahrten aufs Feld, erledigt; früh am Morgen, wenn der Tau noch auf den Äckern und Wiesen lag und ich in der Schule war, holte Johann Klee herein, den wir abends den Kühen vorwarfen. Wenn wir mit der Arbeit fertig waren, war Marias Fahrrad verschwunden, und Ronja und Milana standen friedlich in einem sauberen Stall, denn Maria hatte tatsächlich damit begonnen, täglich auszumisten; doch auch daran gewöhnten wir uns.

Als wir die Ernte eingebracht hatten und das Getreide teils auf dem Kornspeicher gelagert, teils bei der Baywa abgeliefert worden war, als sich der Himmel immer öfter mit Wolken bezog, die aber noch keinen Regen brachten, fiel mir auf, dass Maria abends länger im Stall blieb. Sie flocht den Pferden kleine Zöpfe in die Mähne, wusch und kämmte ihren Schweif und machte sich auf die eine oder andere Art nützlich, und es kam vor, dass ich mich fragte, warum sie nicht heim in ihren schönen Garten ging und in ihrem Swimmingpool schwamm, sondern stattdessen die Boxen säuberte, den Stallgang kehrte und Sattel und Zaumzeug putzte. Sie hatte die Taschen immer voller Würfelzucker, und die Pferde wieherten leise, wenn sie den Riegel des Hoftores zurückschob. Einmal beobachtete ich sie, wie sie in der Tür des Kälberstalls stand und die Tiere lockte und ihnen die Hand hinhielt, dass sie mit ihren rauen Zungen daran lecken konnten. Es war ganz offensichtlich, dass wir uns falsche Vorstellungen von ihr gemacht hatten; sie war stark und konnte zupacken und hart arbeiten, und ihre Anwesenheit war uns eine echte Hilfe. Ihre langen braunen Haare hatte sie im Nacken zusammengebunden, und oft löste sich eine Strähne aus dem Band und hing ihr frech ins Gesicht, und sie schob sie mit einer ungeduldigen Bewegung hinter das Ohr, als wäre es ihr gleichgültig, wie sie aussah und was für einen Eindruck sie machte, ganz anders als es bei den anderen Mädchen an der Schule der Fall war, die sich schminkten und in ihren Miniröcken über den Pausenhof stolzierten. Sie hatte etwas Natürliches, Frisches, ja Wildes, und ich konnte mir gut vorstellen, wie sie mit Ronja über die abgeernteten Felder galoppierte. Sie hatte sich angewöhnt, mir, wenn sie mich auf dem Hof traf, von ihren Ausritten zu erzählen, welche Vögel sie gesehen hatte und dass die Sonne glutrot hinter den Bergen verschwunden war. Anfangs war ich erstaunt darüber, doch nach einiger Zeit begann ich, auf ihre Rückkehr zu warten; ich lungerte in der Nähe des Pferdestalls herum, kehrte den Plattenweg, lockerte mit einer Gabel den Klee auf, und wenn sie kam, tat ich, als hätte ich gerade erst mit der jeweiligen Arbeit begonnen, und um nichts in der Welt hätte ich zuerst das Wort an sie gerichtet. Sie hingegen wirkte gänzlich unbefangen. »Heute war ich am Gollerbach«, sagte sie einmal. »Bei der Pferdeherde …«, und sie lächelte mich an. Ihre braungrünen Augen blitzten, und sie strich sich ungeduldig eine Haarsträhne aus der Stirn. »Warst du da schon einmal? Wie die Fohlen über die Weide galoppieren – das ist schön!«

»Klar war ich da schon«, sagte ich. Der Gollerbach floss in der Senke jenseits des Eichbergs; hohe Platanen säumten den Flusslauf, und in den Niederungen zog sich Weideland hin, das der Bruder des Metzgers, der Araberzucht betrieb, für seine Herde nutzte. Ich sah Maria an. Sie war sehr schlank und groß, beinahe so groß wie ich, und an jenem Tag trug sie eine einfache weiße Bluse, die ihre gebräunten Arme zur Geltung brachte. Ihre sanft geschwungenen, beweglichen Augenbrauen zuckten in die Höhe, sodass es aussah, als wäre sie in Gedanken noch am Gollerbach und lauschte dem Donnern der Hufe, und auf ihrem Gesicht lag ein rosiger Schein. Ich bückte mich, fischte einen Grashalm aus dem Klee und steckte mir sein Ende in den Mundwinkel und kaute darauf herum, wie ich es den jungen Rebellen James Dean im Kino hatte tun sehen. Mit der anderen Hand stützte ich mich gegen die Stallwand und knickte lässig in der Hüfte ab. Wie konnte ich sie nur dazu bringen, noch mehr zu erzählen? Dass sie überhaupt mit mir sprach, mir von ihren Ausritten erzählte, erschien mir wie ein kleines Wunder, und es machte mich nicht wenig stolz; trotzdem war ich in ihrer Gegenwart nicht selten verlegen. »Dort unten gibt es auch Rehe«, sagte ich. Schon oft hatte ich sie mit ihren blitzenden weißen Spiegeln über die Wiesen galoppieren sehen.

»Ich weiß«, sagte sie. Ihr Blick ruhte auf mir, und ich spürte, wie ich errötete. Wartete sie darauf, dass ich weiterredete? Sie wandte sich um und klopfte Ronja, die hinter ihr stand, den Hals. »Gutes Pferd«, sagte sie. Dann drehte sie sich wieder zu mir. »Warum reitest du nicht?«, fragte sie.

Ich zuckte die Achseln. »Ich bin schon ein paar Mal geritten«, sagte ich. »Auf Milana, wenn sie nicht trächtig war. Aber meistens fehlt mir einfach ein Pferd ...«

»Es ist schön«, sagte sie. »Verstehst du, wenn ein Tier einen trägt, das ist irgendwie was Besonderes – wenn man sich seinen Bewegungen anpasst ... na ja«, sie lachte. »Was erzähle ich da – ich finde es eben klasse und kann gar nicht verstehen, dass man ein Pferd im Stall stehen hat und es nicht reitet!«

Ich lächelte sie an. »Für mich war Ronja immer das Pferd von Johann«, sagte ich. »Ich bin nie auf den Gedanken gekommen ...«

Sie nickte. »Ich bin ihm auch sehr dankbar«, sagte sie leise.

Immer öfter geschah es, dass ich Maria bei meiner Mutter in der Küche antraf; sie hatte beide Hände um eine Tasse gelegt, sodass es aussah, als hielte sie sich daran fest und als würde die Wärme sie beglücken, und einmal hörte ich, wie sie das knisternde Herdfeuer lobte, und sie schien mir irgendwie einsam und verletzlich. Mein Vater verschonte auch sie nicht mit seinen Witzeleien, und einmal verbreitete er sich genüsslich darüber, wie schön schlank sie wäre, ganz anders als seine Frau, deren Fleischberge er nächtens zu erklimmen habe, und selbst diesen Peinlichkeiten zeigte sie sich gewachsen, indem sie ihn anlächelte und das Gespräch geschickt auf ein anderes Thema brachte, wofür ihr meine Mutter, das war deutlich, innerlich großen Beifall zollte. Johann allerdings war ihr gegenüber sehr zurückhaltend, sodass ich mir manchmal gewünscht hätte, dass er freundlicher zu ihr wäre; Maria ihrerseits sprach nur selten länger mit ihm, und insgeheim bedauerte ich meinen Bruder, denn schließlich war ich derjenige, den sie ins Vertrauen zog. Einmal hatte er uns im Gespräch vor dem Stall angetroffen, und er war wortlos an uns vorbeigegangen, Maria mit einem düsteren Blick streifend, und ich erinnere mich, dass ich verwundert den Kopf über ihn geschüttelt hatte, und auch Maria hatte ihm lange nachgesehen, wie er mit seinen weit ausholenden Schritten hoch zum Haus gelaufen war. Je weiter der Sommer fortschritt und in den Herbst überging, desto verdrossener wurde er; wenn er früher zu den Schlagern, die aus dem Radio kamen, manchmal gepfiffen hatte, verrichtete er jetzt schweigend seine Arbeit, und gelegentlich war er sogar ungeduldig mit den Kühen und schimpfte mit ihnen, wenn sie ihm beim Anlegen der Melkmaschine ihre Schwanzquaste ins Gesicht schlugen. Als ich eines Abends zum Eichberg hinauflief, sah ich unseren Traktor oben stehen und erkannte Johann, der darin saß und auf die Äcker hinausstarrte; sobald er mich erblickte, ließ er den Motor an und fuhr davon. Die Getreidefelder waren mittlerweile alle umgepflügt, nur die Futter- und die Zuckerrüben waren noch nicht geerntet, und als ich oben angelangt war, stellte ich mich dorthin, wo der Traktor gestanden hatte, und blickte mich um und fragte mich, warum Johann hierhergekommen war – um die aufgeworfenen schimmernden Erdschollen und die in der Dämmerung verschwimmenden Berge zu betrachten oder um allein zu sein. Er hatte es schon immer geliebt, abends noch einmal über die Felder zu laufen, den Stand des Getreides, die Größe der Ähren zu prüfen, doch er ging dann gewöhnlich zu Fuß, und er schien es zu mögen, wenn ich ihn begleitete. Irgendwie hatte er sich verändert. Manchmal sattelte er Ronja früh, wenn die Sonne aufgegangen war, und kehrte zur Stallarbeit zurück, mit gerötetem und verschlossenem Gesicht. Er war von jeher ein harter Arbeiter gewesen, doch was er in dieser Zeit bewältigte, war schon außergewöhnlich, er gönnte sich keine Rast, als wolle er sich durch die viele Arbeit erschöpfen. Er war höflich zu Maria, jedoch von einer mürrischen Höflichkeit, als bereue er im Nachhinein, dass er ihr erlaubt hatte, sein Pferd zu reiten, und ich sah, dass sein Verhalten Maria betrübte; sie lächelte ihn auf eine Art an, die rührend war in ihrer Hilflosigkeit, aber gleichzeitig lag in ihrem Blick etwas anderes, etwas, das ich nicht verstand.

Es war Herbst geworden, meine Schulferien waren vorüber, und ich war froh, dass die Tage nun wieder ihre Ordnung hatten, denn meine Ruhelosigkeit war in den freien Wochen noch schlimmer geworden. Ich hatte mich fast täglich mit meinen Klassenkameraden im Schwimmbad getroffen, doch irgendetwas war zwischen sie und mich getreten, eine feine Unstimmigkeit, und es kam mir vor, als sei unsere frühere sorglose und unbeschwerte Zeit vorüber. Sie hatten es sich zur Angewohnheit gemacht, hinter den Mädchen herzupfeifen und sich in ihrer Gegenwart lautstark zu unterhalten, als ginge es ihnen in der Hauptsache darum, ihre mittlerweile tiefen männlichen Stimmen erklingen zu lassen, und die Art, wie sie ihre Haare zurückwarfen und ihren Brustkorb herausdrückten und die Arme in die Hüften stemmten, damit man, wie ich annahm, das Spiel ihrer Muskeln bewundern sollte, stieß mich einerseits ab, andererseits aber beneidete ich sie um ihr selbstsicheres Gebaren, denn sie schienen ja immerhin zu wissen, welchen Platz sie auf dieser Welt einzunehmen hatten, während ich mir vorkam wie eine Marionette, an deren Fäden einmal hier, einmal dort gezogen wurde. Das alles hatte zur Folge, dass ich am liebsten allein war, allein auf den Eichberg rannte oder zur Koppel lief und die Pferde beobachtete, und es gab Tage, da hätte ich nicht wenig darum gegeben, so zu sein wie sie. Trost allerdings fand ich immer wieder darin, die Natur um mich zu betrachten, und ich konnte mich nicht sattsehen an den Farben des Spätsommers, den dunklen umgepflügten Feldern, die sich zum Horizont hin im Dunst aufzulösen schienen, den sattgrünen Wiesen im Flusstal, dem Blauflimmern der Berge, und wenn der Wind die Wolken über den Himmel jagte, folgte ich den Schatten, die über die Erde fegten, und ich fühlte mich schwerelos und, für einen kurzen Augenblick, all meiner Sorgen enthoben. Sorgen, die auch darin bestanden, dass ich nicht wusste, was aus mir werden sollte; ich war inzwischen sechzehn, würde nun die siebte Klasse des Gymnasiums besuchen, und sosehr ich es auch die ganzen Jahre mit der Überzeugung meiner Mutter gehalten hatte, dass ich nicht studieren würde, kamen mir in der letzten Zeit Zweifel, und ich stellte mir immer wieder vor, wie es sein würde, wenn ich diesem Ort und den darin lebenden Menschen den Rücken kehrte. Wenn ich darüber hinauswüchse. Denn je mehr ich in der Schule von anderen Völkern, anderen Ländern, anderen Kulturen erfuhr, je geübter ich in den Fremdsprachen wurde, desto neugieriger wurde ich, desto schwerer fiel es mir zu glauben, dass unsere kleine Stadt mein Lebensradius bleiben würde. Doch mir war schwindlig bei diesem Gedanken, und ich schob ihn beiseite. Ich hatte ja noch Zeit …

Als wir mit der Rübenernte begannen, hatte es zu regnen angefangen, und die Erde hatte sich in Matsch verwandelt. Bald sah man überall die riesigen Haufen der Zuckerrüben;

dazwischen glänzten die Pfützen auf den Feldwegen, und auf den schmalen Sträßchen, die nach der Flurbereinigung asphaltiert worden waren und die Äcker miteinander verbanden, hatten die breiten Traktorreifen schmutzigbraune Spuren gezogen. Am Morgen stand Nebel über den Wiesen, der sich oft nicht auflöste, sondern im Lauf des Tages immer dichter wurde; die Berge waren nicht mehr zu sehen, und unsere Welt schien noch kleiner, noch isolierter zu sein als sonst. Doch nach einiger Zeit kam die Sonne wieder hinter den Wolken hervor und beleuchtete einen Landstrich, der sich nun, gleichsam über Nacht, grundlegend verändert hatte: Viele Bäume hatten ihre Blätter abgeworfen, andere waren buntgefärbt und bildeten willkommene Farbkleckse im Braungrau der Landschaft. Frühmorgens, wenn ich zur Schule ging, hingen Rauchsäulen über den Häusern, frisch aufgesprungene Kastanien lagen auf den Straßen, und auf den Gehsteigen türmten sich Blätterhaufen, die man dort zusammengekehrt hatte.

Eines Nachmittags hörte ich Stimmen draußen vor dem Tor. Maria war soeben von ihrem Ausritt zurückgekommen und rieb Ronja im Stall mit einem Strohbüschel ab. Ich erkannte Johanns Stimme und die unseres Nachbars, des Schmieds. »So ein Blödsinn«, rief dieser. »Da wird kurzer Prozess gemacht, und damit basta!«

Der Riegel wurde zurückgeschoben; neugierig traten Maria und ich näher. Johann hatte eine Katze auf dem Arm; eines ihrer Beine war am Gelenk abgetrennt, und der Stumpf blutete heftig. Johann warf mir einen Blick zu.

»Es ist beim Mähen unten am Gollerbach passiert«, sagte er. Ich wusste, dass er dorthin gefahren war, um die Gräben zu beiden Seiten der Straße auszumähen.

»Und jetzt stellt er sich an wie ein Weib!«, rief der Schmied, halb aufgebracht, halb amüsiert. »Die gehört abgemurkst, und fertig!«

Ich hörte, wie Maria die Luft anhielt. Die Katze drückte sich in Johanns Arm.

»Gar nichts gehört abgemurkst«, sagte dieser ruhig. »Komm, Nikolas, hilf mir, wir machen ihr einen Verband.«

Der Schmied stöhnte auf. Er wandte sich an Maria: »Was sagst du dazu«, fragte er lauernd.

Ich sah, wie ihr Blick sich mit Johanns traf, kurz nur, dann errötete Maria, und Johann ging an uns vorbei zum Haus hinauf.

»Ich würde sie zum Tierarzt bringen«, sagte sie leise.

Der Schmied schüttelte den Kopf. »Was sind das bloß für Leute hier«, sagte er. »In der ganzen Gegend gibt es keinen einzigen Bauern, der so einen Umstand machen würde – wo kämen wir denn da hin!« Wieder schüttelte er den Kopf.

»Einen gibt es schon«, sagte Maria und folgte Johann mit den Augen. »Gott sei Dank ...«

Der Schmied grinste plötzlich. »Ihr könntet sie ja zu deiner Mama bringen«, schlug er vor. »Du bist doch die Tochter von der Frau Doktor, oder?«

»Ja«, sagte Maria einfach.

Er hüstelte. »Und dir gefällt's bei uns – bei den Bauern?«

»Ja«, sagte Maria wieder.

Der Schmied sah sie forschend an. »Und was sagt die Mama dazu, wenn du dich bei uns im Stall herumtreibst?«

Marias rechte Augenbraue zuckte in die Höhe. »Sie hat nichts dagegen«, sagte sie kurz. Dann wandte sie sich mir zu. »Ich helfe euch«, sagte sie.

Ich sog die Luft ein. Hoffentlich hielt der Schmied jetzt endlich seinen Mund! Er drehte sich enttäuscht um. »Denkt wohl, dass sie sonst wer ist«, brummte er, zunächst unschlüssig, ob er einen erneuten Versuch unternehmen sollte, Maria zum Reden zu bringen, doch dann entschied er sich dagegen und schlenderte langsam zum Hof hinaus. Maria und ich folgten Johann ins Haus.

Dieser hatte in der Zwischenzeit ein Stofftaschentuch auf die Wunde gepresst und die Blutung fast zum Stillstand gebracht; er hielt mir den Stumpf hin, und ich wickelte, so gut ich konnte, eine Binde darum. Maria strich dem Tier mehrmals sanft über den Kopf, und ich bemerkte, wie Johann die Bewegungen ihrer langen schlanken Finger verfolgte, die durch das Fell fuhren und eine Stelle hinter den kleinen Ohren kraulten. Wir waren allein in der Küche; das Feuer im Herd war erloschen, doch noch immer war es warm; eine Biene zog summend Kreise unter der Decke. »Da«, sagte Johann plötzlich rau und hielt Maria mit einer abrupten Bewegung die Katze hin. Als sie sie ihm abgenommen hatte, lief er ohne ein weiteres Wort hinaus.

Ich schüttelte den Kopf. »Was hat er denn bloß«, sagte ich.

Maria antwortete nicht, sondern beugte ihren Kopf zu der Katze hinunter. »Ich werde sie Danika nennen«, sagte sie leise.

Johann konnte schon ein seltsamer Kauz sein. Er war wie eine kleine, in sich geschlossene Welt. Im Ort war er ein Außenseiter, weil er sich von allem fernhielt, was das Gemeinschaftsleben anging, vom sonntäglichen Frühschoppen nach dem Kirchgang, von dem jährlich veranstalteten Feuerwehrball, von den Konzerten der Blaskapelle, die in der Festhalle unseres Städtchens stattfanden. Doch so verschlossen und mürrisch, wie er in der letzten Zeit war, kannte ich ihn gar nicht. Dafür aber kaufte er Land, mehrere Wiesen am Gollerbach, neue Äcker am Eichberg, sodass wir bald einen der größten Höfe bewirtschafteten. Ich erinnere mich an einen Nachmittag, als wir Ronja zum Beschlagen brachten und einer jener Bauern des Weges kam, die die Landwirtschaft nur noch im Nebenerwerb betrieben. Es war Adolf, in dessen Stall der Schimmel des Reitvereins stand, ein dünner, verhärmt wirkender Mann, der, wie man sagte, jedem die Butter auf dem Brot neidete und der sich aus Geiz weigerte, dem

Schimmel außer Heu auch noch Hafer zu füttern, sodass man schon die Rippen des armen Tieres zählen konnte. Als er Johann sah, blieb er stehen und schob sich seine Schildmütze in den Nacken. »Die Andressöhne, soso«, sagte er, als er bei uns angekommen war. »Wo wollt ihr denn hin mit eurem Gaul?«

»Zum Schmied«, sagte Johann kurz.

»Ihr müsst ja Geld haben«, sagte Adolf grinsend. »Zwei eigene Pferde – was das kostet – na ja, soll nicht meine Sache sein!«

»Ist es auch nicht«, gab Johann zurück.

Adolf stemmte die Hände in die Hüften. »Ganz schön von oben herab«, sagte er. »Und was, wenn man fragen darf, machst du denn mit all dem Land, das du zusammenraffst? Hast ja nicht einmal Familie!«

Ich spürte eher, als dass ich es sah, wie Johann zusammenzuckte. »Das lass nur meine Sorge sein«, sagte er.

»Ihr habt ja schon immer gedacht, das ihr was Besseres seid«, sagte Adolf. »Schon dein Vater war so – und jetzt schau ihn an, den närrischen Alten … Ist die Strafe des Himmels, wenn ihr mich fragt!«

»Komm weiter«, sagte Johann zu mir. Sein Gesicht war vor Ärger gerötet.

Adolf grinste wieder. »Na dann einen schönen Tag noch«, sagte er.

Johann schwieg, als wir weiterliefen. Erst als wir beim Schmied angekommen waren, seufzte er tief auf. »Ich habe zwei seiner größten Äcker gekauft«, sagte er.

Eines Tages, ich hatte soeben in der Küche meine Hausaufgaben beendet und mich erhoben, um meine Tasche zu packen, sah ich wie zufällig aus dem Fenster und bemerkte Johann, der, neben Bentos Hundehütte stehend, gebannt etwas im unteren Teil des Hofes betrachtete. Leise ging ich zum Fenster. Unten, neben der Tür zum Kuhstall, stand Maria, mit dem Rücken zu uns. Sie löste den Gummi im Nacken, neigte sich vornüber, dass ihr die langen Haare um den Kopf fielen, und richtete sich mit einer schnellen Bewegung wieder auf, sodass sie, wild und lockig, wie ein Fächer auf ihren Schultern lagen. Dann ging sie zum Hoftor hinunter, mit wiegendem Schritt. Johann rührte sich nicht. Erst als sich das Tor schloss, wandte er sich ab. Ich beugte mich tief über meine Tasche. Ich hatte einen Blick in Johanns Gesicht geworfen – wilde Zärtlichkeit hatte über seinen Zügen gelegen. Ich ordnete meine Bücher, sauber eins neben das andere, ich nahm meine Buntstifte heraus und spitzte sie, alle der Reihe nach, und als ich nicht mehr wusste, was ich sonst noch tun konnte, drehte ich mich zu Johann um, der hinter mir die Küche betreten hatte. Er sah verschlossen aus wie immer. Ich schluckte, ging an ihm vorbei, zur Tür hinaus, die Treppe empor. In meinem Zimmer setzte ich mich aufs Bett, doch es hielt mich nicht lange, und ich rannte hinaus. Maria – Maria war kaum älter als ich! Maria kam aus dem Millionenviertel! Und mein Bruder war nichts als ein einfacher Bauer, ein nicht mehr junger Bauer, der nichts anderes gelernt hatte, als einen Hof zu bewirtschaften! Und Maria konnte doch alle haben, die Besten, die Reichsten, sie müßte nur mit den Fingern schnippen! Lächerlich würde er sich machen, sich und uns alle, wenn er sich ihr nähern würde! Mein Bruder war verrückt! Maria – ach, ich sah sie vor mir, ihre aufrechte Gestalt, ihre schlanken, braungebrannten Arme, ich sah wieder, wie sie die Haare ausschüttelte, wie sie, neugierig wie ein kleines Kind, den Kälbern ihre Hand hinhielt, wie sie Ronja striegelte und fröhlich lachte, als ihr der Schweiß in kleinen Bächen über das Gesicht rann, ich hörte den sanften Plauderton, mit dem sie sich mit unserer Mutter unterhielt, ich dachte an die Geste, mit der sie ihre Hände um die Tasse zu legen pflegte. Ich erinnerte mich daran, wie sie bei ihrem ersten Besuch tief eingeatmet hatte, als sie an den Kleehaufen vorbei zum Hoftor gegangen war.

Ich musste meinen Bruder davor bewahren, sich lächerlich zu machen! Niemals durfte Maria etwas von seinen Gefühlen erfahren! Niemals!

Als ich nachhause kam, hatte Johann schon mit der Stallarbeit begonnen. Schwärme von Mücken saßen auf den Flanken der Kühe. Aus dem Radio erklang ein schmalziges Liebeslied. Ich wischte mit einem Lappen die Euter ab, damit Johann die Zapfen der Melkmaschine anlegen konnte. Dann spuckte ich aus, griff nach der Mistgabel und verteilte Stroh zwischen den Tieren. »Nur langsam«, sagte Johann. »Man sollte denken, du wirst für deine Arbeit bezahlt!«

Ich grinste und murmelte etwas Unverständliches. Als wir die Stallarbeit beendet hatten und nebeneinander zum Haus hochliefen, lächelte er mich von der Seite an. »He, Kleiner«, sagte er. »Du bist ganz schön gewachsen … bist ja schon größer als ich!«

Bento war uns gefolgt und ließ sich vor dem Eingang mit einem tiefen Seufzer fallen.

»Du merkst aber auch alles«, sagte ich.

Ich erinnere mich genau an mein Erwachen am nächsten Tag. Es war schon hell, von jener Helligkeit, die die Morgendämmerung ablöst und die die Formen eines Gegenstandes noch besser zur Geltung bringt als dessen Farben, sie leuchtete die Konturen des einfachen Bettes aus, des hohen Schranks, des alten Sessels, ohne dass man dessen schäbigen Bezug wahrgenommen hätte, und der Läufer auf dem Boden, der seit Jahrzehnten dort gelegen haben musste und sehr abgetreten war, war jetzt nur ein schlichtes Rechteck mit Fransen an beiden Seiten. Ich stieg aus dem Bett und stellte mich ans Fenster. Ich dachte daran, wie mich Johanns Traurigkeit manchmal mit Ungeduld erfüllt hatte, doch heute hätte ich sie mir zurückgewünscht, denn dann wäre alles so geblieben, wie es immer gewesen war. Aber es war ja noch gar nichts geschehen! Ich sah Johann über den Hof gehen und blickte auf sein an manchen Stellen gelichtetes Haar. Ich sah, wie er unten die Tür des Kuhstalls aufschob, hörte das Klappern von Eimern, das brummende Geräusch der Melkmaschine, das Muhen der Kühe. Alles war wie immer. Heute Nachmittag würde Maria kommen und ihr Fahrrad an die Hauswand lehnen – da sie noch nicht wusste, was sie studieren sollte, hatte sie sich von ihren Eltern ein halbes Jahr Bedenkzeit ausgebeten. Ich sah auf die Uhr. Es war Zeit für die Schule. Was auch immer geschieht, dachte ich mir, es wird geschehen, ob du es willst oder nicht …

In den folgenden Wochen fuhren Johann und ich täglich in den Wald, um Holz zu machen. Ich liebte den Geruch nach Harz und frisch gespalteten Scheiten, das weiche federnde Moos und die hellgrünen hoch aufgeschossenen Farne. Wir säuberten eine Fichtenschonung, und tagelang hallte das Kreischen der Kettensäge durch den Wald. Mit jeder Fichte, die wir fällten und kleinsägten, drang mehr Licht in die Schonung und fiel auf den nadelübersäten Boden, auf dem Pilze wuchsen, rote Fliegenpilze und kleine braungraue mit weichen, wässrigen Lamellen, deren Namen ich nicht kannte, und mit jedem Tag, der verging, rückte die Erinnerung an das, was ich in Johanns Gesicht gesehen hatte, in weitere Ferne. Wir beluden den Anhänger unseres Traktors mit den Scheiten, deren Innenseiten weißlich glänzten, und unsere Hände waren klebrig vom Harz, das in einer silbrigen Schicht die borkige Rinde bedeckte. Über uns kreischten Eichelhäher, und ab und an war das rhythmische Klopfen eines Spechts zu hören, das weithin hallte. Es war, als gäbe es nur Johann und mich unter der Kuppel der hohen Buchen, die die Fichtenschonung umgaben und deren Blätter noch nicht abgefallen waren; braunschwarze Eichhörnchen tummelten sich darin und sprangen behende von Ast zu Ast. Unsere Mutter hatte uns eine Thermoskanne mit Kaffee mitgegeben, den wir schweigend tranken, bevor wir uns wieder an die Arbeit machten; abwechselnd sägten oder hackten wir, bis die Dämmerung hereinbrach und wir nachhause fuhren, und wenn wir dort ankamen, war Marias Fahrrad verschwunden.

Eines Nachmittags aber kam sie den Waldweg entlanggeritten; ich sah sie als Erster, und ich ließ mein Beil sinken und starrte ihr entgegen. Die Sonnenstrahlen fielen schräg durch die Bäume, gefiltert durch das Blätterdach, zitternd schienen sie zu tanzen, bevor sie sich im Unterholz verfingen. Maria ritt im Schritt, am langen Zügel; der weiche Waldboden verschluckte das Geräusch der Hufe, sodass Johann sie erst wahrnahm, als sie Ronja neben uns zum Stehen brachte. Überrascht richtete er sich auf und bog den schmerzenden Rücken gerade.

»Hallo, Maria«, sagte ich.

Johanns Gesicht war verschlossen; er nickte ihr kurz zu. »Pass auf mit den Sägen«, sagte er, dann wandte er sich wieder seiner Arbeit zu.

Ich lächelte verlegen. Hatte sie gewusst, wo wir waren, oder war sie nur zufällig des Weges gekommen?

Sie sah mich an. »Hallo«, sagte sie. Johanns schroffes Verhalten schien sie zu kränken, denn eine leichte Röte überzog ihr Gesicht. »Ihr seid ja sehr fleißig«, sagte sie. »Man sieht euch ja gar nicht mehr im Stall …« Sie strich Ronja über die Mähne und warf Johann einen schnellen Blick zu, doch dieser antwortete nicht.

»Ja«, sagte ich einfallslos. »Es gibt immer viel zu tun!«

Wir schwiegen.

»Na, dann wollen wir weiter«, sagte sie schließlich und nahm die Zügel auf.

Johann zog eine kleine gefällte Fichte über den Weg. »Komm, Nikolas, mach zu«, sagte er.

Doch als Maria wegritt, schaute er ihr nach. Ein leiser Wind fuhr raschelnd durch das Blätterdach. Sie drehte sich nicht um, sondern sah starr geradeaus. Ich hörte, wie Johann schluckte. Ohne ein weiteres Wort warf er die Kettensäge an und begann, die Fichte zu zersägen. Ich war verwirrt und betreten und bedrückt und wütend, alles gleichzeitig. Was fiel ihm ein, Maria so zu behandeln! Ich riss das Beil hoch und ließ es krachend auf den Stamm vor mir niedersausen, hackte die Äste ab und zog einen anderen gefällten Baum heran, bis mir die Arme wehtaten.

In den folgenden Wochen beobachtete ich, wie sich Marias Verhalten veränderte. War sie bisher gleichbleibend freundlich und fröhlich gewesen, so schien sie sich nun gegen Johanns Schroffheit zur Wehr zu setzen, sie wandte sich demonstrativ ab, wenn er den Pferdestall betrat, und sie richtete auch nicht mehr das Wort an ihn, sondern tat, als wäre er Luft für sie. Gelegentlich allerdings streifte sie ihn mit einem sonderbaren Blick, und wenn Johann ihn auffing, hielt er in dem inne, was er gerade tat, und starrte sie an. Und dann, wie von einer unerklärlichen Unruhe ergriffen, herrschte er die Kühe an, dass sie doch stillstehen sollten, oder er kletterte auf den Heuschober hinauf und warf die Strohbündel in einer Geschwindigkeit herunter, dass ich kaum damit nachkam, sie in den Kuhstall zu schaffen, oder aber er ging zum Hoftor hinaus, warf es mit einer ungeduldigen Bewegung zu, und bald konnte man den Traktor davonrattern hören. Manchmal fand ich ihn in irgendeiner Ecke des Hofes, wie er blicklos vor sich hin starrte, und wenn er mich sah, wandte er sich zur Seite, und einmal legte er mir kurz seinen Arm um die Schultern, eine völlig ungewohnte Geste, und lächelte mich an, und er wirkte gehetzt und traurig. Es schnitt mir ins Herz, meinen Bruder so zu sehen, doch gleichzeitig regte sich auch ein anderes, mächtiges, dunkles Gefühl in mir. Wenn Maria von ihren Ausritten zurückkam, wartete ich schon ungeduldig auf sie, und wenn sie mir dann erzählte, was sie erlebt und gesehen hatte, hing ich an ihren Lippen. Ihre Augen waren weit geöffnet, und um ihre Mundwinkel zuckte ein Lächeln. Wie schön sie war! Und ich war es, den sie ausersehen hatte, ihren Schilderungen zu lauschen! Wenn sie stockte, weil sie sich bücken musste, um Ronjas Huf auszukratzen, brummte ich ermunternd, und gelegentlich schien es mir, als amüsierte sie mein Eifer, denn in ihren Augen funkelte es belustigt. Lief Johann an uns vorbei, bedachte er sie mit einem langen düsteren Blick, den sie allerdings nicht zu bemerken schien; vielmehr kam es mir in solchen Augenblicken vor, als lege sie sich in ihren Erzählungen noch mehr ins Zeug, sie lachte, sie stützte die Hände in die Hüften, sie klopfte Ronja laut die Flanke, warf den Zopf über die Schulter. Doch wenn Johann dann im Haus oder im Stall verschwunden war, schien sie regelrecht in sich zusammenzufallen, und voller Wehmut beobachtete ich, wie sie ihm nachblickte, wie sie Ronja langsam über den Rücken strich. Ich tat, was ich konnte, um ihre Aufmerksamkeit wieder auf mich zu ziehen, indem ich ihr nun meinerseits von meinen Naturbeobachtungen erzählte, doch sie hörte mir nur mit halbem Ohr zu, sodass ich aufgab, etwas von dringenden Arbeiten murmelte und mich davonmachte.

Bald war das letzte Laub von den Bäumen gefallen, der morgendliche Nebel löste sich nur noch selten auf, und die kahlen Äste streckten sich in merkwürdigen Verrenkungen in die Luft. Nach der Schule schleppte ich Körbe voller Holzscheite in die Küche, in der meine Mutter ein heftig knisterndes Feuer unterhielt, und wenn man von draußen kam, freute man sich über die Wärme, die einem entgegenschlug. Fast alle größeren Arbeiten auf dem Hof waren getan; nun warteten wir darauf, dass Milana fohlen würde. Selbst für uns, die wir daran gewöhnt waren, dass unsere Kühe in regelmäßigen Abständen kalbten, war die Geburt eines Fohlens etwas Besonderes, und ich hatte schon vor Wochen beschlossen, dass dieses Mal Maria dabei sein sollte.

Einmal hatte ich ein kurzes Gespräch zwischen ihr und meiner Mutter mit angehört. »Willst du nicht wenigstens sonntags« – Maria hatte sich angewöhnt, auch an Sonntagen zu reiten – »bei deiner Familie sein?«, hatte meine Mutter gefragt, und Maria hatte stumm und heftig den Kopf geschüttelt und nach einer Weile geantwortet: »Ich hasse Sonntage«, und dann, als wäre sie sich plötzlich der Abruptheit ihrer Aussage bewusst geworden, hatte sie abschwächend gesagt: »Nein, so ist es am schönsten«, und meine Mutter hatte erstaunt, aber auch irgendwie mitfühlend gebrummt. Mir wurde klar, wie wenig wir von ihr wussten, von ihrem Zuhause, von ihren Wünschen und Vorstellungen. Wir waren es nicht gewohnt, uns Fragen zu stellen …

Ein paar Tage später war es soweit. Milana hatte das Stroh in ihrer Box durch ihr ständiges Umhergehen auf einer Seite zusammengeschoben, und Johann streifte ihr nun das Stallhalfter über, befestigte einen Strick daran und führte sie hinaus auf die Straße, wo er begann, langsam mit ihr auf und ab zu gehen. Ich war ihm gefolgt und stand jetzt vor dem Tor, unschlüssig, was ich tun sollte: Sollte ich ihn fragen, ob er damit einverstanden wäre, dass Maria zusah, oder sollte ich sie einfach abholen? Ich entschied mich für Letzteres. Wenn sie einmal da wäre, könnte er sie ja schlecht nachhause schicken! Ich nahm mein Rad und fuhr los. Es war ein klarer Abend; nur im Herbst, fand ich, hatten alle Dinge so klare Konturen, war der Gegensatz zwischen Hell und Dunkel so krass, waren die Schatten so kalt und hart. Auch jetzt, wo es bald dämmern würde und wo sich im Sommer alles in weichem Dunst aufzulösen pflegte, hoben sich die Dächer, die Kirchtürme, die Bäume scharf ab gegen den dunkelnden Himmel. Flackernd gingen die Straßenlaternen an; auf dem Marktplatz hatten die Angestellten damit begonnen, die großen Tafeln, auf denen sie ihre Produkte anpriesen, hereinzuholen; ein Traktor ratterte über das Pflaster. Eine enge Straße, in der der Ammerbäck seinen Laden hatte, bildete den Durchgang, der die Ober- und die Unterstadt miteinander verband. Wenn man weiterfuhr, kam man an einfachen Mehrfamilienhäusern vorbei, in denen die Arbeiter und Angestellten wohnten, doch bald gelangte man in ruhigere Wohnviertel, und je weiter man sich vom Marktplatz entfernte, umso größer wurden die Grundstücke, umso eleganter die Häuser. Bald hatte ich die Straße erreicht, in der Maria wohnte. Ich lehnte mein Fahrrad an den Zaun des Vorgartens und klingelte. Niemand öffnete. Stattdessen hörte ich drinnen laute Stimmen, dann das Schlagen einer Tür. Dann war Stille. Hatten sie mein Läuten nicht gehört? Zögernd klingelte ich erneut.

»Maria!«, rief eine Männerstimme. Plötzlich ging die Tür auf; Maria stand vor mir. Sie sah verweint aus, und als sie mich erblickte, schluckte sie verlegen.

»Ach, du bist es«, sagte sie. Auf ihren Wangen und am Hals waren rote Flecken. Ich räusperte mich.

»Milana wird heute Nacht fohlen«, sagte ich, unsicher von einem Fuß auf den anderen tretend. »Und ich hatte mir gedacht, dass du vielleicht dabei sein willst …«

Sie versuchte ein Lächeln. »Das ist lieb von dir«, sagte sie.

»Maria!«, rief eine Frauenstimme von drinnen. »Wer ist da?«

Maria nahm meine Hand und zog mich ins Haus. »Komm«, sagte sie leise. »Ich stelle dich meinen Eltern vor, und dann gehen wir, okay?«

In der geräumigen Diele stand eine dunkle Kommode mit Messingbeschlägen und einem Spiegel darüber, in dem ich kurz mein Gesicht sah: Es war erhitzt und staubig, und der Kragen meines hellen Pullovers hatte einen gelblichen Rand. Von der Diele aus betrat man einen großen, durch eine Bücherwand unterteilten Raum; in der einen Ecke hatte man schwarze Ledermöbel – ein Sofa, mehrere Sessel – um einen mächtigen rauchblauen Glastisch gruppiert; darauf stand eine schlanke Vase mit einer einzelnen Rose. Eine andere Ecke wurde von einem Esstisch beherrscht; dort saßen Marias Eltern, offensichtlich beim Abendessen. Waren es ihre Stimmen gewesen, die ich gehört hatte? Nichts deutete darauf hin. Mein Blick schweifte durch den Raum. Ein Aquarium fiel mir auf, durch das bunte Fische huschten, mehrere Perserteppiche waren auf dem Boden ausgelegt, aber was vor allem ins Auge sprang, waren die unzähligen Bücher in den alle Wände bedeckenden Regalen. Ich atmete tief durch. Wer um alles in der Welt hatte all diese Bände gelesen? Oder standen sie da als Schmuck? Bei uns gab es die Bibel, ein paar Kochbücher und einen dicken Bildband, »Weltreport« genannt, in dem die einzelnen Länder der Welt beschrieben waren. In meinem Zimmer standen die Schullektüren auf einem kurzen Regalbrett. Aber das hier – es nahm einem den Atem! Was musste man alles wissen, wenn man diese Bücher gelesen hatte!

Maria lief vor mir her durch das Zimmer; das Geräusch unserer Schritte wurde von den dicken Teppichen verschluckt, auf denen die Füße so weich abrollten wie auf dichtem Moos. »Das ist Nikolas«, sagte Maria, als wir am Tisch angekommen waren. »Nikolas Andres – ihr wisst schon, der jüngere Sohn von den Leuten, bei denen ich reite.« Sie trat zur Seite. »Das, Nikolas, sind meine Eltern …«

Was war nur mit ihr los? Warum klang ihre Stimme so flach, so gepresst, als hielte sie etwas zurück? Ihre Eltern sahen mich an. Dann streckte mir ihre Mutter die Hand entgegen. Sie war eine schlanke Frau mit braunen sorgfältig gewellten Haaren, die keine Spur von Grau zeigten, und einem müden Zug um den Mund. Sie lächelte, sehr distanziert. Ihre Augen hatten dieselbe Farbe wie die ihrer Tochter; sie waren braungrün, nur wirkten sie nicht so lebhaft, eher ein wenig verschattet, und darunter waren tiefe dunkle Ringe. Sie trug eine kleine Perle in jedem Ohr und eine Perlenkette, ihre grüne Bluse war aus einem glänzenden Stoff und fiel leicht über ihre

Schultern. »Je später der Abend, desto werter die Gäste«, sagte sie mit einem Unterton von Spott in ihrer Stimme. »Guten Abend, Nikolas.«

Für den Bruchteil einer Sekunde musterte sie mich, und ich war mir sicher, dass ihr nichts entging: nicht mein ausgeleierter Pullover, meine alte schmutzige Jeans, meine ausgetretenen Turnschuhe.

»Guten Abend«, antwortete ich zögernd.

Sie hatte etwas Kühles an sich, etwas Steifes, das mich nicht wenig aus der Fassung brachte. Als wäre sie nicht wirklich da – als hielte sie einen Teil von sich vor neugierigen Blicken verborgen.

Marias Vater stand auf. »Habe die Ehre – Göres mit Namen«, sagte er und verbeugte sich leicht, ohne mir jedoch die Hand zu reichen. Er machte einen einschüchternden Eindruck, was nicht nur an seiner Größe lag, sondern auch an seinem durchdringenden Blick, mit dem er einen prüfte, durch einen hindurchsah, schnell zu einem Schluss kommend, dachte ich, und in meinem Fall zu keinem guten, denn er lächelte, eine Spur herablassend, als wäre er schon fertig mit mir, noch ehe ich auch nur den Mund aufgemacht hatte. Ich schluckte nervös.

»Ich möchte Maria abholen – unser Pferd fohlt heute Nacht!« Dass meine Stimme so unsicher klingen musste!

»Aber bitte«, sagte ihr Vater. »Diese junge Dame macht eh, was sie will – ist Ihnen das auch schon aufgefallen?«

Ich lächelte gequält. Er verschränkte die Hände hinter dem Rücken. »Maria geruhte heute nicht zu speisen«, sagte er. »Wie gesagt – sie macht, was sie will … aber das muss sie ja selber wissen, nicht wahr?«

Ihre Mutter schob ihren Teller zurück. »Haben Sie schon gegessen?«, fragte sie. Aus den Augenwinkeln sah ich, dass es hauchdünn geschnittenen Schinken gab, einen Teller mit Oliven, Käse mit Walnüssen und mehrere Sorten Brot.

»Danke, ja«, sagte ich höflich, obwohl mir der Magen knurrte.

Marias Vater nahm wieder Platz, wickelte eine Scheibe Schinken um seine Gabel und steckte sie sich in den Mund. Dann warf er seiner Tochter einen kurzen Blick zu. »Somit wäre ja alles klar«, sagte er.

Maria holte tief Luft, als wollte sie etwas sagen, wandte sich dann aber mit einer abrupten Bewegung ab. »Komm, Nikolas«, sagte sie und ergriff meine Hand; ihre Finger waren heiß und feucht. Sie zog mich zur Tür.

»Wann kommst du wieder?«, rief ihre Mutter uns nach.

»Wenn das Fohlen da ist«, antwortete Maria.

»Arrivederci«, sagte ihr Vater; ihre Mutter nickte mir schweigend zu.

»Auf Wiedersehen«, sagte ich artig. Unter meinen Achseln hatten sich feuchte Flecken gebildet, und ich hielt meine Arme dicht an meinen Körper gepresst, um sie zu verbergen.

Als wir draußen waren, atmete ich erleichtert aus. Ich warf Maria einen Blick zu. Sie wirkte angespannt, und um ihren Mund zog sich ein Netz haarfeinster Fältchen, das ich bisher nicht an ihr bemerkt hatte. »Warte«, sagte sie. »Ich hole mein Rad!«

Es war dunkel geworden. Eine Weile fuhren wir schweigend nebeneinander her. Über uns funkelten unzählige Sterne, und die Luft war frisch und klar. War Maria enttäuscht über mein unsicheres Verhalten, war es ihr peinlich gewesen, ihren Eltern einen dummen Bauernjungen vorstellen zu müssen?

»Nikolas«, sagte sie plötzlich weich. »Mach dir nichts draus!« Konnte sie meine Gedanken lesen?

»Geht schon klar«, antwortete ich mühsam. Beim Schmied war noch Licht im Stall; wahrscheinlich war er mit dem Füttern seiner drei Kühe beschäftigt, denn tagsüber beschlug er die Pferde und machte Schweißarbeiten, und so war es immer spät, wenn er nachhause kam. Schlagermusik drang an unser

Ohr. Wir stellten die Fahrräder ab. Bevor Maria den Riegel zurückschob, blieb sie kurz stehen, und ich sog ihren Geruch ein. »Ich bin ganz aufgeregt«, flüsterte sie mir zu. »Ich habe so etwas noch nie erlebt!« Ihre Haare schimmerten im Mondlicht.

»Na dann mal los«, sagte ich forsch. Leise öffnete sie das Tor, und wir traten ein.

Milana war mit einer Schweißschicht bedeckt, und Johann rieb sie mit einem Strohbüschel ab; sanft ließ er es über ihre Flanken kreisen, und sie schlug unruhig mit dem Schweif, sodass er Acht geben musste, dass er nicht die langen Haare ins Gesicht bekam, die hart waren wie Peitschenschnüre. Dabei sprach er beruhigend auf sie ein. Als er uns bemerkte, hielt er kurz inne und sah uns an und seufzte ergeben, aber er sagte nichts. »Nimm einen Heuballen, und setz dich drauf!«, flüsterte ich Maria zu.

Sie stand draußen vor der Box und hatte die Hände um die Gitterstäbe gelegt. »Stört das nicht?«, fragte sie.

Ich schüttelte den Kopf. Sie nahm einen der Heuballen, die an der Stallwand aufgeschichtet waren, öffnete die Boxentür und trat ein. Ich selber blieb in der Türöffnung stehen, bereit, mitzuhelfen, wenn es nötig werden sollte. Milana stand jetzt still, mit hängendem, zurückgewandtem Kopf, als fragte sie sich, was in ihrem Leib vorginge. Man konnte sehen, wie das Fohlen von innen gegen ihre Bauchwand trat, und die Stute stöhnte auf. »Ho-ho-ho«, brummte Johann beruhigend. Er wirkte gesammelt und konzentriert und völlig Herr der Lage. Nirgendwo sonst auf der Welt, dachte ich, könnte sein Platz sein, nirgendwo sonst gehörte er hin als hierher, in diesen Stall, zu diesen seinen Pferden. In seiner Nähe konnte man sich nicht vorstellen, dass etwas schiefgehen könnte. Breitbeinig stand er da, und wenn er mit dem Stroh Milanas Rücken massierte, hatte man das Gefühl, als würde sie sich unter seinen Berührungen entspannen. Im Stall des Nachbars wurde das Radio ausgeschaltet; jetzt war es still, abgesehen vom gleichmäßigen Malmen, das aus Ronjas Box kam, hin und wieder von einem Schnauben unterbrochen. Ich beobachtete Maria. Sie hatte die Arme vor der Brust gekreuzt; regungslos saß sie da, der Schein der Laterne lag auf ihrem Gesicht, und ihr Blick folgte andächtig den kreisenden Bewegungen von Johanns Hand. Mein Herz klopfte stark und regelmäßig. Auch ich hätte in diesem Augenblick nirgendwo anders sein mögen; hier ist, dachte ich, der Nabel der Welt, hier in diesem Stall, über dessen First der Mond hing, in dieser dunklen Herbstnacht, bei den Tieren, die uns vertrauten, die unsere Hilfe annahmen, obwohl sie, auf sich allein gestellt, ebenso zurechtkämen, die uns einließen in ihre Welt. Tief sog ich den Geruch ein nach Pferd und Heu und Stroh, ganz entspannt in der Wärme der atmenden Tierleiber.

Milana legte sich hin. Gewaltige Wellenbewegungen gingen über sie hin, ein wenig Blut trat aus, und sie stöhnte auf, wieder und wieder. Johann bückte sich und griff mit einer geübten Bewegung in ihre Scheide, und bald sah man etwas Braunes, einen winzigen Huf, dann noch einen, und dann trat der Kopf durch, zusammen mit einem Schwall durchsichtiger Flüssigkeit. Johann schloss seine Hände um den Kopf, um die Hufe, und zog, während Milana laut stöhnte und sich ihr Leib rhythmisch zusammenkrampfte. Noch ein paar Wehen, und dann lag das Fohlen im Stroh. Es war schwarz, und das nasse Fell glänzte im Licht. Maria blickte mit halbgeöffnetem Mund auf Johann, der das Fohlen behutsam zu Milana hinschob, die sofort damit begann, es abzulecken. Eine tiefe, selige Freude lag über Marias Zügen. Johann warf ihr einen Blick zu, und ein Schatten fiel auf sein Gesicht. Er drehte sich um, wartete ein Weilchen, dann half er dem Fohlen auf die Beine, umfasste mit seinen breiten Händen sein Mäulchen und näherte es Milanas Zitzen, und dann, Minuten, nachdem es geboren war, stand es wacklig da, und es trank schmatzend, während sein kurzer Schweif aufgeregt hin und her zuckte. Wie ebenmäßig es gebaut war! Ich atmete aus. Alle Schönheit der Erde schien sich in dieser Kreatur zu sammeln. Die langen schlanken Beine, der vergleichsweise kurze Körper verrieten Kraft und Zartheit zugleich. Johann nahm ein Strohbüschel in die Hand und begann schweigend, Milana abzureiben. Warum sagte er nichts? Freute er sich denn gar nicht? Sein uns zugekehrter Rücken sprach eine andere Sprache; was steht ihr noch da und schaut, schien er zu sagen, merkt ihr nicht, dass es vorüber ist? Ich schüttelte den Kopf. Mein Blick ging zu Maria zurück. Mit gesenktem Kopf saß sie da. Auch sie wirkte auf einmal traurig, traurig und einsam. Milana trank in tiefen, durstigen Zügen. Es war unerträglich, dieses Schweigen! Plötzlich stand Maria auf und nahm ein wenig Stroh in die Hand und stellte sich auf Milanas andere Seite und begann, sie dort abzureiben. Johanns Rücken spannte sich an. Und dann lächelte Maria ihn an, lächelte auf eine Art, dass es mir durch und durch ging, offen, verletzlich und voller Angst. Johann ließ seinen Arm sinken, und Maria schlug die Augen nieder. Eine tiefe Röte stieg ihr ins Gesicht. Johann hatte einen Augenblick mit dem Abreiben aufgehört, doch jetzt bückte er sich, griff sich eine Handvoll sauberes Stroh und fuhr damit fort, härter allerdings und ruckartiger, doch Milana schien dies nicht zu stören. Das Fohlen hatte fertig getrunken; auf seinen wackligen Beinen machte es ein paar Schritte auf Maria zu und blieb vor ihr stehen. Sie lockte es zart und hielt ihm die offene Hand hin, und es roch daran und warf dann heftig, wie erstaunt, den Kopf zurück. Maria lächelte, und wieder sah sie Johann an, doch diesmal mit einem Blick, der scheu und herausfordernd zugleich war. Langsam strich sie dem Fohlen, das unter ihrer Berührung zusammenzuckte, über den Rücken, über die widerspenstigen Wirbel auf seiner Kruppe, über die Flanken.

Johann räusperte sich. »Du kannst ihm einen Namen geben«, sagte er. »Wenn du willst …«

Maria nickte. »Ich muss darüber nachdenken«, sagte sie leise.

Verstohlen betrachtete ich die zwei: wie sie nun von beiden Seiten Milana abrieben, wie sich ihre Hände plötzlich berührten und auseinanderfuhren, wie Maria ihren Kopf leicht zur Seite neigte, sodass das Licht auf ihren Nacken fiel, wie Johann darauf starrte.

»Ihr braucht mich ja sicher nicht«, sagte ich bitter und wandte mich zum Gehen.

Johann drehte sich zu mir um, sagte aber nichts. Maria lächelte mich an. »Mach's gut«, sagte sie.

Das war die Höhe! Schließlich war ich es gewesen, der Maria abgeholt hatte! Ich stieß die Tür auf. Kalte Herbstluft schlug mir entgegen. Wie kalt die Sterne leuchteten! Wie ein gelber Messingball spiegelte sich der Mond in einer Güllepfütze. Wütend kickte ich mit dem Fuß einen Stein zur Seite. Sie hatte nur noch Augen für meinen Bruder! Ich ließ Bento von der Kette; der Hund schien zu bemerken, dass ich Kummer hatte, denn er leckte mir die Hand und winselte leise, als ich ihm über das Fell fuhr. Die Schindeln des Daches glänzten im Mondlicht. Ich trat in den dunklen Hausflur und stieg die Treppe hinauf. In meinem Zimmer stellte ich mich ans Fenster. Wie sie ihn angeschaut hatte! Unten im Hof ging die Stalltür auf, und Maria und Johann traten heraus. Sie blieben stehen, Maria lehnte sich gegen die Wand, und Johann hob seinen Arm und stützte sich dagegen. Er schien auf sie einzusprechen, und sie hatte den Kopf leicht zu ihm hochgehoben und sah ihn an. Und dann, in einer unbeschreiblich sanften und rührenden Geste, nahm er ihr Gesicht in beide Hände und küsste sie. Erst stand Maria still, wie erschrocken, doch dann – schlang sie ihre Arme um seinen Hals. Das konnte nicht sein! Und gleichzeitig wusste ich, dass es so war, dass es sich in all den vergangenen Wochen angekündigt hatte. Die beiden Gestalten waren im Mondlicht zu einer einzigen geworden. Johann küsste Maria, und Maria küsste Johann. Es war die Wahrheit.

Ich schluchzte auf und wandte mich ab und ließ mich auf mein Bett fallen und schlug die Hände vor das Gesicht. Bald waren sie nass von Tränen. Doch plötzlich sprang ich auf. Niemals würde das gutgehen, dachte ich – niemals! Die beiden passten doch gar nicht zusammen! Und wer, wenn nicht ich, müsste einschreiten, um Johann zu warnen – ich, sein jüngerer Bruder, der, so erschien es mir mit einem Mal, der Einzige war, der die Situation überschaute, ich musste etwas tun! Johann, sah er das denn nicht, rannte in sein Verderben – und Maria? Selbst wenn sie ihn liebte – niemals würde sie sich dazu herablassen, an seiner Seite zu leben! Mit langen Schritten lief ich im Zimmer auf und ab. Ich musste hinaus! Ich musste rennen, frische Luft einatmen, nur hinaus, hinaus!

Es war zu dunkel, um auf den Eichberg zu gehen, doch ich kannte einen Ort, der mich jetzt magisch anzog: den Kirchturm, der neben dem Marktplatz aufragte. Damals stand die Kirche immer offen, auch nachts, damit, wie der Pfarrer zu sagen pflegte, Menschen in Not stets zu Gott beten konnten; und der Aufgang zum Turm, das wusste ich von früheren Erkundungen, war ebenso geöffnet. Leise drückte ich die Tür des Seitenportals auf. Der Geruch nach Weihrauch hing in der Luft. Das Licht der Straßenlaternen ließ die bunten Rosetten funkeln. Nur ab und an war da das Geräusch eines anfahrenden Autos, das gedämpft hereindrang, und einmal hörte ich Stimmen von weit her, auch sie gedämpft und wie von der dumpfen, stickigen Luft, die hier herrschte, verschluckt. Ich schlich in den Turmaufgang. Ich hatte meine kleine Taschenlampe mitgebracht, deren Lichtkegel ich vor mir her die Treppe emporhuschen ließ. Bald begann ich zu keuchen, denn bis zur Plattform, die um diese Stunde allerdings geschlossen sein würde, waren es zweihundertfünfzig Stufen. Trotzdem – ich würde durch ein kleines Fenster hinaussehen können. Ich brauchte Überblick. Ich musste alles von weit oben betrachten, und vor allem musste ich mich beruhigen. Maria und Johann – das Bild der beiden sich umschlingenden Gestalten stand vor meinen Augen; sonst nahm ich nichts wahr. Erst als ich durch das Fenster hinunterschaute, sah ich, was um mich beziehungsweise unter mir war. Überall flackerten Lichter, nur draußen, wo das Städtchen in Ackerland überging, war es dunkel. In einem Hof tuckerte der Motor eines Traktors, vielleicht würden dort noch, im Schein der Hoflaterne, Futterrüben abgeladen. Vereinzelt muhten Kühe, wo man noch nicht mit der Stallarbeit fertig war. Autos fuhren über den Marktplatz. Nebelschwaden zogen von den Feldern heran. Das war meine Heimat. Ich suchte nach einem Wort, um das Gefühl zu beschreiben, das sich meiner bemächtigt hatte. Überflüssig – ja, das war es – ich fühlte mich überflüssig, als wäre mir der Platz, den ich all die Jahre innegehabt hatte, plötzlich abhandengekommen. Überflüssig und einsam und verletzt und wütend. Und ich stand und schaute, und es war hier, an diesem Ort und in dieser Nacht, dass ich beschloss, meine Heimat zu verlassen, dass ich fortgehen würde, um zu studieren, und gleichzeitig spürte ich, wie schmerzlich ich an diese Stadt und die darin lebenden Menschen und ihre Schicksale gekettet war und wie einsam ich mich fühlen würde, wenn ich sie verließe. Und ich wusste mit einem Mal, dass ich einen Weg würde finden müssen, um von meiner Heimat zu erzählen, einen Weg und eine Form, um diese Stadt, dieses Land zu zeichnen, festzuhalten, dass ich von den Wiesen, den Feldern, den Tieren, den Bergen, den Menschen würde erzählen wollen und von meiner Liebe zu ihnen, die, das wurde mir klar, auch Maria und Johann in sich einschloss, Maria und Johann, die in unserem Hof standen und sich küssten. Und ebenso klar wurde mir jetzt, hoch da droben, dass ihre Geschichte ihren Lauf nehmen würde, und es war mir, als sei ich ein Stöckchen, das ein Fluss mitreißt in seinem großen Strom, das hilflos auf und ab tanzt auf den Strudeln, das sich dreht, das sich wendet und das schließlich irgendwo an Land gespült wird, ganz ohne sein Zutun. Heute scheint mir, dass ich mich in dieser Nacht von meiner Kindheit verabschiedet habe.

Den ganzen folgenden Tag beobachtete ich meinen Bruder. Er schien halb glücklich, halb ungläubig, als könne er sich nicht vorstellen, dass Maria ihn tatsächlich geküsst hatte; immer wieder lachte er, scheinbar grundlos, dann wieder runzelte er die Stirn und schaute blicklos ins Leere. Sobald das Mittagessen vorüber war, sah er regelmäßig auf die Uhr, doch er konnte nicht zuhause auf Maria warten, weil ein paar der Bullen, die in unserer großen Scheune standen, vom Viehhändler abgeholt werden sollten. Er bat mich, mit ihm zu kommen. Nebeneinander liefen wir die Straße hinab. Ich dachte an Maria, wie sie mir von ihren Ausritten zu erzählen pflegte, noch atemlos, mit einem vom Wind geröteten Gesicht, mit blitzenden Augen, wie sie ihre Empfindungen mit mir teilte – mit mir, nicht mit meinem Bruder. Konnte es möglich sein, dass diese Gespräche in Zukunft einfach nicht mehr stattfinden würden? Und was würde aus unseren – Johanns und meinen – Bemerkungen über sie werden, die wir gelegentlich ausgetauscht hatten: dass sie den Pferden zu dick einstreute, und was das kostete, all das Stroh, mit dem sie so freigebig umsprang; was würde werden aus unserem gemeinsamen nachsichtigen Lächeln, wenn sie den Pferden etwas mitbrachte, Zucker, Karotten, altes Brot? Gemeinsam hatten wir uns über sie amüsiert … und jetzt? Jetzt gab es sie, die beiden, und auf der anderen Seite gab es mich.

Der Viehhändler ließ auf sich warten, und Johann nahm eine Mistgabel und begann, die Ställe auszumisten, was normalerweise nur ein paar Mal im Jahr mithilfe eines Traktors bewerkstelligt wurde, da die Tiere auf Matratzenstreu standen, es schien, als könne er es nicht ertragen, untätig herumzustehen, und schon bald rann ihm der Schweiß die Schläfen hinab. Die Bullen hatten sich in eine Ecke des Stalls zurückgezogen und starrten ihn dumpf an, von Zeit zu Zeit heiser muhend, während er den Mist auf die Stallgasse warf. »Man müsste aussiedeln«, sagte er plötzlich. »Dann hätte man alle unter einem Dach.«

Es war nicht das erste Mal, dass davon die Rede war, doch bisher war das allen, auch Johann, wie ein verstiegener Traum erschienen, etwas, worüber man spekulieren konnte, aber was mit Sicherheit niemals Wirklichkeit werden würde, denn wer aussiedeln wollte, musste viel Land haben – was wir hatten –, aber es musste auch eine Familie da sein, die den Hof bewirtschaften würde. Jetzt schießt er aber wirklich übers Ziel hinaus, dachte ich. Und dann waren wir eine Weile mit dem Verladen der Bullen beschäftigt, die sich angstvoll weigerten, die Rampe hinaufzulaufen. Zum Hof zurück liefen wir schweigend nebeneinander her. Schon von weitem sahen wir Marias Fahrrad. Mit ein paar langen Schritten war Johann beim Tor und im Hof verschwunden. Ich folgte ihm langsam. Der Himmel hatte sich bezogen, und unter den tiefhängenden Wolken wirkte die Straße mit ihren Hoftoren, die alle einen neuen Anstrich vertragen konnten und zum Teil schief in den Angeln hingen, öde – kein Baum, kein Strauch schmückte sie, denn das wäre für die dort rangierenden Traktoren eine unnötige Erschwernis gewesen. Ich blieb stehen. Nicht um alles in der Welt hätte ich meinen Fuß auf den Hof gesetzt, jetzt, wo Johann bei Maria im Stall war. Ich brauchte nicht lange zu warten, und schon stand mein Bruder wieder neben mir und schlug mir auf die Schulter. »Warum stehst du hier rum?«, fragte er. Sein Gesicht war ein einziges großes Lachen. »Los – wir müssen Futterrüben häckseln!«

Kaum im Hof, hatte er den Häcksler schon angeworfen; er füllte eine Wanne mit Futterrüben und brachte sie herbei und warf eine Rübe nach der anderen in den Trichter. Seine rauen, rissigen Hände waren dunkel vor Dreck. Diese Hände hatten gestern Marias Gesicht gehalten! Ich holte einen Eimer und füllte ihn mit den Rübenschnitzeln, trug ihn in den Kuhstall und leerte ihn in die Traufen. Die Kühe erhoben sich schwerfällig, steckten ihre dicken, behörnten Köpfe durch das Gitter und versenkten ihr weiches Maul darin. Ich versuchte, mir ein Leben ohne Tiere vorzustellen, ohne den Geruch nach Milch und Dung, ohne das friedliche, rhythmische Malmen, ein Leben ohne unseren Hof, ein Leben in der Stadt, mit nichts als Häusern und Straßen und vielen fremden Menschen. Ohne die unebenen Feldwege, in deren Pfützen sich die Sonne spiegelte. Ohne den weiten Blick über das Land. Ohne die Schreie der roten Milane, die ihre Kreise hoch über den Feldern zogen. Ich fröstelte.

Wenig später saßen wir zum Kaffee in der Küche. Auch mein Vater war von seinen Streifzügen durch anderer Leute Höfe zurückgekehrt und saß friedlich in seinem Sessel. Meine Mutter faltete die Wäsche. Mein Vater tunkte ein Stück Hefezopf in den Kaffee und verzehrte es schmatzend. Von der Decke baumelte ein Leimfänger, an dessen klebriger Oberfläche die Fliegen wild zappelnd hängenblieben. Wir schwiegen; es gab nichts zu bereden. Als Maria den Sattel hochbrachte, stand Johann auf, öffnete die Tür und rief sie herein. Meine Mutter schob ihr Zopf und eine Tasse hin und füllte sie auf.

»Danke«, sagte sie.

Sie sah Johann nicht an. Wieder faltete sie ihre Hände um die Tasse. Sie lächelte. »War ein schöner Ritt«, sagte sie. »Kein Mensch war draußen. Nur schade, dass die Stoppeläcker schon umgepflügt sind.«

Sie nippte an ihrem Kaffee, lehnte sich zurück und fuhr sich mit der Zunge langsam und genüsslich über die Lippen.

»Wo warst du?«, fragte meine Mutter.

»An der Bergkapelle«, antwortete sie fröhlich.

»Dass dich da keiner vom Pferd zieht!«, kicherte mein Vater.

»Sei doch still«, sagte meine Mutter und wandte sich ab.

»Ach du«, sagte mein Vater verächtlich. »Was weißt denn du schon davon ...«

Johann räusperte sich. Wenn Maria sich nach vorn beugte, sah man ihren schönen Nacken und den feinen Haaransatz, denn heute trug sie ihre Haare hochgesteckt; nur eine dünne Strähne ringelte sich auf ihrer Haut. Sie neigte den Kopf leicht zur Seite und folgte mit dem Finger dem Muster der Wachstuchdecke. Dann hob sie die Tasse wieder an die Lippen und trank in kleinen Schlucken, setzte sie ab, rührte den Zucker auf und trank erneut. Als sie fertig war, schob sie die Tasse zurück, genau in dem Augenblick, als Johann das Gleiche tat, und ich sah, wie sich ihre Hände berührten. Johann lachte kurz und heiser auf.

»Ich mache noch den Stall«, sagte Maria.

Auch Johann erhob sich. »Warte«, sagte er. »Ich muss nach dem Fohlen sehen ...«

Meine Mutter lächelte. »Wie soll es denn heißen?«, rief sie den beiden hinterher.

»Wildfang«, sagte Maria.

Es war in dieser Zeit, in diesem Herbst, dass ich die Dichter entdeckte. Da wir deutsche Lyrik durchnahmen, entlieh ich mir in der Schulbücherei Gedichtbände und las sie während der Freistunden. Es war mir, als eröffneten sich mir mit jedem Gedicht neue Fenster auf die Welt. Ich las und las, und ich betrachtete, wie mit einer neuen Empfänglichkeit ausgerüstet, die Welt um mich herum im Zustand einer geheimnisvollen Erregung, einer unruhigen Freude, als stünde ich plötzlich an einer Kreuzung, von der aus ein verschlungener Pfad in eine unsichere, aber in kühnsten Farben leuchtende Zukunft führte, ein Pfad, von dessen Existenz ich bis vor kurzem noch gar nichts gewusst hatte. Ich schrieb meine ersten Gedichte. Und ich beobachtete Johann und Maria. Maria, die eines Tages, hoch zu Pferd, vor mir aus dem Nebel auftauchte, mit durch die Feuchtigkeit gekräuseltem Haar. Maria, im weiten Mantel des St. Martin, mit Helm und hohen Stiefeln, als sie beim Martinszug des Städtchens mitritt; Maria, die eines Abends, als sich ein heftiges Gewitter entlud mit strohfarbenen Blitzen und trockenem Donnerrollen, weinend von zuhause kam und in Johanns Arme flüchtete, der ihr wortlos über den Kopf strich, auf dieselbe Art, wie er ein Kälbchen streichelte. Ich sah Johann, spätabends im Schein des Küchenlichts am Tisch sitzend, wie er Zeichnungen anfertigte, von dem Aussiedlerhof, der in seinem Kopf Gestalt annahm, von dem Wohnhaus, den Stallungen, den Weiden, deren Zäune er akkurat strichelte, ich sah, wie er den Kopf in die Hände stützte und in die Ferne schaute, wie er aufstand und die Ofentür öffnete und Holz auf die rotzüngelnde Glut legte und die Ofentür schloss und sich wieder an den Tisch setzte und mit einem abwesenden Lächeln den Bleistift erneut aufnahm. Ich sah die Blicke, die zwischen den beiden hin- und hergingen, und ich fragte mich, wann unsere Mutter etwas bemerken würde. Einmal sah ich meinen Bruder draußen am Eichberg, als ich nach der Schule hinauflief; er säte, und als ich oben angekommen war und zurückblickte, sah ich ihn an der großen Eiche stehen – dem einzigen Baum, der dort wuchs –, und von hier oben wirkte es, als empfände er das Bedürfnis, sich an den dicken Baumstamm zu lehnen, als wollte er Kraft empfangen durch das ehrwürdige Alter des riesigen, weitverzweigten Baumes, der schützend seine Äste über ihn hielt. Klein wirkte mein Bruder von hier aus, klein und verletzlich und verloren in der stillen Weite der Felder und unter dem bleigrauen Herbsthimmel, den dicken, tiefhängenden Wolken. Wenn ich allein dort draußen war, stoben Schwärme von erdbraunen Rebhühnern auf, und in den herbstlichdumpfen Duft nach feuchter Erde mischte sich der intensive Geruch nach frisch ausgebrachtem Mist. An manchen Tagen strömte der Regen windgepeitscht herab, sodass das Flüsschen zu einem rauschenden Bach anschwoll, an anderen stand frühmorgens die Sonne wie ein kleiner weißer Ball hinter den dichten Nebelschwaden am Himmel, und es dauerte bis zum Mittag, bis sie sich durch das zähe Grau gekämpft hatte. Dünne Rauchfahnen kräuselten sich über den Häusern. Das Gras unten am Gollerbach war gelblich braun; einzelne Hasen hoppelten darüber. Ich sah meine Mutter, wie sie ihren letzten Zahn aus dem Essen fischte mit den Worten: Alles gehet dahin!, und wie mein Vater matt und erschöpft und mit grauem Gesicht in seinem Sessel schlief. Und ich versuchte, in Worte zu fassen, mit welch kindlichem Entzücken Maria das Fohlen betrachtete, seinen wilden Bocksprüngen mit dem Blick folgte, wie sie es langsam und vorsichtig an das kleine Stallhalfter gewöhnte, ich versuchte festzuhalten, wie sie sich veränderte, wie sich ihre Formen rundeten und alles Spröde, Jungenhafte von ihr abfiel, ich sah den zarten Schmelz ihrer Haut, das Funkeln der Kette in ihrer Halsbeuge, das Wehen ihrer langen offenen Haare. Ich sah, wie Johanns Langsamkeit und Besonnenheit sie beruhigte, wie sie sich an ihn lehnte, schutzsuchend, als gäbe es etwas in ihrem Leben, vor dem sie davonliefe, als öffnete sie sich durch das Zurückschieben des Riegels am Hoftor eine Welt, in der sie aufgehoben wäre. Und es gab Tage, an denen mich meine Unruhe verließ und ich einfach alles nahm, wie es war, Tage, an denen ich mich daran erinnerte, wie Johann mich auf dem Arm getragen hatte, als ich klein war, wie er mich auf seinem Traktor mit aufs Feld genommen hatte, als ich sitzen konnte, wie er mich auf seinem Pferd hatte reiten lassen, mir den Rücken mit seiner Hand stützend, während ich mich an dem stachligen Haar der Mähne festhielt und den unverwechselbaren Pferdegeruch einsog und laut krähte vor Freude. Tage, an denen ich ihm Glück wünschte, Tage, an denen ich es für möglich hielt, dass alles gut ausgehen würde. Und schließlich brachte ich Maria ein Gedicht und las es ihr vor, mit zittriger Stimme und voller Angst, und als ich sah, dass meine Worte sie zu bewegen vermochten, hätte ich sterben mögen vor Freude.

Eines Abends, wir waren soeben mit dem Stalldienst fertig und räumten die Melkmaschine weg, kam Maria in den Kuhstall und küsste Johann vor meinen Augen auf den Mund.

»Wir haben uns gestern verlobt«, sagte er und zog sie zu sich heran. »Und jetzt wollen wir es den Eltern sagen – schau nicht so, du hast es doch die ganze Zeit gewusst, oder nicht?«

Ich nickte und schluckte. »Herzlichen Glückwunsch«, stammelte ich.

Johann würde Maria heiraten. Es war schön, es war wunderbar, es war schrecklich, unfassbar, vernichtend, alles in einem. Es zerriss mir das Herz. Ich stand nur da und starrte die beiden an. Johann klopfte mir auf den Rücken. »Na komm schon«, sagte er amüsiert. »Du bist ja völlig von der Rolle!«

Ich trat einen Schritt zurück. Ich sah den Hof hinauf, wo die mit Regenwasser vermischte Gülle über den Betonweg rieselte. Das wäre Marias neues Zuhause. Ich schüttelte den Kopf. Sie würde bei uns wohnen, mit uns leben, tagaus, tagein! Die beiden liefen vor mir her zum Haus, und ich folgte ihnen schweigend, mit weichen Knien. Darauf war ich nicht gefasst gewesen! Dummkopf, schalt ich mich, wenn zwei Menschen sich lieben, ist es das Normalste, dass sie auch irgendwann heiraten! Aber nicht Johann und Maria! Oh Gott, es war unfasslich …

Meine Mutter war damit beschäftigt, das Abendessen herzurichten. Mein Vater saß, vor sich hin starrend, in seinem Sessel. In der Tür blieb Johann stehen.

»Mama«, sagte er, »Papa – wir wollen euch etwas sagen, Maria und ich!«

Meine Mutter drehte sich zu uns herum, und mein Vater richtete seinen Blick mühsam auf seinen Sohn.

»Wir haben uns gestern verlobt«, sagte Johann. »Und wir wollen im Frühjahr heiraten!«

Ich stand hinter den beiden und konnte daher die Gesichter meiner Eltern nicht erkennen. Der Wasserhahn tropfte. Nichts geschah – nur Holzscheite fielen im Herd gegeneinander. Johann trat einen Schritt vor.

»Komm, Maria«, sagte er und zog sie in die Küche.

Meine Mutter stand da, den Brotlaib in der einen Hand und das Messer in der anderen. Sie legte das Messer auf den Tisch und fuhr sich mit der Hand über ihre Haare, erwischte eine Strähne und schob sie hinter ihr Ohr. Dann strich sie sich über ihre Schürze, als gelte es, all die kleinen Fältchen zu glätten. Sie räusperte sich. Sie schüttelte den Kopf. »Das geht doch nicht«, sagte sie schließlich leise. Dann wandte sie sich ab und begann, Brotscheiben vom Laib herunterzuschneiden.

»Mama«, sagte Johann.

Maria stand still da, abwartend, die Hände hinter dem Rücken gefaltet. Mein Vater war in seinen Sessel zurückgesunken. Er hatte die Augen geschlossen, und es dauerte nicht lange, und er begann leise pfeifend zu schnarchen.

»Mama«, sagte Johann noch einmal. »Hör doch zu …«

Meine Mutter räusperte sich wieder. »Öl und Wasser vermischen sich nicht«, sagte sie.

Sie nahm den Deckel der Kanne ab, die auf dem Herd stand, und schöpfte mit hastigen Bewegungen kochendes Wasser in den Teetopf.

»Wir lieben uns«, sagte Johann ruhig.

»Maria«, sagte meine Mutter, ohne auf Johann zu hören, »Maria wird weggehen und studieren!«

»Ich werde nicht studieren«, unterbrach sie Maria. »Ich werde hierbleiben, hier bei Johann, und ich – wir würden uns freuen, wenn Sie uns Ihren Segen geben!«

Meine Mutter schwieg. »Das wird nicht gutgehen«, sagte sie nach einer Weile, leise, als spräche sie nur für sich. »Nie im Leben wird das gutgehen!«

Sie wandte sich zu Maria um. »Wir sind einfache Leute«, sagte sie. »Einfache Bauern mit einem kleinen Hof …«

»Ich will es aber«, sagte Maria schlicht. »Ich will Bäuerin werden!«

»Du weißt doch gar nicht, wovon du sprichst«, sagte meine Mutter. »Und hast du an deine Eltern gedacht?« Wieder schüttelte sie den Kopf. »Was für eine Idee«, sagte sie. »Wenn ich das gewusst hätte!«

Johann trat vor. »Mama«, sagte er. »Wir werden heiraten, so oder so – verstehst du? Sei so gut und nimm es, wie es ist!«

Sah meine Mutter denn nicht, dass es ihm ernst war, wie er da stand, aufrecht und entschlossen? Ich konnte nicht anders, als meinen Bruder zu bewundern. Aber dennoch … Maria als Bäuerin, auf dem Acker und im Stall schuftend, das war doch etwas anderes, als manchmal ein Pferd zu putzen und zu reiten und dann nachhause zurückzukehren, ein heißes duftendes Bad zu nehmen – wir badeten nur einmal in der Woche! – und im Zimmer mit dem Aquarium und dem Blick in den Garten dünn geschnittenen rohen Schinken zu essen und dabei die nackten Zehen in den dicken weichen Teppich einsinken zu lassen. Nein – es war undenkbar. Es war unmöglich. Maria war neben Johann getreten. Sie ergriff seine Hand und legte ihren Kopf an seine Schulter. Meine Mutter starrte sie an, und man konnte sehen, wie es in ihr arbeitete. Sie sog ihre eingefallenen Wangen noch ein Stück mehr nach innen, sie öffnete den Mund und schloss ihn, und sie fuhr sich mit einer nervösen Geste über die dünnen Haare. Tränen standen in ihren Augen. »Wir sind doch nur einfache Leute«, sagte sie wieder. »Du bist doch an ganz anderes gewöhnt!«

»Lassen Sie das doch meine Sorge sein«, sagte Maria. »Sie werden sehen, dass ich zurechtkomme!«

Und wenn das nun stimmte? Hatte Maria uns nicht immer wieder überrascht, war sie uns nicht eine echte Hilfe gewesen?

Ich weiß nicht mehr, wie lange wir dastanden, schweigend, uns anstarrend. Das Schnarchen meines Vaters war tiefer und lauter geworden, und meine Mutter mag es als große Härte des Schicksals empfunden haben, dass sie in einem Augenblick wie diesem praktisch allein war. Dann, plötzlich, drehte sie sich um, langte in das Weihwasserschälchen, benetzte ihre Finger und besprengte die beiden. »Wenn es denn sein muss«, sagte sie. »Wenn es denn wirklich sein muss!«

Dann rüttelte sie meinen Vater an der Schulter. »Wach auf, Papa!«, rief sie. »So wach doch auf!«

Mein Vater kam langsam zu sich.

»Hör zu«, sagte sie. »Jetzt hör mir mal ganz genau zu! Dein Sohn heiratet!«

»Welcher?«, fragte mein Vater.

»Du armer alter Mann«, rief meine Mutter. »Welcher, fragst du! Ja, was denkst du denn – denkst du, es könnte dein sechzehnjähriger Sohn sein? Da sei Gott vor! Nein, Johann ist es, verstehst du – Johann!«

»Aha«, sagte mein Vater, und plötzlich ging ein Grinsen über sein Gesicht, und seine Äuglein funkelten. »Soso! Und wen, wenn ich fragen darf?«

Meine Mutter ergriff Marias Hand. »Du kennst doch Maria«, sagte sie. »Du kennst sie doch, nicht wahr?«

Mein Vater schüttelte den Kopf. »Ich kenne keine Maria«, sagte er.

»Anton«, sagte meine Mutter streng. »Maria geht seit einem halben Jahr täglich bei uns ein und aus!«

»Hübsch«, sagte mein Vater. »Hübsch, sehr hübsch – und Johann, sagst du, will dieses Mädchen heiraten? Da weiß ich warum!« Er hob seine Hand, formte mit Daumen und Zeigefinger einen Kreis und stieß den Zeigefinger der anderen ein paar Mal hindurch. »Alles klar«, kicherte er, »alles klar, mein Sohn, nur zu!«

Johann hatte sich mit dem Rücken zu ihm an den Tisch gesetzt. Meine Mutter errötete. »Es wird immer schlimmer«, flüsterte sie Maria zu. »Komm, setz dich hin und achte nicht auf ihn!«

Maria beugte sich zu meinem Vater hinunter. »Ich heiße Maria«, sagte sie leise.

Mein Vater hob die Hand, als wolle er Maria zu sich herziehen, doch dann strich er ihr zitternd über das Haar. »Maria«, flüsterte er. Die Augen fielen ihm zu, und Maria wandte sich um und setzte sich neben Johann. Er legte seinen Arm um sie. »Iss«, sagte er.

Eine Weile aßen wir schweigend. Der Blick meiner Mutter lag auf den beiden.

»Maria«, sagte sie plötzlich. »Habt ihr es deinen Eltern schon gesagt?«

Maria schüttelte den Kopf.

»Sie werden dagegen sein, nicht wahr«, sagte meine Mutter.

Maria richtete sich auf. »Es ist mir egal«, sagte sie trotzig. »Schließlich ist es *mein* Leben! Und volljährig bin ich auch!«

Johann schaute sie bekümmert an. Was wusste er von ihren Eltern?

»Wir werden mit ihnen sprechen«, sagte er ruhig. »Und zwar gleich!« Er stand auf. »Komm, Maria!«

Plötzlich begann meine Mutter zu weinen. Die Tränen liefen über ihre eingefallenen Wangen, und sie wischte sie mit der Hand ab.

»Mama«, sagte Johann. »Jetzt ist's aber gut!«

»Ich werde Seinen Segen für euch erflehen«, sagte sie. »Denn ohne den wird es nicht gehen!«

Sie seufzte. Mein Vater schnarchte laut auf. »Geht, meine Kinder, geht, und Gott sei mit euch!«

Was an jenem Abend in Marias Haus geschah – Johann erzählte es uns nicht, doch er wirkte bedrückt am nächsten Tag, und als Maria mittags kam, sah ich, wie er sie unten am Hofeingang in seine Arme schloss und beide eine Weile dastanden, ohne sich zu bewegen, er hatte das Kinn in ihrem Haar, und sie schien verloren und zart neben der massigen, breitschultrigen Gestalt meines Bruders. Wie in Stein gehauen wirkten sie, regungslos und sich selbst genug. Ich wandte mich um und ging ins Haus zurück und verließ es durch die Vordertür und lief in die Stadt. Ich ging auf den Marktplatz, wo ich einige meiner Klassenkameraden traf, und wie sie lehnte ich mich lässig gegen eine Hauswand und sah den Mädchen nach, die die Straßen entlangschlenderten, ich steckte die Daumen in die Taschen meiner engen Jeans und schüttelte meine inzwischen lang gewachsenen Haare, und wenn ein Mädchen an mir vorüberlief, folgte ich ihm mit Kennermiene mit den Blicken. Plötzlich sah ich Josef mit seinem Pferd über den Marktplatz kommen, und ich wandte mich ab, damit er mich nicht bemerkte. Seine große schwere Stute, die er an einem Strick führte, hatte einen außergewöhnlich dicken Bauch, ihr Rückgrat war durchgebogen, und auf ihre riesigen Hufe hingen zottelige Haarbüschel herab. Es war Markttag, zwischen Ständen mit Obst, Gemüse, Blumen, Brotlaiben und Käse herrschte dichtes Gedränge, was ihn und sein Pferd aber nicht weiter zu stören schien.

»Heho, Josef«, schrie ihm ein Bauer zu, der hinter einem Berg von Gemüse stand, »bist mal wieder mit deinem Pony unterwegs, du alter Gauner?«

»Pony, sagst du?«, schrie Josef zurück. »Das ist ein reinrassiges Kaltblut, nicht so ein Mischling wie dein Straßenköter!«

Tatsächlich hockte zu Füßen des Bauern ein Hund, halb Collie, halb irgendetwas anderes, und wedelte mit dem Schwanz. Sein Besitzer stemmte die Arme in die Seiten.

»Die geht ja mit dir spazieren und nicht du mit ihr!«

Die Umstehenden lachten. Josef spuckte verächtlich aus. »Von wegen spazieren gehen!«, schrie er. »Dazu hab ich keine Zeit – ganz im Gegensatz zu dir!« Er grinste. »Hast wohl noch nichts verkauft heute, eh? Ein Gemüseberg so hoch wie das Matterhorn, aber keiner will was davon! Na ja, wundert mich nicht, so groß und aufgebläht, wie dein Kohl ist – da ist doch nichts drin als lauter Luft!«

»So«, schrie der andere, »und du? Warum hast du keinen Stand hier? Weil dein bisschen Gemüse grad für deine Familie reicht, nicht wahr?«

Josef blieb stehen. Die Stute hängte ihren gewaltigen Kopf über seine Schulter, sodass er noch kleiner, noch gebrechlicher wirkte als gewöhnlich. Es ging das Gerücht, dass das Pferd freien Zugang zur Haferkiste hatte, weil Josef nicht stark genug war, es daran vorbeizuführen, und dass er eines Tages gesagt hatte: mach doch, was du willst, du verdammter Gaul, und Haferkiste und Stalltüre von Stund an einfach offen stehen ließ. Man mokierte sich auch über die ungeraden Furchen auf seinen Äckern, und wenn man Josef sah, wie er den Pflug verbissen in die Erde stieß und sein Pferd mit rohen Worten antrieb, konnte man nicht anders, als den Kopf über ihn zu schütteln. Und er weigerte sich grundsätzlich, chemische Düngemittel auf seinen Feldern auszubringen. Jetzt wandte er sich verächtlich ab. »Mit dir rede ich doch gar nicht«, sagte er. »Großkopfeter!«

Er fuhr seinem Pferd durch die Mähne, die gelb wie Stroh zu beiden Seiten des kräftigen Halses herabhing. »Komm, Berta – hüh!«

Er zog an dem Strick, und das Pferd verfiel in langsamen Schritt. Es war schon ein Erlebnis, die beiden von hinten zu beobachten – das Pferd, das mit hin- und herschwankendem Bauch und mit peitschendem Schweif dahinging, und die kleine Gestalt des alten Bauern daneben, der gravitätisch einen

Fuß vor den anderen setzte. Sein Gesprächspartner, der im Übrigen Kurt hieß, lachte gutmütig. »Klein und verhutzelt wie seine Rüben«, sagte er.

Plötzlich sah ich Marias Mutter. Einen Korb am Arm, ging sie langsam von Stand zu Stand. Durch ihre große, aufrechte Erscheinung und ihre elegante Kleidung stach sie aus der Menge heraus; sie trug einen knielangen engen Rock und einen Blazer aus blauschimmerndem Material und flache, ebenfalls blaue Schuhe. Ihr Gesicht war blass; ein vages Lächeln huschte darüber, das niemandem speziell galt, doch da sie von allen Seiten gegrüßt wurde, konnte sich jeder der Grüßenden davon angesprochen fühlen. Ihre Haare, sorgfältig gescheitelt, fielen weich auf den Blusenkragen und wippten leise beim Gehen; und immer dann, wenn sie sie zurückstrich sah man Brillanten an ihren Händen funkeln. Als sie an Kurts Stand angelangt war, nahm dieser eine Gurke und hielt sie ihr hin. »Ganz frisch, Frau Doktor«, sagte er geschäftig.

Sie blieb stehen.

»Passen Sie auf, dass Sie da nicht hineintreten«, fügte er hinzu und wies auf den Dunghaufen, den Josefs Pferd hinterlassen hatte. »Was muss der Josef auch seinen Gaul über den Marktplatz führen!«

Eilfertig hielt er eine Kiste mit Tomaten hoch. »Ich mache Ihnen die Rispen ab, Frau Doktor – da, schauen Sie, ganz reif und süß!«

Marias Mutter reichte ihren Korb zu ihm hinüber. »Ich nehme ein Kilo«, sagte sie.

Wie kühl und unnahbar sie wirkte!

Der Bauer füllte ihren Korb. »Ich gebe Ihnen noch ein paar mehr hinein, Frau Doktor«, sagte er. »Für Ihre Familie …«

Sie neigte leicht den Kopf. »Ich danke Ihnen«, sagte sie.

Die Frau meines Klassenlehrers, ebenfalls mit einem Korb am Arm, war neben sie getreten. »Grüß Gott«, rief sie fröhlich. »Auch zum Einkaufen unterwegs?«

Marias Mutter nickte. Dann sah sie mich. Sie lächelte kurz, und ihre Augenbrauen, ähnlich wie bei ihrer Tochter, zuckten in die Höhe. »Hallo …«, sie zögerte.

»Nikolas«, sagte ich.

»Ach ja, entschuldigen Sie, Nikolas natürlich …« Wieder lächelte sie.

Die Frau meines Lehrers winkte mir zu. »Ich mache heute eine Kohlsuppe«, sagte sie. »Geben Sie mir Kartoffeln und Weißkohl bitte, und was macht die Familie?«

Kurt grinste erfreut. »Alles bestens«, sagte er, und dann zu Marias Mutter: »Darf es noch etwas sein, Frau Doktor?«

»Das wäre alles, danke«, sagte diese und nahm ihr Portemonnaie aus ihrer Tasche.

»Kommen Sie am Sonntag?«, fragte die Lehrersfrau. »Zum Erntedankfest?«

Marias Mutter schüttelte leicht den Kopf. »Ich denke nicht«, sagte sie.

»Schade«, sagte die andere.

Marias Mutter bezahlte. »Einen schönen Tag noch«, sagte sie.

Als sie weiterging, sahen ihr alle nach. Die Blautöne ihres Blazers changierten im Licht. Sie nickte knapp nach rechts und nach links. Kurt sah mich neugierig an. »Ihr seid ja inzwischen ganz eng mit den Doktors«, sagte er halb belustigt, halb spöttisch. Ich errötete. Wusste er von Johann und Maria? Wusste vielleicht die ganze Stadt schon davon? Ich lächelte nichtssagend und wandte mich ab. Kurt lachte. »Nix für ungut«, sagte er.

Auch in den nächsten Tagen sagte Johann nichts über den Empfang, den man ihm im Haus von Marias Eltern bereitet hatte; meine Mutter sah ihn zuweilen fragend von der Seite an, doch es war nicht ihre Art, in einen Menschen zu dringen. Wie immer um diese Jahreszeit machten wir uns daran, den riesigen Misthaufen im Hof abzutragen; da nicht genug Platz für einen Traktor mit Frontlader war, mussten wir diese Arbeit mit der Hand verrichten, und je weiter wir vorankamen und uns zum Innern des Haufens vorkämpften, desto mehr stanken wir. Gabel um Gabel warfen wir die zähe Masse aus nassem Stroh und Dung auf den Miststreuer. Der Geruch haftete an uns, hing in unseren Kleidern, unseren Haaren. Am zweiten Tag kam Maria, doch anstatt in den Stall zu Ronja zu gehen, griff sie sich eine Mistgabel und begann uns zu helfen. Johann hielt inne. »Hör auf!«, sagte er. »Das ist keine Arbeit für dich!«

Maria tat, als hörte sie ihn nicht, und warf schwungvoll eine Ladung auf den Anhänger.

»Maria«, sagte Johann wieder.

Es war nicht üblich, dass Bauersfrauen sich an dieser Plackerei beteiligten; das war Männersache, Punktum. Er ging zu ihr hin. »Sei so gut«, sagte er. »Geh zu Ronja und reite sie – aber das hier ist nichts für dich!«

Maria ließ die Gabel sinken. Tränen traten in ihre Augen. »Lass mich!«, sagte sie und wandte sich ab und stieß ihre Gabel in den Mist.

Johann sah mich hilfesuchend an. Was ist nur mit ihr los, schien dieser Blick zu sagen, was hat sie nur? Ich zuckte die Schultern. Ich verstand Maria ebenso wenig; ich für mein Teil hätte liebend gern auf diese Arbeit verzichtet. Johann schüttelte den Kopf, und nach einer Weile machte er schweigend weiter. Ich beobachtete Maria aus den Augenwinkeln. Eine Gabel nach der anderen warf sie auf den Miststreuer, wie eine Besessene, dachte ich, als gelte es, sich etwas zu beweisen! Immer mehr Haarsträhnen lösten sich aus dem Band, ihr Gesicht war gerötet, und an ihren Stiefeln klebte der Mist. Was würden ihre Eltern sagen, wenn sie sie so sehen könnten! Beißender Ammoniakgeruch stieg auf und ließ meine Augen tränen. Es würde Tage dauern, bis wir den Haufen abgetragen hätten. Von Zeit zu Zeit ließ Maria ihre Gabel sinken und atmete tief ein und lächelte seltsam. Johann tat, als bemerke er nichts, doch seinen eckigen Bewegungen konnte man ablesen, dass ihr Verhalten ihn bekümmerte. Als der Miststreuer voll beladen war und Johann in das Führerhäuschen des Traktors kletterte, setzte sie sich zu ihm. Ich sah ihnen nach. Jetzt würde man sich endgültig Gedanken darüber machen, was Maria bei uns verloren hatte!

An einem der folgenden Tage begann es zu regnen, es war ein kalter, unangenehmer Nieselregen; der Vorbote des ersten Schnees. Es war dunkel, wenn wir aufstanden, und es war schon wieder dunkel, wenn wir uns zum Abendessen hinsetzten. Maria verbrachte inzwischen fast ihre gesamte Zeit bei uns auf dem Hof. Wenn ich an manchen Tagen den Eichberg hinauflief, lag der Geruch nach nassem Laub und Holzfeuern in der Luft, die Raben krächzten verloren über den Feldern, und bleigraue Wolken hingen tief und schwer über der Landschaft. Wir warteten; wir warteten auf ein Signal von Marias Eltern, darauf, wie es weitergehen würde. Maria war blass und still, und mir fiel auf, dass sie fast ständig fror; sie trug dicke wollene Pullover, aber dennoch zitterte sie, wenn sie frühmorgens in den Stall kam.

Die Tage zogen sich in die Länge; wir redeten wenig; wir kitteten ein paar der Stallfenster, und wir kalkten den Kälberstall. Manchmal ertappte ich die beiden, wenn sie sich umarmten, schweigend, ich sah, wie Johann sein Gesicht in ihr Haar grub.

»Sag deinen Eltern, sie sollen uns einmal besuchen«, bot meine Mutter eines Tages an, doch Maria schüttelte nur den Kopf. Oft führte sie Milana und das Fohlen spazieren, oder sie ritt aus, aber sie erzählte mir nichts von dem, was sie gesehen hatte. Sie putzte das gesamte Zaumzeug, säuberte die Fenster des Pferdestalls, bürstete Bento, mistete aus, fütterte, und wenn sie fertig war, half sie uns mit den Kühen. Eines Tages fiel der erste Schnee.

Er legte sich auf den niedrigen Dunghaufen, auf den Plattenweg und auf das Dach von Bentos Hütte, und alles verschwand unter einer sauberen weißen Decke, und als die Sonne wieder schien, funkelten die sternförmigen Kristalle so gleißend hell, dass ich die Augen zusammenkneifen musste. An diesem Tag brachte Maria uns einen Brief. Sie legte ihn ohne ein Wort auf den Küchentisch, an dem ich saß, lächelte meine Mutter an und ging zum Stall hinunter. Meine Mutter wischte sich die Hände an der Schürze ab. Sie nahm den Brief und hielt ihn gegen das Licht. Dann humpelte sie zur Anrichte, nahm ein Messer aus der Schublade und schlitzte den Umschlag auf. Doch anstatt den Brief herauszunehmen, hielt sie inne. »Wo ist Johann?«, fragte sie.

Ich stand auf. »Ich hole ihn«, sagte ich.

Johann war auf dem Heuschober und warf Strohbündel herunter. Ich blieb neben dem Stall stehen. »Johann!«, rief ich.

Statt einer Antwort kam ein Strohbündel neben mir auf und gleich darauf noch eines. »Johann!«, rief ich wieder.

»Was gibt's?«, schrie er zurück.

»Ein Brief von Marias Eltern ist gekommen!«, rief ich hinauf. Stille. Ein weiteres Bündel fiel herunter. Im Fallen löste sich die Schnur, die es zusammenhielt, und einzelne Halme tanzten durch die Luft.

»Hey, was soll das!«, rief ich. »Hast du mich gehört?«

»Ich komme gleich!«, schrie Johann zurück.

Eine Kuh muhte leise und dumpf. Es gab genau zwei Möglichkeiten, dachte ich mir. Entweder Marias Eltern weigerten sich, die Beziehung anzuerkennen, oder aber sie machten gute Miene zum bösen Spiel und luden uns ein. Ich war mir nicht sicher, welche der beiden mir besser gefallen würde. Johann stieg die Leiter herunter. Sein Gesicht war verschlossen. Ein Strohhalm hing in seinem Haar. »Also dann«, sagte er kurz.

Unsere Schritte knirschten im Schnee. Bento wedelte mit dem Schwanz, als wir an ihm vorübergingen. Meine Mutter stand da, die Hände unter der Schürze verborgen, und sah uns entgegen. »Lies du ihn, Johann«, sagte sie.

Johann blieb vor dem Tisch stehen. Der Umschlag war so weiß wie der Schnee draußen, und die Handschrift darauf war akkurat und schnörkellos. Hatte Marias Mutter den Brief geschrieben oder ihr Vater? Johann nahm ihn heraus.

»Werte Familie Andres«, las er vor. »Wir möchten Sie herzlich zu uns zum Kaffeetrinken einladen – am kommenden Samstag um 14 Uhr. Herzliche Grüße, Ihre Familie Göres.«

Johann steckte den Brief in den Umschlag zurück, legte diesen auf den Tisch und verließ ohne ein weiteres Wort die Küche. Meine Mutter und ich sahen uns an. Sie seufzte. »Sie haben uns eingeladen«, stellte sie fest. »Sie haben uns eingeladen, und wir werden hingehen und«, sie unterbrach sich. »Wir werden ihnen Kartoffeln mitbringen«, sagte sie. »Und Karotten.« Damit schien für sie die Angelegenheit erledigt. In diesem Augenblick kam mein Vater herein. »Marias Eltern haben uns eingeladen«, sagte sie zu ihm. »Für den kommenden Samstag – ist das nicht nett?«

Mein Vater tippte sich an die Stirn. »Piep piep«, sagte er, dann machte er ihre Stimme nach: »Ist das nicht nett? Ist das nicht nett?«

Meine Mutter wandte sich empört ab. »Alter Spielverderber«, sagte sie ärgerlich. Sie nahm den Brief und schnupperte daran und klemmte ihn dann an den Spiegel. »Und du wirst auch mitkommen«, sagte sie zu ihrem Mann. »Und dich ordentlich aufführen, hörst du?«

Mein Vater kicherte. »Ist das nicht nett?«, fragte er. »Ist das nicht nett?«

Auch am Samstag schien die Sonne. Eigenhändig hatte meine Mutter einen kleinen Sack mit Kartoffeln und Karotten gefüllt. Sie band ihn zu und befestigte ein paar Trockenblumen an der Schnur. »So«, sagte sie zufrieden. Dann stieg sie die Stufen zum Schlafzimmer hoch, um ihren Sonntagsstaat anzulegen.

Mir hatte sie aufgetragen, meinen Vater zum Anziehen seines Anzugs zu überreden. »Papa«, sagte ich. »Wir besuchen Marias Eltern, verstehst du?«

Er saß in seinem Sessel und sah mich an. »Hoch soll'n sie leben«, sagte er grinsend.

Ich nickte gequält. »Und du musst deinen Anzug anziehen, ja?«

Er schüttelte den Kopf. »Alles, was recht ist«, sagte er, legte den Kopf zurück und schloss die Augen.

Ich trat zu ihm hin. »Mach es mir nicht so schwer«, bat ich. »Wir müssen bald los – und wir müssen ordentlich aussehen!« Mir fiel nichts mehr ein.

Plötzlich richtete sich mein Vater auf. »Warum?«, fragte er.

»Warum was?«, fragte ich.

»Warum wir ordentlich aussehen müssen?«

Ich sah ihn verdutzt an. Manchmal wirkte er so – so normal, und dann wieder … »Weil – weil …«, es kam mir lächerlich vor, das Wort »Millionenviertel« in den Mund zu nehmen. Was sollte ich sagen? Wäre es nach mir gegangen, hätten wir uns überhaupt nicht umgezogen. Wäre es nach mir gegangen, wären wir überhaupt nicht hin – sollte Marias Eltern doch der Teufel holen! Meine ganze Familie würde sich dort unsterblich blamieren – daran bestand kein Zweifel! Und anstatt schnell und unauffällig, wenn es schon sein musste, mit dem Wagen dorthin zu fahren, hatte meine Mutter darauf bestanden, dass wir zu Fuß gingen, weil sie Autofahren nicht mochte, weil man dabei »nicht mehr die Zeit hat, auf das zu achten, was wichtig ist«. Wenn sie mit ihrem Krückstock dorthin humpelte, würden wir eine Ewigkeit brauchen – und allen Gelegenheit geben, uns genüsslich zu beobachten.

»Bitte, Papa!«, sagte ich. »Zieh das verdammte Ding an! Bitte!«

»Du sollst nicht fluchen«, antwortete mein Vater streng. »Schon mal was von den Zehn Geboten gehört?«

Nun musste ich doch lachen. Aber plötzlich, von einer Sekunde zur anderen, sackte er zusammen. »Ich – ich will aber nicht«, quengelte er.

Ich zog ihn hoch. »Stell dich hin, Papa – so«, ich half ihm in das Jackett, dann knöpfte ich seine Hose auf, ließ ihn heraussteigen und zog ihm die Anzughose an. Ein feiner Speichelfaden spann sich über sein Kinn. Er roch nicht gut – nach Schweiß, nach Stall, halb säuerlich, halb streng. Konnten wir ihn nicht zuhause lassen! Wenn ich ihn mir vorstellte, in dem Zimmer mit den vielen Büchern, wie er auf der schwarzen Ledercouch seine dreckigen Witzchen machte! Hallo, Frau Doktor, wann haben Sie das letzte Mal … Wie ich mich schon jetzt schämte, noch bevor wir überhaupt losgezogen waren!

Johann kam herein. Seine Haare hatte er mit Wasser an die Schläfen geklebt, und sein Gesicht glänzte nach ausgiebigem Waschen. Er warf einen Blick auf unseren Vater und schüttelte den Kopf. »Das wird etwas werden«, murmelte er. Er trug einen Sakko, der seine breiten Schultern und die schmalen Hüften betonte. Er wirkte angespannt. Wie mochten ihn Marias Eltern behandelt haben – und was mochte heute geschehen? Kurz legte er mir den Arm um die Schulter. »Auf in den Kampf, Bruderherz«, sagte er.

Unsere Nachbarn waren damit beschäftigt, die Straße zu kehren, und der Schmied hockte im Rinnstein, über Schaufel und Besen gebeugt, und sein rotes Gesicht war infolge der unbequemen Haltung noch geröteter als sonst. Als wir näher kamen, richtete er sich ächzend auf. »Na, na«, sagte er. »Da soll mich doch der Teufel holen! Wo soll's denn hingehen?«

»Einen Besuch machen«, antwortete meine Mutter vage und zog ihren Mann am Ärmel weiter.

»Soso«, sagte der Schmied. »Ist ja nicht schwer zu erraten, bei wem!« Er spuckte aus. »Na denn – viel Spaß!« Er grinste über sein ganzes Gesicht.

»Habt ihr was Größeres vor?«, ertönte es eine Straße weiter, und neugierige Blicke folgten uns. Langsam humpelte meine Mutter voran. Was für eine lächerliche Prozession! Ein paar Tauben flogen gurrend über unsere Köpfe. Wie dämlich wir von oben aussehen mussten – die roten Nacken in weiße Hemden gezwängt, das gelichtete, strähnige Haar meines Vaters, schuppig über den Kragen herabfallend, die alte, verblichene Tracht meiner Mutter, sich über ihrem Bauch bauschend, und ich – groß und dünn und verlegen!

»Kruzitürken!«, ertönte plötzlich eine Stimme über uns. Es war der Ammerbäck, der aus seinem Fenster schaute. »Ist heute schon Sonntag?« Er verzog sein Gesicht, das grau war von zu wenig Schlaf und zu viel Nikotingenuss, zu einem schiefen Grinsen. »Soll ich den roten Teppich holen? He?«

Johann räusperte sich. Ich wusste, dass er ihn nicht mochte, doch meine Mutter kam ihm zuvor. »Wie geht es deiner Frau?«, fragte sie, ohne auf seine Bemerkung einzugehen.

Enttäuscht winkte er ab. »Auf dem Weg der Besserung«, knurrte er. »Ihr habt ja jetzt jemanden für die Ronja«, fing er wieder an. »Und? Seid ihr zufrieden?« Er plusterte sich auf. »Kann einem durchaus mal danke gesagt werden!«

Johann sah zu ihm hinauf. »Danke«, sagte er. Er straffte die Schultern. Der Bäcker grinste lauernd. »Und jetzt geht's zum Antrittsbesuch, nicht wahr?«

Johann stöhnte. »Warum hast du mich nicht das Auto nehmen lassen«, sagte er laut zu seiner Mutter.

Der Ammerbäck wandte sich um und warf krachend das Fenster zu.

»Kindlein, liebet einander!«, sagte meine Mutter kummervoll. Jetzt fehlte nur noch, dass mein Vater eine dumme Bemerkung machte!

Langsam kamen wir voran. Im Millionenviertel blieb meine Mutter vor einem der Gärtchen stehen und musterte entzückt und ehrfürchtig den kleinen, von Kieselsteinen eingefassten Brunnen, der leise plätscherte, und wies mit ihrer Krücke auf die Goldfische, die darin schwammen. Ich hätte schwören können, dass sich die Gardine in einem der unteren Fenster sacht bewegte. »Komm weiter«, sagte ich ungeduldig.

»Immer mit der Ruhe, junger Mann«, gab sie zurück.

Die meisten der Häuser waren hier einstöckige Bungalows; nach vorne hin wirkten die Fassaden mit ihren wenigen Fenstern eher abweisend, die Haustüren waren zumeist aus bronzefarbenem Stahl, und die hohen Hecken taten ihr Übriges, um dem Vorbeigehenden zu signalisieren, dass hier nicht jedermann willkommen war. Dafür war, wie ich dank meiner Erkundungsfahrt wusste, die rückwärtige Front mit ihren Glastüren und Veranden umso einladender. Je weiter wir vorankamen, umso in sich gekehrter wirkte meine Mutter. Schweißperlen standen auf ihrer Stirn, und aus ihrem dünnen Haarknoten lösten sich einzelne Haare und fielen auf den Kragen ihrer Bluse.

Endlich hatten wir das Haus erreicht. Wie ein versprengtes Grüppchen standen wir davor; Stille herrschte, nur ein Vogel zwitscherte auf einem Baum. Meine Mutter stützte sich, ein wenig außer Atem, auf ihren Krückstock. Wir starrten auf die Tür. Plötzlich drehte sich mein Vater um und schickte sich an, den Weg, den wir gekommen waren, zurückzulaufen, leicht torkelnd und mit rudernden Armen.

»Anton!«, schrie meine Mutter.

Ich rannte ihm hinterher. »Komm, Papa«, bat ich und ergriff seinen Arm.

»Ich will da nicht hin!«, rief er trotzig.

Es war nicht das erste Mal an diesem Tag, dass ich ihm insgeheim beipflichten musste. »Komm«, sagte ich.

Widerstrebend folgte er mir.

Johann stieg die Treppe hinauf und läutete. Dingdong, machte die Klingel, und wieder: dingdong, dingdong! Man hörte Schritte näher kommen. Maria öffnete. Sie trug ein langes Kleid, das unter dem Busen gerafft war. Noch nie hatten wir sie in einem Kleid gesehen. Unter ihren Augen lagen dunkle Schatten. Sie lächelte schwach. Johann neigte sich vor und küsste sie ein wenig scheu auf die Wange. »Kommt herein«, sagte sie leise.

Meine Mutter strich sich über ihren Rock, zog ein paar Nadeln aus ihren Haaren und befestigte sie neu. Dann stieg sie langsam die Treppe hoch. Ich hielt meinen Vater fest am Arm. In der Diele erhaschte ich einen Blick auf Johanns Gesicht. Er sah starr geradeaus.

»Ich will wieder heim!«, quengelte mein Vater.

»Scht«, machte meine Mutter.

In diesem Augenblick öffnete sich die Tür zum Wohnzimmer, und Marias Eltern standen vor uns. »Treten Sie näher!«, sagte ihr Vater und verbeugte sich galant in unsere Richtung. Wieder fiel mir auf, wie groß er war; eine ausgeprägte Adlernase sprang über seinem Mund vor. Marias Mutter lächelte. Sie trug ein elegantes blaues Strickkostüm und die Perlenkette, die ich schon kannte.

»Grüß Gott!«, sagte meine Mutter freundlich.

Marias Vater beugte sich über ihre Hand, nicht ohne sie vorher mit einem schnellen Blick gemustert zu haben, einem Blick, der ihre gesamte Erscheinung umfasste.

«Entrez!«, sagte er.

Meine Mutter lächelte verwirrt. »Wie bitte?«, fragte sie.

»Sie möchten bitte näher treten«, sagte Marias Mutter schnell.

Ihr Vater streckte dem meinen die Hand entgegen; als er sich vornüberbeugte, krauste er leicht, fast unmerklich, die Nase. »Habe die Ehre«, sagte er. Auch Johann und mir gab er kurz die Hand. »Wir hatten ja schon das Vergnügen.«

In der Essecke flackerten Kerzen auf dem Tisch und warfen tanzende Schatten an die Decke. Das Aquarium summte leise. Meine Mutter atmete tief ein, und aus den Augenwinkeln sah ich, dass sie leise den Kopf schüttelte. Mein Vater zerrte an meinem Arm.

»Setzen Sie sich doch!«, sagte Marias Mutter und wies uns unsere Plätze zu. Auf den Tellern waren Servietten so in die Kuchengabeln gesteckt, dass sie aussahen wie Schwäne, die über das zartgrüne Porzellan glitten. Die Stühle hatten eine weiche, aber hohe Polsterung, und sobald meine Mutter Platz genommen hatte, ließ sie ihre Beine auseinanderfallen; der weite Rock spannte sich darüber. Sie lächelte freundlich. »Wir bedanken uns herzlich für die Einladung«, sagte sie.

Zwei Torten standen auf der Anrichte. Marias Vater fischte die Serviette aus seiner Kuchengabel, strich sie glatt und hängte sie sich über den linken Unterarm. »Ganz zu Diensten«, sagte er, sich erhebend, und langte nach der Kuchenplatte, balancierte sie auf den Fingerspitzen und trat von hinten an meine Mutter heran. »Schwarzwälder Kirsch«, sagte er, »Sie erlauben?«

Sie hob ihren Teller hoch. »Vergelt's Gott«, sagte sie.

Seine rechte Augenbraue schoss in die Höhe, und er lächelte spöttisch. »Aber bitte!«, sagte er. Ich beobachtete Maria. Sie hielt den Blick gesenkt, schob das Milchkännchen und die Zuckerdose über den Tisch zu meiner Mutter und legte dann ihre Hände rechts und links neben ihren Teller. Ihr Vater wandte sich, als er wieder Platz genommen hatte, Johann zu. »Erzählen Sie«, sagte er. »Wie war die Ernte, und was machen die Schweinderl?«

Johann sah ihn verdutzt an. Dann lächelte er. »Gut«, sagte er kurz. »Aber Schweine haben wir nicht.« Er verstummte.

»Und was«, hob Marias Vater erneut an, »ist für Sie das Schönste an Ihrem Beruf?«

Johann schüttelte den Kopf. »Darüber habe ich noch nicht nachgedacht«, sagte er.

»Ich verstehe«, sagte Marias Vater. »Aber – gefällt er Ihnen?«

Johann nickte. »Natürlich«, sagte er.

Marias Mutter schaltete sich ein. »Ein freies Leben«, sagte sie. »Ein freies Leben unter freiem Himmel, nicht wahr?«

Maria sah auf ihren Teller. Johann räusperte sich, strich sich mit der Hand über die Haare und räusperte sich noch einmal. »Ist schon in Ordnung«, sagte er schließlich.

Marias Mutter wandte sich der meinen zu. »Und was macht die werte Gesundheit?«, fragte sie.

Meine Mutter seufzte. »Ich habe Schmerzen in den Beinen, Frau Doktor«, klagte sie. »Sehen Sie«, sie rückte ein wenig vom Tisch ab. »Hier« – sie fuhr sich über die Außenseiten ihrer Oberschenkel – »hier entlang tut es weh!« Ihr Bauch wölbte sich über ihre Beine.

»Das ist bedauerlich«, sagte Marias Mutter. »Ich gebe Ihnen nachher eine Salbe mit!«

»Vergelt's Gott«, sagte meine Mutter erfreut. Marias Vater beugte sich zu mir herüber. Er hob die Hand, spreizte Zeige- und Mittelfinger und bewegte sie dann, sie zuschnappen lassend wie eine Schere, vor meinen Augen nach rechts und nach links, als schnitte er einen Faden durch. »Der junge Mann ist heute ganz in Gedanken versunken«, sagte er.

Ich lächelte verlegen. Was sollte ich sagen? Wir waren es nicht gewohnt, auf Anhieb Gespräche zu führen; entweder sie ergaben sich, oder sie ergaben sich nicht. Und wenn wir schwiegen, schwiegen wir eben. Ich fühlte Trotz in mir aufsteigen; warum ließ er mich nicht in Ruhe?

»Ich will heim!«, sagte mein Vater plötzlich.

»Anton«, sagte meine Mutter bittend. »Wir bleiben noch ein bisschen!«

Marias Mutter stand auf. »Kommen Sie«, sagte sie zu ihm.

Plötzlich willig wie ein Hündchen, stand er auf und folgte ihr zu einem der Sessel.

Meine Mutter seufzte. »Es wird immer schlimmer mit ihm«, sagte sie.

»Sie werden öffentliche Hilfe in Anspruch nehmen müssen«, sagte Marias Vater.

Meine Mutter sah in fragend an. »Ich meine ein Altersheim«, sagte er.

Meine Mutter schüttelte heftig den Kopf. »Das kommt nicht in Frage«, sagte sie. »Einer trage des andern Last, nicht wahr?«

Marias Vater verzog leicht die Mundwinkel. »Wie Sie meinen«, sagte er.

Eine Weile schwiegen wir. Meine Mutter zerquetschte ein Stück Torte zwischen Gaumen und Zunge. »Mit Ihrer Maria haben Sie uns ja einen richtigen Schatz geschickt«, sagte sie plötzlich.

Klirrend schlug ein Kaffeelöffel gegen eine Untertasse. Maria warf einen flehenden Blick auf Johann, aber er bemerkte es nicht. Ihr Vater nahm mit spitzen Fingern eine Kirsche von der Torte herunter und steckte sie sich in den Mund. Er neigte sich nach vorne. »Sie werden verstehen, dass wir für Maria andere Pläne haben«, sagte er.

Mein Vater kicherte in seinem Sessel. »Hört, hört!«, rief er.

Ich schluckte. Meine Mutter richtete sich auf. »Das habe ich mir gedacht«, sagte sie leise.

Maria öffnete den Mund, als wollte sie etwas sagen. Rote Flecken erschienen auf ihren Wangen. Ihre Mutter schaltete sich ein. »Maria hat immerhin Abitur«, sagte sie. »Und wir sind der Meinung, dass sie studieren sollte!«

»Sie wird studieren«, sagte ihr Vater bestimmt. »Das ist überhaupt keine Frage!«

Johann räusperte sich. »Wir wollen heiraten«, sagte er schlicht.

Marias Vater lächelte herablassend. »Es kann doch nicht Ihr Ernst sein«, sagte er, »von unserer Tochter zu verlangen, dass sie Bäuerin wird?«

Maria warf den Kopf zurück. »Kein Mensch verlangt das von mir«, sagte sie heftig.

Ihre Mutter legte begütigend ihre Hand auf die ihrer Tochter. »Reg dich nicht auf«, sagte sie.

Aus den Augenwinkeln sah ich, dass die Fische in buntem Schwarm durch das Aquarium stoben, kurz vor der Glasfläche in einem plötzlichen Ruck zur Seite schwenkten, wendeten, ohne die Abstände zwischen sich zu verändern, und weiterschwammen. Maria schob ihren Stuhl zurück, trat hinter Johann und legte ihm die Hände auf die Schulter. Nichts und niemand, schien diese Geste zu sagen, wird mich davon abbringen, meinen Entschluss in die Tat umzusetzen.

Johann legte seine Hände auf die ihren und schüttelte bekümmert den Kopf. »Wir würden uns freuen, wenn Sie uns Ihren Segen geben«, sagte er.

»Vergessen Sie's«, sagte Marias Vater. »Wir haben Sie eingeladen, um Sie zur Einsicht zu bewegen!«

Maria öffnete den Mund. »Papa«, sagte sie flehend.

Trotz aller Entschiedenheit wirkte sie zart und verletzlich. Das flackernde Kerzenlicht huschte über ihr Gesicht. Ihre Lippen waren aufgeworfen und tiefrot, und ihre Augen glänzten unruhig. Wie schön sie war!

Ihr Vater lächelte kalt. »Ich hoffe sehr, dass du weißt, wo dein Platz ist, junge Dame«, sagte er.

Meine Mutter hatte ihre Hände im Schoß gefaltet. »Ich verstehe Sie«, sagte sie leise. »Aber wenn die beiden sich lieben …«

»Papperlapapp«, sagte Marias Vater. »Wenn jungen Leuten etwas fehlt, dann ist das – ein gewisser Weitblick«, sagte er.

»Ich bin alt genug, um zu wissen, was ich will«, entgegnete Maria trotzig.

»So, meinst du«, gab ihr Vater zurück.

Tränen traten Maria in die Augen. »Mama, sag doch etwas«, flehte sie.

Ihre Mutter räusperte sich. »Wir wollen nur dein Bestes, Kind«, sagte sie, »verstehst du das nicht?«

»Ich denke, wir haben uns klar genug ausgedrückt«, sagte ihr Vater. »Wir denken, dass es unsere Pflicht ist, die jungen Leute davon abzuhalten, einen großen Fehler zu begehen.« Er nahm ein Taschentuch aus seiner Jacketttasche und putzte sich die Nase. Dann wandte er sich an meine Mutter. »Es tut mir leid«, sagte er abschließend.

Maria, die über Johanns Kopf geneigt war, richtete sich auf und trat einen Schritt zurück. »Papa«, sagte sie. »Bitte, Papa – hab doch ein Einsehen! Ich will bei Johann sein – ist das so schwer zu verstehen? Ich war – ich war noch nie in meinem Leben so glücklich!«

Sah sie denn nicht, dass es keinen Zweck hatte? Sah sie denn nicht, dass ihr Vater sie nie einem dummen einfachen Bauern geben würde? Er zuckte pikiert die Achseln. »End of discussion«, sagte er.

Maria schluckte. Tiefe Röte stieg ihr in die Wangen; Tränen blitzten in ihren Augen.

»Maria«, sagte meine Mutter weich, und es sah aus, als würde sie am liebsten ihre Arme öffnen und sie ans Herz drücken.

Maria straffte sich. »Dann eben nicht!«, schluchzte sie auf. »Dann eben nicht! Wenn es nicht *mit* eurem Segen geht, muss es eben ohne gehen!« Sie zog Johann hoch. »Komm, Johann – wir haben hier nichts mehr verloren!«

Johann schüttelte bekümmert den Kopf. »Um Gottes willen, Maria«, sagte er hilflos.

Ihr Vater stand langsam auf. »Ich denke, wir sollten den Nachmittag jetzt beschließen«, sagte er kalt. »Eines Tages wird die junge Dame schon sehen, was sie sich da eingebrockt hat!« Er verbeugte sich vor meiner Mutter. »Es war mir ein Vergnügen«, sagte er. Mir nickte er kurz zu.

Meine Mutter hatte sich erhoben; kummervoll knetete sie ihre Hände. »Ich werde beten«, sagte sie leise.

»Tun Sie das«, sagte Marias Vater.

Seine Frau neigte leicht den Kopf. »Auf Wiedersehen«, sagte sie. »Kommen Sie gut nach Hause!«

Weinend verließ Maria das Zimmer. »Warte«, rief sie Johann über die Schulter zu. »Ich packe meinen Koffer!«

Ihr Vater blieb vor Johann stehen und maß ihn mit Blicken. »Sie werden es bereuen«, sagte er. »Der Tag wird kommen, an dem Sie es bereuen werden!«

Ich weiß nicht mehr, wie wir nachhause kamen, ob Maria tatsächlich einen Koffer gepackt hatte und Johann ihn zu uns trug, doch ich erinnere mich daran, wie verwirrt und aufgewühlt ich war. Wie sehr ich Marias Mut bewunderte! Und wie sehr ich ihren Vater hasste! Aber gleichzeitig hatte ich auch Angst – davor, dass er Recht behalten würde ... Wünschte ich es nicht auch ein bisschen? Schwindel erfasste mich, wenn ich daran dachte, dass Maria von nun an tagein, tagaus bei uns sein würde. Würde ich ihr nachts auf der Treppe begegnen, wenn ich unseren Abort aufsuchte? Wäre sie früh schon in der Küche, wenn ich hinunterkam? Hatte ich die ganze Zeit nicht recht daran glauben können, dass sie wirklich bei uns einziehen würde, gab es jetzt keinen Zweifel mehr. Maria würde zu unserer Familie gehören! Maria, die schöne Abiturientin, die Tochter des Apothekers und der Ärztin, das Mädchen aus dem Millionenviertel! Zuhause gingen wir in den Stall, und ich beobachtete die beiden – Johann, traurig, verwirrt und glücklich in einem, wie er immer wieder in dem, was er tat, innehielt und sie ansah, und Maria, die ihren Pullover an den Nagel im Kuhstall hängte und mit dem Lappen die Euter abwischte, als hätte sie nie etwas anderes getan. Ich erinnere mich an das helle Licht im Stall, an Maria, wie sie ihren Kopf auf die Flanke einer Kuh legte, dann hochsah, Johann anlächelte, sodass ihre Zähne blitzten, die Arme über den Rücken der Kuh warf, als wollte sie sie umarmen, tief einatmete, das Gesicht im Fell vergrub, wie ihre Schultern plötzlich in verkrampftem Weinen zuckten, wie sie sich dann aufrichtete und wieder lächelte und zu Johann lief und sich in seine Arme flüchtete. Und ich erinnere mich an das leise Weinen meiner Mutter, aber auch an das Lächeln, mit dem sie die beiden in der Küche willkommen hieß.

Gleich am nächsten Morgen bestellten sie das Aufgebot. Tagelang wirbelten dicke Schneeflocken durch die Luft, legten sich auf den Boden und bedeckten ihn mit einer dicken weißen Schicht, und je mehr Schnee fiel, desto stiller wurde es um uns und in uns, als würden die Aufregungen und Zerwürfnisse der letzten Zeit ebenso unter der Schneedecke verschwinden wie der Plattenweg durch den Hof, wie der Misthaufen, wie die Felder und Wiesen. Johann baute das Dachgeschoss unseres Hauses zu einer kleinen Wohnung aus, er sägte und bohrte und hobelte den ganzen Tag, und wenn er zum Essen in die Küche herunterkam, lag ein glückliches Leuchten über seinen Zügen. Und Maria übernahm an manchen Tagen das Kochen und bereitete uns Speisen, die wir nicht kannten, und wenn sie meinem Vater seinen Teller brachte, lachten wir über seinen skeptischen Gesichtsausdruck, aber sonderbarerweise murrte er nie. Sie wusch und faltete die Wäsche. Sie versorgte die Hasen, mistete ihre Ställe aus, kümmerte sich um die Kälbchen, fütterte am Morgen und am Abend mit uns die Kühe. Und sie überredete Johann, den alten Pferdeschlitten, den sie in der Scheune gefunden hatte, wieder herzurichten, und eines Nachmittags spannten wir Ronja an, und unter dem Klingeln der Pferdeglöckchen fuhren wir aus der Stadt hinaus und über die weiten weißen Felder auf die Berge zu. Ein leichter Wind trug den Duft von harzigem Holz zu uns herüber, in den sich der Geruch nach Pferdeschweiß und Wagenschmiere mischte, der Schlitten knarzte leise, und wir rückten unter den warmen Wolldecken schweigend zusammen. Ein Rudel Rehe sah vom Wald her zu uns herüber, warf sich herum und stob mit blitzenden Spiegeln davon. Die Wolken hingen tief herab bis auf die Spitzen der Bäume. Wie verzaubert war der Wald, reglos standen die Tannen und Laubbäume unter ihrer weißen Pracht, nur ab und an wehte der Wind darüber und ließ eine Wolke haarfeinen Schnees in unsere Nacken rieseln. Wir kehrten, immer noch schweigsam, zurück. Johann und Maria spannten Ronja aus, brachten sie in den Stall und rieben sie ab, und ich sah, wie Johann über den Pferderücken hinweg Maria über die Haare strich. Die Zeit schien stillzustehen. Bis eines Tages ein Besucher kam.

Meine Mutter, mein Vater und ich saßen in der Küche; ich machte meine Hausaufgaben, mein Vater schlief, und meine Mutter schälte Kartoffeln, als wir Schritte vom Gang hörten und Bentos lautes Knurren. Der Besucher musste, was selten geschah, zum Vordereingang hereingekommen sein.

»Herein!«, rief meine Mutter.

Es war Josef. Er lächelte verschmitzt, als er meinen Vater schlafen sah. Er hatte einen Stock bei sich, den er laut zu Boden stieß, sodass mein Vater erschrocken hochfuhr. »Ha«, sagte er grinsend. »Ha, du alte Schlafmütze!«

Mein Vater wandte angewidert den Kopf ab, als er ihn erkannte. Josef sah sich in der Küche um. »Grüß Gott, Charlotte«, sagte er zu meiner Mutter. »Dass du es immer noch mit diesem Mannsbild aushältst!« Meine Mutter lächelte freundlich. »Grüß Gott, Josef«, sagte sie. »Was führt dich zu uns?«

Josef stützte seine freie Hand in die Hüfte. »Wollte bloß mal sehen, was ihr so treibt«, sagte er vage. »Man hört ja so einiges …«

»Petze!«, rief mein Vater laut. »Petze! Petze!«

Josef grinste wieder. »Du misch dich mal nicht ein«, sagte

er. Seine blauen Augen funkelten. »Eigentlich hatte ich ja erwartet, deinen Johann hier zu sehen«, sagte er. »Mit seiner – mit seiner …«

»Das Brautpaar ist im Wohnzimmer«, sagte meine Mutter ruhig.

Wieder stieß Josef seinen Stock auf den Boden. »Dann stimmt es also«, sagte er.

Meine Mutter nickte stumm. Josef kratzte sich am Kopf. »Die ganze Stadt lacht«, sagte er dann. »Wisst ihr das eigentlich? Die ganze Stadt lacht über diese Schnapsidee!«

Meine Mutter stand auf, humpelte zum Herd und machte sich dort zu schaffen. »Setz dich«, sagte sie.

Josef nahm Platz. Er hatte ein faltiges Gesicht, eine fliehende Stirn und außergewöhnlich große Ohren, die im Schein der Lampe rot schimmerten. »Was hat er sich denn dabei gedacht, der Johann«, fragte er.

»Er liebt sie«, sagte meine Mutter schlicht.

Josef räusperte sich. »Na dann«, sagte er grinsend. »Das ist natürlich etwas anderes!« Er schüttelte den Kopf. »Das kann doch nicht gutgehen«, sagte er. »Die schmeißt doch den ganzen Krempel über kurz oder lang hin! Wenn schon unsere Frauen keine Lust mehr haben, Bäuerinnen zu sein …«

Meine Mutter seufzte. »Maria ist ein lieber Mensch«, sagte sie. »Und ich bete für sie.« Sie brachte Josef eine Tasse mit Kaffee.

»Und du«, sagte Josef laut zu meinem Vater. »Was hältst du davon?«

Mein Vater wackelte mit dem Kopf. »Was hältst du davon?«, äffte er ihn nach. »Was hältst du davon?«

»Alter Papagei«, gab Josef kopfschüttelnd zurück. Er sah meine Mutter an. »Du hast es wahrhaftig nicht leicht«, sagte er.

Meine Mutter lächelte. »Gott schickt nichts, was er nicht auch zu tragen hilft«, sagte sie einfach.

Josef nickte. »Da hast du Recht«, sagte er.

Er ging noch ins Wohnzimmer, um das Brautpaar zu begrüßen; und er war der Erste, der Maria aus der Nähe besehen wollte. Alle kamen sie unter irgendeinem Vorwand, standen, verlegen lächelnd, eine Weile in der Küche herum, bis meine Mutter ihnen eine Tasse Kaffee gab, dann kratzten sie sich am Kopf, murmelten, dass sie Johann etwas auszurichten, mitzubringen, zu erzählen hätten, wurden ins Wohnzimmer geschickt, das sie mit roten Wangen und einem Grinsen um den Mund verließen. Es war abscheulich. Es war entwürdigend. Johann saß mit abweisendem Gesicht da, und Maria versuchte tapfer zu lächeln. Ich konnte mir die Gespräche beim sonntäglichen Stammtisch lebhaft vorstellen. Wie sie sich die Mäuler zerrissen. Josef allerdings hielt sich bedeckt, soweit ich das beurteilen konnte; er war ein Einzelkämpfer. Ich gewöhnte es mir an, mit gesenktem Kopf zu laufen, die Hände in den Taschen, um nicht angesprochen zu werden. Es war, als stünden wir unter Belagerung. Arme Maria, dachte ich. Und armer Johann. Hoffentlich kehrte bald wieder Ruhe ein.

Nach ein paar Wochen blies ein warmer Wind von Süden her; der schmelzende Schnee schob sich auf den Dächern zusammen und rutschte herab und klatschte unten auf. Schwarzgraue Wolken jagten über den Himmel. Wir fuhren zu dritt in den Wald, um ein paar unserer Buchen zu fällen; es war jammervoll, die mächtigen Bäume umstürzen zu sehen und das unvergleichliche Geräusch zu hören, wenn die Äste brachen und der schwere Stamm dumpf auf dem Boden aufkam. Wir schlangen eine Kette um den Baum und zerrten ihn mit dem Traktor aus dem Wald heraus, und der Stamm riss, von einer Seite auf die andere rollend, tiefe Furchen in die Erde. Maria zog die abgesägten Äste zu einem Haufen zusammen, doch wenn wieder ein Baum stürzte, blickte sie, die Hand über den Augen, nach oben. Sie sprach nicht viel. Wir genossen es, dass sie mit dabei war, obwohl Bauersfrauen gewöhnlich nicht mit in den Wald gingen. Wenn wir eine Pause machten, schenkte sie uns Kaffee aus der Thermoskanne in unsere Plastiktassen ein. Und einmal, als es unvermutet zu regnen begann, fuhr sie mit dem Traktor nachhause und holte unsere Öljacken. Wenn es nichts für sie zu tun gab, strich sie durch das Unterholz, und manchmal hörte ich sie leise singen. Nicht nur für Johann, auch für mich hatte sie kleine Aufmerksamkeiten, kleine Gesten, die mir zeigen sollten, dass sie froh war über meine Anwesenheit, und wäre es nach mir gegangen, hätte ich die Zeit angehalten, so sehr genoss ich das Gleichmaß dieser Tage, den Blick auf die Fetzen von Himmel durch das Geäst der Bäume, den weichen Moosboden unter unseren Schritten, die harte Arbeit, die zufrieden und ausgeglichen machte.

Am Hochzeitstag schien die Sonne. Johann und Maria hatten beschlossen, noch vor Weihnachten und nur im engsten Familienkreis zu heiraten, und meine Mutter hatte sich schließlich gefügt. Maria trug ein weißes Kleid, das mit kleinen bunten Blumen bestickt war, immer wieder betrachtete ich stumm und verzückt ihre schlanke Gestalt, an der der Stoff leicht und duftig herabfiel, ihren zarten Nacken unter den hochgesteckten Haaren, ihre strahlenden Augen, aber ich sah auch, dass sie sich sehr aufrecht, sehr gerade hielt, als wäre sie entschlossen, der Welt, wenn nötig, die Stirn zu bieten. Unter Orgelklängen zogen wir in die Kirche ein, voran Johann und Maria, dann meine Eltern, die wieder in Tracht gingen, und dann kam ich. In dem riesigen Kirchenschiff waren nur wenige Plätze von alten Frauen besetzt; das Sonnenlicht fiel durch die bunten Glasfenster herein, und die Strahlen bildeten ein zitterndes Muster auf dem steinernen Boden. Die dunklen Orgeltöne hallten durch das Gewölbe. Der Pfarrer begrüßte uns, dann forderte er meine Eltern und mich auf, in der ersten Reihe Platz zu nehmen. Sogleich begann mein Vater leise zu schnarchen. Meine Mutter schluchzte vor sich hin.

»Ihr seid gekommen, um Gottes Segen für euch zu erflehen«, sagte der Pfarrer. »Ihr seid gekommen, um …«

Mein Vater richtete sich auf. »Wo ist die Frau Doktor?«, rief er.

»So sei doch still!«, flüsterte meine Mutter.

Der Pfarrer sah zu uns herüber. Maria war zusammengezuckt.

»Die Frau Doktor muss noch kommen!«, rief mein Vater wieder. Der Pfarrer schaute uns fragend an. Meine Mutter schüttelte den Kopf. »Beachten Sie ihn nicht!«, bat sie.

Der Pfarrer lächelte. Er wusste um die Krankheit ihres Mannes. Draußen mussten sich Wolken vor die Sonne geschoben haben, denn plötzlich war es dunkler, und ich merkte, dass vom steinernen Boden und von den Wänden Kälte abstrahlte. Auch Maria musste es kalt sein in ihrem dünnen Kleid! Mein Vater war wieder eingenickt. Die Ringe wurden gewechselt. Hinter uns hustete eine Frau.

»Und hiermit«, sagte der Pfarrer, »erkläre ich euch für Mann und Frau!«

Es war vorbei. Mein Bruder und Maria hatten sich ewige Treue geschworen. Meine Mutter putzte sich die Nase. Der Pfarrer sah auf, sah zur Orgel hoch. Doch was war das? Eine Männerstimme klang durch das Kirchenschiff, eine wunderbare Stimme, kräftig und doch gefühlvoll, sang das »Ave Maria«. Wer mochte das sein? Noch nie hatte ich etwas derart Schönes gehört, noch nie war ich durch eine Stimme, eine Melodie so bewegt worden, es war, als läge alle Schönheit, alle Trauer, alles Leid und alle Freude darin. Unsere Köpfe flogen herum. Und da oben, neben der Orgel, stand Josef, der kleine alte Josef, und er sang für Johann und Maria, und es war, als zöge erst jetzt eine heilige, freudige Stimmung ein in diesen hohen kalten Kirchenraum, und ich sah, wie Marias Schultern zu beben begannen, und ich dachte, der alte Josef, der gute alte Josef, so also kann er sein? Ein glückliches Lächeln lag auf dem Gesicht meiner Mutter, und selbst mein Vater lauschte. Über Marias Gesicht liefen Tränen; sie fing meinen Blick auf und – zwinkerte mir zu, als wollte sie mir deutlich machen, dass sie meine Erregung verstünde und teilte, und in diesem Augenblick hätte ich bersten mögen vor Freude, darüber, dass sie bei uns war, und als Josef zu singen aufhörte, standen wir alle eine Weile da und sahen uns an. Dann zog mein Vater am Ärmel meiner Mutter, bis sie sich zu ihm neigte und er ihr etwas ins Ohr flüstern konnte; ich verstand nicht, was es war, doch meine Mutter nickte erfreut und schob ihren Arm durch den seinen, und gemeinsam traten sie auf Johann und Maria zu, und meine Mutter zog Maria in ihre Arme. Johann strahlte. Ein paar der alten Frauen kamen und wünschten den beiden Glück und Gottes Segen. Und dann gingen wir hinaus, und draußen standen der alte Josef und Luisa, seine Frau, und lächelten uns entgegen und warfen mit ihren zittrigen Händen Reis über das Brautpaar. Jetzt war alles besiegelt. Maria war Johanns Frau.

In den folgenden Wochen schrieb ich, schrieb wie ein Besessener, beendete ein Gedicht nach dem anderen, und als eines davon in unserer Schülerzeitung veröffentlicht wurde und Lehrer und Mitschüler mich darauf ansprachen, war ich stolz, aber auch sehr verlegen; irgendwie konnte ich gar nicht glauben, dass ich derjenige war, der ein Gedicht schreiben konnte, das öffentlich gelesen und diskutiert wurde. Mir war, als müsste ich das, was ich sah und erlebte, aufbewahren, festschreiben, dass es nicht verloren ginge; mit geschärften Sinnen betrachtete ich die Welt um mich herum, und manchmal dachte ich, dass es mein Ziel sein müsste, die Menschen so zu bewegen, wie Josefs Lied mich bewegt hatte. Und wenn ich mir heute die Gedichte aus jener Zeit vornehme, sehe ich tatsächlich alles vor mir, wie es damals gewesen ist: die Wohnstube mit dem bullernden Kachelofen und Johann, wie er leise mit der Zeitung raschelte, meine Mutter, die stopfend in ihrem Sessel saß, und Maria, die einen Adventskranz auf den Tisch stellte und die Kerzen anzündete; das riesige weiße Schneefeld draußen am Eichberg und die Zickzackspuren, die unser Traktor darin beschrieb, wenn wir sonntags voller Übermut hinausfuhren; wie Maria und ich uns in den Schnee legten und Engel spielten, indem wir mit den Armen ein Flügelmuster entwarfen, und wie Johann uns lachend dabei zusah; Marias entsetzten Blick, wenn meine Mutter sie mit zu den Hühnern nahm und einem von ihnen den Hals umdrehte; Maria, die versuchte, einen Bullen die Laderampe emporzutreiben; Johann, der ihr unten an der Scheune zeigte, wie man mit dem Traktor und einem Anhänger rückwärtsfuhr, und ihr Gelächter, wenn beide wieder einmal spitzwinklig zueinander zum Stehen gekommen waren; wie Maria mithalf, ein Seil an den aus der Kuhscheide herausschauenden Beinen eines Kälbchens zu befestigen, um es aus dem Mutterleib zu ziehen; wie sie Milana und das Fohlen spazieren führte, bis sich in Milanas Hufen Schneereste zu einer festen Masse zusammengedrückt hatten, auf der das Pferd auszugleiten drohte, und wie Maria sich bückte und ihr die Hufe auskratzte. Ich beschrieb den weiten hellen Winterhimmel, die frostige Starre der eiskalten Nächte, das gleißende Sonnenlicht, die schwarzen Krähen auf dem großen Baum am Eichberg und die Stille, die über dem Landstrich lag.

Meine Mutter hatte eine Schwester, die außerhalb wohnte; auch der Bruder meines Vaters lebte nicht am Ort, sodass wir unsere Verwandtschaft nicht allzu häufig zu Gesicht bekamen. Johann hatte sich geweigert, sie zur Hochzeit einzuladen. »Mama«, hatte er gesagt, »du weißt, wie sie sich benehmen würden«, und er hatte vielsagend den Kopf geschüttelt. Jetzt aber bestand meine Mutter darauf, dass sie Maria kennenlernen sollten. »Blut ist dicker als Wasser«, sagte sie. »Und Familie ist Familie!«

Die Schwester meiner Mutter war eine hagere Frau, die alleine lebte; der Bruder meines Vaters war kinderlos verheiratet. Am Nachmittag, als sie zum Kaffeetrinken erwartet wurden, hatte Maria den Tisch liebevoll im Wohnzimmer gedeckt, sie hatte Tannengrün darauf verteilt und Kerzen und Kuchen und Plätzchen, und meine Mutter hatte beifällig genickt. Wie hätte Maria auch wissen können, was sie erwartete! Dass man sie einen ganzen Nachmittag lang nicht zur Kenntnis nehmen würde, dass man so täte, als wäre sie Luft … Man hatte die Verwandtschaft nicht zur Hochzeit eingeladen – nun, so würde man jetzt einfach so tun, als hätte sie nicht stattgefunden! Man unterhielt sich mit meiner Mutter; die Tante mütterlicherseits klagte über diverse Zipperlein, während ein hasserfüllter Blick über Maria hinging, ein Blick, der besagte, mir hat das Leben nichts gegönnt, und nun glaube bloß nicht, dass ich dir etwas gönnen werde! Anfangs lauschte Maria höflich; dann verschloss sich ihr Gesicht mehr und mehr; und schließlich sah sie starr vor sich hin. Auch meine andere Tante stimmte in das Klagelied ein; auch sie tat, als wäre Maria nicht vorhanden, obwohl sie sie manchmal von der Seite betrachtete, scharf und missbilligend, aber auch unendlich neugierig.

Später am Nachmittag standen Johann und ich in der Küche, als mein Onkel hereinkam. »Weiber!«, sagte er. »Ein Gegacker!« Dann schüttelte er Johann die Hand. »Glückwunsch«, sagte er, »zu deinem Vollblut! Kannst du die denn bändigen?« Er lachte dröhnend. Dann senkte er die Stimme. »Ich habe doch gar nichts gegen sie«, sagte er. »Aber du weißt ja, die Weiber, die nehmen halt alles gleich furchtbar krumm … Na ja, jedenfalls – nichts für ungut!« Er schlug Johann auf die Schulter.

Johann wandte sich ab. »Sag das Maria«, sagte er, »dass du nichts gegen sie hast!«

Mein Onkel wurde rot. »Alles zu seiner Zeit«, sagte er.

An jenem Abend weinte Maria; sie weinte beim Abendessen, beim Abspülen, und auch danach konnte sie sich nicht beruhigen. Mein Vater starrte sie an. »Ogottogottogott«, murmelte er mitfühlend, doch je länger sie weinte, umso zappeliger wurde er. »Sie soll aufhören!«, rief er seiner Frau schließlich zu. »Mach, dass sie aufhört!«

Meine Mutter bedachte ihn mit einer ungeduldigen Handbewegung. »Lass sie!«, sagte sie.

Johann nahm sie in die Arme, und allmählich ging ihr Weinen in leises Schluchzen über und verebbte endlich ganz. »Hat das wirklich sein müssen«, murmelte er.

Meine Mutter schüttelte betrübt den Kopf. »Sie haben mich bitter enttäuscht«, seufzte sie. »Das hätte ich nie von ihnen gedacht!«

Meine gutgläubige Mutter! Nun, sie wurden nicht mehr eingeladen; und so kam es, dass weder von unserer noch von Marias Seite je Verwandtenbesuch auftauchte. Es gab nur unsere Eltern, Johann und Maria, und mich. Wir rückten zusammen. Als plusterten wir uns auf gegen den Rest der Welt …

Kurz nach Weihnachten schlachteten wir. Wir besaßen selber keine Schweine, aber unser Nachbar Herbert, der die Landwirtschaft im Nebenerwerb betrieb, weil sein Hof zu klein war, um wettbewerbsfähig zu sein, schlachtete zwei Mal im Jahr mit uns, und wir teilten uns das Schwein. Früh am Morgen wurde das grässlich quiekende Tier in unseren Hof getrieben. Herbert trank einen Schnaps, dann setzte er dem Schwein die Bolzenschussanlage an die Stirn. Maria stand, an die Wand gelehnt, und sah zu. Als das Holz mit einem dumpfen Geräusch auf dem Kopf des Tieres aufkam, zuckte sie zusammen, doch sie wandte sich nicht ab. Meine Mutter reichte Herbert ein Messer, und er schnitt tief in den Hals des Schweines, dass es ausbluten konnte. »Noch einen!«, rief er und hielt sein Glas hoch. Meine Mutter goss ihm einen großen Schluck Korn ein, und er trank ihn in einem Zug. In der Zwischenzeit hatte Johann eine Wanne aufgestellt und mit heißem Wasser, das er in Eimern aus der Küche holte, gefüllt. Das Schwein wurde hineingelegt und abgebrüht. Ein unangenehmer Geruch nach heißem rohem Fett stieg auf. Dann machten wir uns daran, die Borsten abzuschaben; auch Maria half. Herbert hatte sich eine Zigarette angezündet.

»Wie geht es dir«, fragte meine Mutter.

Herbert seufzte. »Die Arbeit in der Fabrik macht mich krank«, sagte er.

Er strich sich über die Stirn. »Scheißakkord«, fügte er düster hinzu. »Ich habe schon Alpträume davon …« Er hustete, dass es ihn schüttelte. Er war dünn, sein Gesicht war grau, und unter den glasig blickenden Augen lagen tiefe Schatten.

»Rauch nicht so viel«, sagte meine Mutter besorgt.

»*Eine* Freude braucht der Mensch«, gab er zurück.

Unten steckte der Metzger den Kopf zum Hoftor herein. »Ist der Bluthund an der Kette?«, schrie er.

»Kannst reinkommen!«, rief Johann zurück. Langsam und vorsichtig und mit einem misstrauischen Blick über den Hof öffnete der Metzger das Tor. Als er Maria sah, lächelte er schief.

»Was macht das junge Glück?«, fragte er.

Johann runzelte die Stirn. »Uns geht es gut«, sagte er ruhig.

Der Metzger grinste. »Na dann«, sagte er. »Das ist die Hauptsache!«

Gemeinsam hoben wir das Schwein aus der Wanne und hängten es an den Galgen, und er begann, es zu zerteilen. Meine Mutter verschwand in der Küche, um Holz nachzulegen, denn die Innereien mussten gleich gekocht werden. Der Metzger wischte seine blutigen Hände an der Schürze ab.

»So was kriegst du zuhause nicht zu sehen, nicht wahr?«, sagte er zu Maria.

Maria schüttelte den Kopf. »Nein«, sagte sie.

»Und?«, fragte er. »Wie gefällt dir das?«

Johann räusperte sich, als wolle er etwas sagen, doch Maria kam ihm zuvor. »Es ist – interessant«, sagte sie kurz.

Der Metzger grinste. »Kann man wohl sagen, nicht, Herbert?«

Herbert nickte, sah Maria aber nicht an.

»Und?«, bohrte der Metzger weiter. »Kriegen die Eltern auch was ab von dem Fleisch?«

Johann trat einen Schritt vor. »Wir waschen schon mal die Gedärme aus«, sagte er. »Komm, Maria!«

»Hey«, tönte der Metzger. »Kannst uns doch deine schöne junge Frau nicht gleich wieder entführen! Wo wir gerade erst ins Gespräch kommen! Nicht wahr, junge Frau? Ist der Johann immer so eifersüchtig? Na ja, wäre ich auch, wenn ich er wäre …« Er grinste wieder. »Tja, der Johann«, sagte er. »Wer hätte das von ihm gedacht!« Mit einem vielsagenden Blick wandte er sich wieder seiner Arbeit zu. Maria zögerte kurz, dann trat sie an ihn heran.

»Darf ich zuschauen?«, fragte sie.

»Aber gern!«, antwortete der Metzger erfreut.

Johann drehte sich um und ging zur Küche hinauf.

»Das sind die Koteletts«, erklärte der Metzger. »Und das hier – das ist das beste Stück – das Filet …« Maria nickte. Er senkte die Stimme. »Aber mal ehrlich«, sagte er vertraulich. »Das hier ist doch nichts für dich!«

Maria straffte die Schultern. Eine leichte Röte stieg ihr ins Gesicht. »Wer entscheidet das?«, fragte sie, und Zorn schwang in ihrer Stimme. »Was für mich gut ist, meine ich?«

Der Metzger hüstelte. »Hab's doch nicht so gemeint«, lenkte er ein.

Ich sah Maria bewundernd an. Sie ließ sich nichts bieten, wahrhaftig nicht!

Herbert hatte sich erneut einen Schnaps eingegossen. »Saukalt ist es heute«, murmelte er, und man sah ihm an, dass er fror. Ich nahm die großen Fleischstücke, um sie nach oben in die kleine Kammer neben der Küche zu bringen, wo sie einen Tag liegen mussten, ehe sie weiter zerteilt wurden. Bevor ich das Haus betrat, sah ich mich um. Maria stand immer noch neben dem Metzger, aber sie wirkte unschlüssig, und plötzlich, als hätte sie meinen Blick gespürt, wandte sie sich um und schaute zu mir herauf. Sie warf ihre Haare in den Nacken. Dann verschwand sie im Pferdestall.

Später im Januar schlug das schöne Winterwetter um; es wurde wärmer, ein feiner Nieselregen fiel, und oft herrschte dichter diesiger Nebel. Die Küche war, wie bei uns üblich, der einzige Raum, der geheizt wurde, von Sonntagen abgesehen, wo meine Mutter auch den Ofen in der Wohnstube anschürte; und da es draußen wenig zu tun gab, fanden sich alle in diesem Raum ein, wo auch die Wäsche getrocknet wurde, und wegen der verdampfenden Feuchtigkeit war das Fenster die meiste Zeit über beschlagen. Der Zustand meines Vaters verschlechterte sich; den größten Teil des Tages verbrachte er, vor sich hin dösend, in seinem Sessel, er meldete sich nur noch selten zu Wort, um sich mit weinerlicher Stimme über dies und das zu beklagen. Maria war der einzige Mensch, der ihn besänftigen konnte. Wenn sie ihm zu essen oder zu trinken brachte, strich sie ihm zart über den Arm; dann lächelte er, verzehrte brav sein Essen, das sie ihm in kleine Häppchen zurechtgeschnitten hatte, und wenn er fertig war, rief er sie und hielt seinen leeren Teller hoch und wartete ungeduldig auf ihr Lob. »Klasse!«, sagte sie, was in dieser Küche seltsam klang und was uns immer wieder veranlasste, die Ohren zu spitzen, und auch mein Vater schien dieses Wort zu lieben, denn er murmelte es oft vor sich hin und ließ es sich auf der Zunge zergehen, als verzehre er ein fremdartiges, aber köstliches Gericht. »Klasse«, flüsterte er in regelmäßigen Abständen und warf meiner Mutter einen abschätzigen Blick zu, als wolle er sagen: Da schaust du, was? Auf so was wärst *du* niemals gekommen! Und meine Mutter lächelte nachsichtig, wie es ihre Art war. Doch auch ihr ging es nicht gut; sie litt unter der Gicht, die es ihr unmöglich machte, ihre Finger zu bewegen, sodass sie mit ihrer Arbeit nur noch langsam vorankam und immer mehr Maria übertrug. Nur auf dem sonntäglichen Kirchgang bestand sie, auch wenn es ihr schwerfiel, die Strecke zwischen unserem Hof und der Kirche zurückzulegen. Johann und ich gingen mit ihr; doch Maria blieb, sehr zum Leidwesen meiner Mutter, zuhause.

»Warum kommst du nicht mit?«, fragte sie eines Tages bekümmert. »Ein Sonntag ohne Gottesdienst, das ist – das ist …« Ihr fehlten die Worte.

Maria lächelte verlegen. Im Grunde meines Herzens waren auch mir die sonntäglichen Gottesdienste zuwider – nur hätte ich es nie gewagt, nicht hinzugehen – warum? Um meine Mutter nicht zu betrüben? Und Maria: Glaubte sie etwa nicht an Gott? Konnte das möglich sein?

»Ich möchte es einfach nicht«, sagte sie leise, aber bestimmt. Auch Johann schaute sie zweifelnd an, doch er sagte nichts. Und so blieb sie zuhause. Wenn wir zurückkamen, fanden wir sie lesend. Sie war ein paar Mal bei ihren Eltern gewesen und hatte ihre Sachen geholt, ohne über diese Besuche jedoch ein Wort zu verlieren. Sie las, und wenn sie uns sah, strich sie sich die Haare aus dem Gesicht, und es wirkte, als wäre sie mit den Gedanken weit fort. Dann stand sie auf und machte sich daran, das Mittagessen vorzubereiten. Da es am Sonntag eine kompliziertere Mahlzeit zu geben pflegte, dauerte die Zubereitung lange, und ihr Gesicht rötete sich vor Hitze, feuchte Löckchen kräuselten sich auf ihrer Stirn, und nicht selten öffnete sie das Fenster, das meine Mutter allerdings sofort wieder schloss. »Die kostbare Wärme!«, sagte sie, und ein leiser Vorwurf schwang in ihrer Stimme.

Und Maria seufzte. Einmal hörte ich, wie sie sich bei Johann darüber beklagte, dass das Bad nicht geheizt wurde. »Jeden Morgen sind die Waschlappen hart gefroren wie Brettchen!«, sagte sie.

Doch Johann antwortete nichts darauf. Warum, dachte ich, kann man nicht hin und wieder eine Ausnahme machen? Ihr zuliebe? Das Bad wurde nur am Samstag eingeheizt – wenn wir badeten. Sonst machten wir im Winter Katzenwäsche. Mir machte das nichts aus, aber Maria?

Was mich selbst anging, so verbrachte ich immer mehr Zeit in der Schule, da ich begonnen hatte, bei der Schülerzeitung mitzuarbeiten, und oft blieb ich nach den Sitzungen noch dort, um meine Hausaufgaben zu erledigen. Wenn ich aus der Schule heraustrat, war der Nebel meistens so dicht, dass das Licht der Straßenlaternen kaum hindurchdrang, und der feine Nieselregen legte sich wie Spinnweben auf mein Gesicht. Ich grub meine Fäuste in die Hosentaschen. Selten war mir der Winter so lang und dunkel erschienen wie in diesem Jahr!

Einmal saß ich am Küchentisch und machte Hausaufgaben, als Maria sich zu mir setzte. Sie hatte wohl aufgehört, Parfum zu benutzen, und inzwischen roch sie wie wir alle: nach Stall, nach Essen, nach Holzfeuer, aber dennoch mischte sich in diesen Geruch ihr ganz besonderer frischer Duft, den ich entzückt einsog. Die Katze Danika, deren Beinstumpf gut abgeheilt war und die sich meistens in der Küche aufhielt, sprang auf ihren Schoß, und Maria streichelte sie abwesend. Sie beugte sich über mein Buch. »Du machst Französisch!«, rief sie. »Mais c'est chouette! Tu aimes la poésie française?«

Johann, der in der Tür stand, sah mich an.

»Oui«, antwortete ich verlegen. »Oui, je l'aime bien …« Ich wurde rot.

Johann grinste; dann ging er hinaus. Maria las in meinem Buch.

»Wir fahren bald nach Paris«, sagte ich.

Sie richtete sich auf. »Paris!«, wiederholte sie. »Du wirst sehen – es wird dir gefallen; es ist schön dort, wunderschön!«

Dann schlug sie energisch das Buch zu. »Du musst mir erzählen, wie es war«, sagte sie. »Hörst du? Alles – ich will alles wissen!« Sie lächelte mich an. Sie hatte sich verändert, fand ich. Sie war noch schöner geworden, irgendwie weicher, fraulicher, doch in ihren Augen war eine stille Schwermut, die mir noch nicht aufgefallen war, etwas unbestimmt Trauriges.

Sie stand auf. »Ich muss los«, sagte sie. »Kälbchen füttern.« Und ehe ich mich versah, war sie verschwunden.

Eines Morgens fiel mir auf, dass Johann eine Zahnlücke hatte. Vorne klaffte eine freie dunkle Stelle. Ich bemerkte, dass auch Maria darauf starrte.

»Was ist denn mit dir los?«, fragte ich. »Hast du dich mit jemandem geboxt?«

Johann grinste mich an. »Der ist mir gestern Abend ausgefallen«, sagte er leichthin und nahm die Zeitung auf. Ich dachte an meine Mutter und ihre eingefallenen Wangen, die ich immer wie ein Naturgesetz hingenommen hatte: Wenn man alt wurde, fielen einem die Zähne aus. Aber Johann? Er war doch noch jung!

»Er muss zum Zahnarzt«, sagte Maria bestimmt.

Johann raschelte mit der Zeitung. »Zerbrecht euch mal nicht meinen Kopf«, sagte er gutmütig. »Schließlich ist es mein Zahn, nicht wahr?«

Maria holte Luft und öffnete den Mund, als ob sie etwas sagen wollte, schloss ihn aber wieder. Sie rückte ihren Stuhl zurück und begann, den Tisch abzuräumen. Plötzlich hielt sie inne, ging zum Fenster und wischte mit der Hand die Scheibe ab. Sie seufzte. Dann schüttelte sie leicht den Kopf, als wollte sie einen unangenehmen Gedanken vertreiben, wandte sich zu uns um und lächelte. »Ich werde ausreiten«, sagte sie.

Johann ging nicht zum Zahnarzt. Er gab sich auch keine

Mühe, die Zahnlücke zu verbergen, und Maria schien sich damit abgefunden zu haben. Wochen später gab es allerdings einen Wortwechsel zwischen den beiden. Maria machte den Abwasch; Johann hatte den Nachmittag damit zugebracht, in der Scheune auszumisten. Er hielt seine Kaffeetasse in der Hand und ließ seinen Blick zufrieden durch die Küche schweifen. »Was gibt's zum Abendessen?«, fragte er.

Maria antwortete nicht. Ich hob den Kopf.

»Maria«, sagte Johann weich.

Mit einer ruckartigen Bewegung wandte sie sich um. »Nichts Besonderes«, sagte sie kühl.

Johann und ich starrten sie an. Was hatte sie denn? Sie sah durch Johann hindurch auf einen Punkt hinter ihm an der Wand.

»Was ist denn los, Maria«, sagte Johann zärtlich.

»Du kümmerst dich um gar nichts«, sagte sie mit vorwurfsvoller, erstickter Stimme; dann begann sie zu weinen.

Johann stand auf. »Was soll das«, sagte er, halb betroffen, halb ärgerlich. »Kannst du dich nicht ein bisschen klarer ausdrücken?«

»Wenn du es nicht selber merkst …«, sagte sie und schluchzte auf.

Johann sah mich hilfesuchend an, doch ich zuckte die Achseln. »Los, Maria«, sagte er geduldig. »Ich weiß doch gar nicht, was du meinst!«

»Ich«, hob Maria an. »Ich – ich will keinen Mann, der eine Zahnlücke hat!«

Es war heraus. Johann wurde rot. »Also das war es«, sagte er leise.

Maria sah ihn an. »Ja«, sagte sie still.

Johann wandte sich ab. »Zeit für den Stall«, sagte er mit belegter Stimme. »Kommst du, Nikolas?«

Wie peinlich es mir war, bei diesem Streit zugegen zu sein! »Ja«, sagte ich.

Maria stand mit hängenden Armen da, einen flehentlichen Ausdruck in den Augen. »Johann«, flüsterte sie.

»Schon gut.« Johann winkte ab. Ohne ein weiteres Wort lief er hinaus.

Langsam wurden die Tage wieder länger; die Sonne kroch hinter den Wolken hervor; und gleichzeitig wurde es kalt, eisigkalt. Die Erde gefror, und die Pfützen überzogen sich mit einer Eisdecke, die mit einem knisternden Geräusch unter den Schuhen zersprang, wenn man darauftrat. Die kahlen, biegsamen Zweige der Weiden unten am Flüsschen schimmerten rot im Morgenfrost, und die dünnen Rauchfahnen über den Häusern standen so still, dass sie aussahen wie gemalt. Einmal bemerkte ich Wildgänse, die klagend über die Felder flogen. Der Himmel war von einem hellen, fast durchsichtigen Blau – eine Wohltat nach den langen dunklen Tagen unter tiefhängenden grauen Wolken. Johann, der in der Zwischenzeit beim Zahnarzt gewesen war und sich einen neuen Zahn hatte einsetzen lassen, wartete den Traktor und den Mähdrescher, und wenn er zu den Mahlzeiten erschien, waren seine breiten Hände schwarz von Motoröl. Mein Vater hatte wieder längere Phasen des Wachseins, manchmal erhob er sich aus seinem Sessel und lief mit langsamen Schritten über den Hof, und kopfschüttelnd schaute er auf die Pferde, die Kühe und die Kälber, als hätte er sie noch nie gesehen, und dann kehrte er zu seinem Sessel zurück und ließ sich aufatmend hineinfallen. Eines Tages nahm er Maria ins Visier. »Dreh dich um«, sagte er zu ihr.

Gehorsam und mit einem Lächeln auf den Lippen drehte sie sich um. Er betrachtete sie lange; sah ungeniert auf ihren Busen, ihren Bauch; dann stieß er die Luft aus. »Gell, der Johann kann es nicht«, sagte er.

Maria wurde rot und wandte sich um. Sie bückte sich und öffnete die Herdklappe, um Holz nachzulegen, und der Schein der Flammen huschte über ihr Gesicht. Ich schämte mich für meinen Vater. Maria sah traurig aus, als sie an mir vorbeiging, sodass ich am liebsten aufgesprungen wäre und sie getröstet hätte.

Wochenlang herrschte kaltes, sonniges Wetter. Die Zeit schien stillzustehen; wir warteten darauf, dass wir unsere Felder bestellen konnten; und ich bemerkte, dass Johann ungeduldig zu werden begann. Eines Nachmittags klopfte es an die Tür, und mein Klassenlehrer trat ein. Er lächelte mich an, dann machte er eine leichte Verbeugung vor meiner Mutter. »Guten Tag, Frau Andres«, sagte er höflich. »Ich würde gern etwas mit Ihnen besprechen – etwas, das Ihren Sohn angeht.«

Es war vor ein paar Tagen gewesen, dass er mich in der Pause auf die Seite genommen hatte. Und er hatte mir erklärt, dass ich das war, was man hochbegabt nannte – und dass ich besonderer Förderung bedürfte. Ob ich mir vorstellen könnte wegzuziehen? Verwirrt hatte ich erst den Kopf geschüttelt, dann genickt. Ich hatte gute, sehr gute Noten in der Schule; aber hochbegabt? Und jetzt war er hier und erzählte meiner Mutter, die mit weit geöffneten Augen lauschte, die gleiche Geschichte. Der Blick meiner Mutter ging von ihm zu mir und wieder zu ihm.

»Ich hatte ja gar keine Ahnung«, sagte sie, »dass unser Sohn – so wach doch auf, Papa, wach auf!« Aufgeregt erhob sie sich. »Bitte, wollen Sie einen Kaffee? Ich habe gerade welchen gebrüht!«

Mein Lehrer lächelte. »Danke – gern«, sagte er. Er setzte sich. »Die Förderung, von der ich sprach«, fuhr er fort, »betrifft zusätzliche Kurse in weiteren Fächern – Philosophie, Naturwissenschaften, Psychologie –, die wir ihm hier nicht bieten können, verstehen Sie? In W. aber könnte er sie besuchen – und er könnte im dortigen Kilianeum wohnen.«

Meine Mutter seufzte auf.

»Ich weiß, dass Sie das genau überlegen müssen, das würde

ja bedeuten, dass Sie Ihren Sohn wegziehen lassen müssten, nicht wahr? Aber was mich angeht, so kann ich es nur befürworten – er ist wirklich außergewöhnlich begabt, und ich finde, dass man ihm diese Chance geben sollte! Haben Sie schon einmal eines seiner Gedichte gelesen?«

Meine Mutter starrte mich an. Dann lief sie zu meinem Vater hinüber und rüttelte an seiner Schulter. »Anton!«, rief sie.

Mein Vater öffnete die Augen und schaute verwirrt um sich. »Den da – den da kenne ich nicht«, sagte er schließlich und zeigte auf meinen Lehrer.

Dieser reichte ihm die Hand. »Verzeihen Sie die Störung«, sagte er, »ich heiße Müller und bin der Klassenlehrer von Nikolas, und …«

Mein Vater wandte den Kopf zur Seite. »Wiedersehen«, sagte er trocken und schloss die Augen.

Meine Mutter räusperte sich. »Bitte, Herr Müller,« sagte sie, »er ist krank – ich hätte ihn nicht wecken sollen!«

»Kein Problem«, sagte mein Lehrer freundlich. »Sie müssen sich auch um Gottes willen nicht jetzt entscheiden! Denken Sie über alles in Ruhe nach, und dann sprechen wir wieder miteinander, in Ordnung?«

Meine Mutter nickte. »Vergelt's Gott, Herr Müller«, sagte sie. Sie strich sich eine Haarsträhne aus der Stirn und nestelte nervös an ihrer Schürze. »Warten Sie – wir haben erst geschlachtet, ich hole Ihnen noch einen Schinken!«

Mama, dachte ich im Stillen, das muss doch nicht sein!

»Aber das ist doch nicht nötig«, sagte mein Lehrer höflich, doch meine Mutter hatte bereits die Küche verlassen. Er wandte sich an mich. »Hast du es dir schon überlegt?«, fragte er.

Es war also tatsächlich ernst. Ich sollte nach W. ziehen!

»Es wäre zum neuen Schuljahr«, sagte er. »Du hättest also noch ein bisschen Zeit …«

Ich wusste nicht, was ich sagen sollte. Was würde es bedeuten, wenn ich wegginge? Jetzt schon wegginge – und nicht erst in drei Jahren? Weg von meinen Eltern, von Johann – von Maria? Wenn ich in einer großen Stadt ganz allein wäre? Ich konnte es mir nicht vorstellen.

Mein Lehrer sah mich an. »Ich weiß, dass es eine schwierige Entscheidung ist«, sagte er. »Und wenn ich dir dabei helfen kann, dann tue ich das gerne!«

Meine Mutter kam mit einem Schinken zurück. Sie schlug ihn in Zeitungspapier ein. »Bitte schön, Herr Müller«, sagte sie. »Und noch einmal – vergelt's Gott für Ihre Mühe!«

Mein Lehrer verbeugte sich. »Herzlichen Dank, Frau Andres«, sagte er. »Und seien Sie stolz auf Ihren Sohn!«

Meine Mutter bedachte mich mit einem merkwürdigen Blick. »Er ist ein guter Junge«, sagte sie leise. »Und ich danke Gott jeden Tag, dass ich ihn habe!« Plötzlich schimmerten Tränen in ihren Augen. »Aber hergeben möchte ich ihn nicht!«

Mein Lehrer lächelte. »Irgendwann, Frau Andres, würde er sowieso weggehen – denn es ist keine Frage, dass er studieren wird!«

Meine Mutter schüttelte den Kopf. »Ich kann es gar nicht glauben«, seufzte sie. »Das kommt alles so überraschend!«

Plötzlich, und völlig unerwartet, stand meine Welt auf dem Kopf. Nie hätte ich es für möglich gehalten, einmal so im Mittelpunkt des Interesses zu stehen; ich hatte mich nie, in welcher Weise auch immer, für überdurchschnittlich gehalten; und ich konnte es nicht glauben, dass ich, der Bauernsohn, einer solchen Ehre für würdig befunden wurde. Zum Schuljahresende hatte ich immer eines der besten Zeugnisse erhalten, zusammen mit einem Büchergeschenk, aber bei einigen anderen war das genauso gewesen. Und jetzt dies! Was nur sollte ich tun?

Die ganze Zeit hatte meine Mutter mich nicht aus den

Augen gelassen. Ein rätselhaftes Lächeln lag auf ihrem Gesicht. Langsam ließ sie sich auf einen Stuhl sinken, legte die Hände in ihren Schoß und faltete sie, als wolle sie beten. Nach einer Weile räusperte sie sich. »Geh nur«, sagte sie leise und traurig. »Wenn es gut für dich ist, nach W. zu ziehen, dann wollen wir dir nicht im Weg stehen! Woher sollen wir wissen, was noch aus dir wird? Du wirst uns vielleicht noch große Ehre machen, mein Sohn! Geh, wenn du es willst! Unseren Segen hast du!« Jetzt begann sie aber doch zu weinen; die Tränen rannen über ihr faltiges Gesicht. Ich starrte sie an. Wie es schien, lag die Entscheidung bei mir – einzig und allein bei mir! Ich öffnete den Mund, als wollte ich etwas sagen, aber kein Laut kam heraus.

»Du brauchst dich doch nicht gleich zu entscheiden«, sagte sie beruhigend. »Der Lehrer hat gesagt, dass du dir Zeit lassen kannst – so etwas will erst einmal verdaut werden! Aber«, und nun wurde ihre Stimme noch leiser, »wenn du dich für W. entscheiden solltest, so lass dir eines gesagt sein: vergiss dein Elternhaus nicht! Es möge nie der Tag kommen, an dem du dich unser schämst!« Sie wandte sich ab. »Und jetzt geh«, sagte sie. »Geh und denke über alles nach …«

Ich trat aus dem Haus. Bento kam aus seiner Hütte und wedelte mit dem Schwanz. Unten im Stall klapperte Johann mit den Eimern. Langsam ging ich zu ihm hinunter. »Johann«, sagte ich, »dürfte ich einmal dic Ronja reiten? Nur einmal? Nur heute?«

Johann sah mich erstaunt an. »Was ist denn los?«, fragte er.

Ich erzählte ihm alles. Er schüttelte den Kopf. »Sieht ganz danach aus, dass du noch groß rauskommst!«, sagte er und lächelte gutmütig. »Na los – nimm die Ronja, und ab die Post!«

Ich schluckte. Hatte er eine Ahnung davon, wie schwer es mir fiel, mich zu entscheiden? Er klopfte mir auf die Schulter. »Es kommt, wie es kommen muss«, sagte er. »Mach dir keine Sorgen!«

Ich lächelte verlegen. »Ich geh dann mal die Ronja putzen«, sagte ich. »Und danke, dass du sie mir gibst!«

»Schon gut, kleiner Bruder«, antwortete er und wandte sich wieder seiner Arbeit zu. Ich atmete tief ein. Am liebsten hätte ich meinen Kopf an den Bauch einer der Kühe gelegt, hätte mich im Auf und Ab der atmenden Flanke beruhigt. Wie war alles plötzlich so kompliziert! Wie lange schien es her, dass wir auf dem Pferdeschlitten durch den Schnee gefahren waren, warm und gemütlich in Decken gehüllt!

Langsam, im Schritt, in Gedanken versunken, ritt ich aus M. hinaus. Raureif glänzte auf den Ackerschollen und auf den Wiesen; schwarz hoben sich die Äste der Bäume von dem silbrig schimmernden Boden ab. Über mir zog ein Milan seine Kreise. Und im Hintergrund stiegen die Berge gemächlich an, flimmerten fliederfarben im Sonnenlicht. Es war still; nur das Klirren der Hufeisen auf dem harten Boden war zu hören. Ronja schnaubte, und ich ließ sie am langen Zügel gehen, sodass sie den Hals strecken konnte; ruhig und zufrieden kaute sie auf dem Gebiss, und ihre Mähne wippte im Takt ihrer Schritte. Es war tatsächlich etwas Besonderes, ein Pferd unter sich zu spüren, sich seinen Bewegungen anzupassen. Am Fuß des Eichbergs angekommen, nahm ich die Zügel auf und ließ Ronja angaloppieren; leicht stellte ich mich in die Steigbügel, beugte mich tief über den Hals – und wir flogen dahin, flogen den Berg hinauf … Ein wilder Laut kam über meine Lippen. Halb war es ein Seufzen, halb ein Juchzen – welche Wonne war es, so dahinzufliegen! Und plötzlich stieg ein unbändiges Verlangen in mir auf, fortzugehen, mich auf den Weg zu machen, mein Glück zu suchen, alles hinter mir zu lassen … Ja, ich würde nach W. gehen! Und ich würde Neues lernen, ich würde Gedichte schreiben – oh, ein Gedanke, kühner und verlockender als der andere, ging mir durch den Sinn! Ich würde fremde Menschen kennenlernen, Dichter vielleicht, Maler, ich würde fremde Städte sehen – wie weit erschien mir plötzlich der Horizont, der bis vor kurzem noch da endete, wo die Berge sich erhoben! Wir waren auf der Spitze des Eichbergs angekommen, und ich parierte Ronja durch. Auf ihrem Hals schäumte der Schweiß. Weit und still lag die Landschaft vor mir. Ja, ich würde M. verlassen – die Entscheidung war gefallen. Aber – als würde der langsame Schritt mich wieder in die Realität zurückholen – was müsste ich alles aufgeben! Sicherheit, Wärme, Geborgenheit, die friedliche Abfolge der Jahreszeiten ... Ronja, flüsterte ich, und das Pferd drehte die Ohren nach hinten. Ich klopfte ihm den Hals. Natürlich würde ich wiederkommen, aber ich wäre zu Besuch, würde nicht mehr hierhergehören.

Schon in den nächsten Tagen wurde es wärmer, sodass Johann sich daranmachen konnte, mit der Egge auf die Felder hinauszufahren. Eines Nachmittags, als Maria und ich damit beschäftigt waren, das Saatgut zu putzen, hielt sie plötzlich inne. »Du wirst fortgehen«, sagte sie. Ihre Stimme hatte traurig geklungen – würde sie mich vermissen?

»Ja«, sagte ich einfach.

»Dann wären wir also einer weniger ... nur noch die Oma, der Opa, Johann und ich ...«

Das klang wie die Feststellung einer Tatsache. Sie strich sich die Haare aus dem Gesicht und lächelte mich an. Es war unmöglich zu sagen, was in ihr vorging. Sie gab einen Eimer Saatgut in den Trichter der Putzmühle. »Finde ich gut«, sagte sie plötzlich. »Dass du weggehst, meine ich. Gut für dich jedenfalls.« Sie hielt den Eimer unter die Mühle. Für einen Augenblick war nur der Wind des Gebläses zu hören.

»Wir halten hier die Stellung«, sagte sie dann. Ihr Eimer war voll, und sie schüttete die Körner in eine Wanne. »Und du wirst unser Bote sein – der Bote aus einer anderen Welt!«

Täuschte ich mich, oder lag tatsächlich so etwas wie Sehnsucht in ihrer Stimme? Sie schüttelte den Kopf, als würde sie meine Gedanken erraten. »Es ist gut, dass *du* gehst«, sagte sie. »Point final!« Sie lachte. »Aber wem kann ich dann von meinen Ausritten erzählen?« Sie stellte den Motor der Mühle ab; dann ließ sie ihre Hand durch das Getreide in der Wanne gleiten. Sie sah mich an. »Ich wünsche dir jedenfalls das Allerbeste«, sagte sie leise. Dann stand sie auf.

»Maria!«, rief Johann unten aus dem Stall.

»Ich komme!«, rief sie zurück. Sie holte einen Gummi aus ihrer Hosentasche, schüttelte ihre Haare und band sie im Nacken mit einer energischen Bewegung zusammen. »Los!«, sagte sie. »Die Pflicht ruft!«

Hoch am hellblauen Himmel schwammen zarte weiße Schleierwölkchen, die ein warmer Wind vor sich hertrieb, die Vögel begannen zu zwitschern, und die Saat auf den Feldern spross hellgrün, in geraden Reihen, nur auf Josefs Äckern sah alles etwas unordentlicher aus, aber auch dort trieb das Getreide kräftig. Die Büsche und Bäume waren voller Knospen, die schon hier und da aufsprangen und weiße oder rosa Blüten enthüllten, und die Luft war so mild und weich, dass ich den ganzen Tag hätte draußen sein mögen. Die Bauern, die Raps angebaut hatten, fuhren mit ihren Giftspritzen über die Äcker; Johann hingegen eggte und säte, und mit jedem Feld, das bestellt war, wurde er zufriedener. Abends holte er seine Pläne für den Aussiedlerhof wieder hervor und beschrieb Maria, wo das Wohnhaus zu stehen hätte und die Stallungen und die Maschinenhalle und die Scheune, und Maria legte ihren Kopf an seine Schulter und nickte und fuhr mit dem Finger die Linien nach, und dann, ganz wie nebenbei, bestand sie auf drei Kinderzimmern im Wohnhaus, sie beugte den Kopf dabei über das Blatt und sagte es leise, dass mein Vater es nicht hörte, aber ich vernahm es doch. Ein paar Wochen später, als ich von meiner Klassenfahrt nach Paris zurückkehrte, wollte Maria alles wissen, jedes Detail, was ich wann und wo gegessen hatte, wie ich die Kirchen fand und die bouquinistes und den Montmartre, und ich gab mir Mühe, alles genau zu beschreiben. Johann blieb neben uns stehen und hörte eine Weile zu, hörte, wie Maria, die Paris wie ihre Westentasche zu kennen schien, auf dies und das hinwies, doch bald wandte er sich ab. Wir hatten rote Köpfe, wir überboten uns gegenseitig mit unseren Berichten, wir lachten und gestikulierten und flochten französische Wörter in unsere Sätze, und wir bemerkten nicht, dass Johann die Küche verließ. Ewig hätte ich so sitzen mögen. Und als wir später zum Stall hinuntergingen, summte Maria die »Marseillaise«.

Eines Tages redete meine Mutter Johann ins Gewissen. »Du hast eine junge Frau«, sagte sie, »und eine junge Frau will auch etwas vom Leben haben! Sie will ausgehen, tanzen – und du sitzt jeden Abend zuhause!«

Johann knurrte ärgerlich. Die guten Ratschläge seiner Mutter konnte er gerade noch gebrauchen! Aber eines Abends fragte er Maria, ob sie mit ihm zum Feuerwehrball gehen wolle. Dieser Entschluss musste ihn einige Überwindung gekostet haben. Maria zuckte die Achseln. »Ich weiß nicht recht …« sagte sie zögernd. »Willst du es denn?« Aber dann lächelte sie. »Doch – lass uns gehen! Lass uns tanzen!« Und mit einem Blick zu mir: »Und Nikolas, du kommst auch mit!«

Also gingen wir. Der Ball fand im Sportheim statt, einem niedrigen, hässlichen Gebäude, von dessen Wänden der Verputz absprang; der große Saal war mit bunten Papiergirlanden geschmückt, und rund um die Tanzfläche hatte man Tische aufgestellt. Es roch nach Bier und Bratwürsten und Sauerkraut und nach kaltem Rauch. Eine Blaskapelle hatte sich auf der Bühne platziert. Herbert und seine Frau Erika winkten uns zu, und wir setzten uns zu ihnen. Erika sah auf Maria und rückte ein wenig scheu beiseite. »Grüß Gott, Frau Nachbarin«, sagte sie freundlich. Sie war klein und dicklich und hatte, wie meine Mutter zu sagen pflegte, »das Herz auf dem rechten Fleck«; ohne sie, sagte meine Mutter, hätte der Herbert schon längst aufgegeben, so todtraurig, wie er manchmal war. »Na, Johann«, sagte er und zog an seiner Zigarette, »führst du deine Frau aus?« Er lächelte schwach.

»Wie geht's dir«, fragte Johann zurück.

Herbert schüttelte den Kopf und seufzte. »Könnte besser gehen«, sagte er. Er stippte die Asche in den Aschenbecher. »Die machen mich kaputt«, sagte er leise.

»Na komm«, sagte Johann. »So schlimm wird's schon nicht sein ...«

»Hast du eine Ahnung«, fuhr Herbert auf. »Meinst du nicht, dass ich auch lieber Bauer wäre – Bauer und sonst nichts – so wie du?«

Johann legte ihm die Hand auf den Arm. »Soll eben nicht sein«, sagte er tröstend.

Erika schaltete sich ein. »In der Fabrik geht's hart zu«, sagte sie mit einem entschuldigenden Blick auf ihren Mann. »Das könnt ihr uns glauben!«

Johann nickte. »Glaube ich ja auch«, sagte er begütigend.

Erika lächelte Maria zu. »Wir sagen ›du‹ zueinander«, bestimmte sie. »Einverstanden?«

Maria reichte ihr die Hand. »Unbedingt!«, sagte sie.

Die Blaskapelle begann zu spielen, und die ersten Paare erschienen auf der Tanzfläche. Maria neigte sich zu mir herüber. »Weißt du, wann ich das letzte Mal getanzt habe?«, flüsterte sie. »In der Tanzstunde!« Sie trug einen knielangen geblümten Rock und eine helle Bluse; eine breite goldene Spange hielt ihre Haare zurück. Sie war, entschied ich, die schönste Frau im Saal – bei weitem! Erika schien dasselbe zu denken. »Gut siehst du aus«, sagte sie zu ihr.

Maria lächelte erfreut. »Danke gleichfalls«, antwortete sie.

»Du musst einmal zum Kaffeetrinken herüberkommen«, schlug Erika vor. »Wir Frauen müssen zusammenhalten, nicht wahr?«

Maria nickte. »Mache ich gern!«, sagte sie.

Inzwischen hatten sich immer mehr Paare auf der Tanzfläche eingefunden. Johann stand auf. »Darf ich bitten?«, fragte er Maria. Hand in Hand gingen sie davon. Erika sah ihnen nach. »Ein schönes Paar«, sagte sie.

Ich hatte einen Kloß in der Kehle. Johann legte seinen Arm um Marias Taille, und dann tanzten sie. Ich konnte meinen Blick nicht von Maria lösen. Wie anmutig sie sich bewegte! Ihr Rock schwang um ihre Knie, und unter ihrer dünnen Bluse konnte man ihre zarte, mädchenhafte Brust erahnen. Plötzlich fiel mir auf, dass Erika und ich nicht die einzigen waren, die sie ansahen. Johann führte sie ruhig und sicher über die Tanzfläche. War er sich all der Blicke bewusst? Jetzt spielte die Kapelle einen langsamen Walzer, und Maria schmiegte sich in Johanns Arme. Ich räusperte mich und wandte meinen Blick ab. Drüben im Saal sah ich ein Mädchen aus meiner Klasse aufstehen und herüberkommen.

»Tanzt du mit mir?«, fragte sie.

Unbeholfen erhob ich mich. Das Mädchen war dünn, die Schulterblätter stachen aus ihrem Rücken heraus, und als ich meine Hand an ihre Taille legte, spürte ich ihre Hüftknochen. Die Musik setzte ein.

»Du tanzt gut!«, sagte sie.

Ich errötete verlegen.

»Ich habe dich beobachtet«, fuhr sie nach einer Weile fort. »Du schaust die ganze Zeit nur deine Schwägerin an! Bist du in sie verknallt?«

Abrupt blieb ich stehen.

Sie lachte. »Hab's ja nicht so gemeint!«, sagte sie. »Komm schon, tanz weiter!«

Steif brachte ich den Tanz zu Ende. Als ich sie zu ihrem Platz zurückbrachte, schaute sie zu mir auf. »Es gibt auch noch andere Mädchen, weißt du«, sagte sie.

Johann und Maria saßen am Tisch, als ich zurückkam.

»Sie brauchen jemanden, der beim Getränkeabladen hilft«, sagte Johann zu mir. »Kümmer du dich um Maria, ja? Ich bin bald wieder zurück!«

Er stand auf und ging, und wir beide sahen ihm nach.

»Ich muss auch los«, sagte Erika. »Ich helfe an der Bar – kommst du mit, Herbert?«

Herbert trank sein Glas aus. »Zu Befehl«, sagte er. Und an uns gewandt, fügte er, halb belustigt, halb resigniert, hinzu: »Bei uns hat *sie* die Hosen an, wie man sieht!«

Maria lächelte. »Halt uns einen Platz frei«, sagte sie. »Wir kommen später nach!«

Sie lehnte sich in ihrem Stuhl zurück und ließ ihren Blick durch den Saal schweifen. Die Rhythmen wurden schneller, immer mehr Paare tanzten; die Luft war heiß und stickig. Ich sah, dass ein paar Männer, die an ihren Tischen geblieben waren, zu Maria herschauten.

»Tanzen ist herrlich«, sagte Maria und streckte sich. »Ich könnte die ganze Nacht tanzen – immerzu!«

Ich bemerkte, wie sie zu einem der Männer hinblickte – nicht eben herausfordernd, aber doch so, dass sie kundtat, sie wolle aufgefordert werden. Der Mann wandte seinen Blick ab. Sie trank einen Schluck. Wieder sah sie um sich. Doch weder beim nächsten Tanz kam jemand noch beim übernächsten. Maria wartete. Die dicksten, die hässlichsten Mädchen wurden geholt.

Ich räusperte mich. »Ich – ich habe ein neues Gedicht geschrieben«, begann ich zögernd. Irgendwie wollte ich sie entschädigen – aber wie?

Geistesabwesend nickte sie. »Schön für dich«, sagte sie. Plötzlich wandte sie sich mir zu. »Komm tanzen«, sagte sie und erhob sich und strich sich den Rock glatt. »Na los doch – komm!«

Sie zog mich auf die Tanzfläche. Die Kapelle spielte »Nights in White Satin«, und überall schoben sich die Paare langsam, engumschlungen vorwärts. Steif und hölzern legte ich meinen Arm um ihre Taille. Ich fühlte ihre Haare an meinem Kinn. Sie hatte ihr Parfum aufgelegt, und ich sog ihren Duft ein. Wie gut sie tanzte, und wie leicht sie sich führen ließ! Der Ammerbäck drehte sich mit seiner Frau neben uns und grinste mich an. Maria sah zu mir hoch. Ganz nah war ihr Gesicht vor mir – ihre hohen Wangenknochen, ihre zarte, gerade Nase, ihre beweglichen, fein geschwungenen Augenbrauen, ihr schöner, lockender Mund ... Ich spürte, wie ich rot wurde.

»Nikolas«, sagte sie leise. »Ich bin so froh, dass es dich gibt!«

Verwirrt atmete ich aus. Leicht legte sie ihren Kopf an meine Schulter, ganz kurz nur, dann straffte sie sich. »Weißt du ...«, begann sie, doch sie sprach nicht weiter. Meine Hände waren heiß und feucht; gerne hätte ich sie an meiner Hose abgewischt. Ihre Haare kitzelten meinen Hals. »Nights in white satin – never reaching the end ...« Ich schloss die Augen und gab mich dem langsamen Rhythmus der Musik hin, spürte, wie Maria sich geschmeidig zum Takt bewegte. Never reaching the end ... Neben mir hüstelte jemand, und ich öffnete die Augen. Es war das Mädchen aus meiner Klasse. Sie grinste herausfordernd. Wieder errötete ich. Sollte sie doch der Teufel holen! Ich musste wohl eine abwehrende Bewegung gemacht haben, denn Maria hob den Kopf und sah mich fragend an. Ihre Augen leuchteten. Ich schluckte. Marias Blick fiel auf das Mädchen neben uns, und aus den Augenwinkeln sah ich, dass sie lächelte. »Weißt du was?«, flüsterte sie nach einer Weile. »Da ist jemand, der sich für dich interessiert!« Demonstrativ folgte sie dem Mädchen mit den Augen.

Verlegen wehrte ich ab. »Ach Quatsch!«, sagte ich. »Die will sich nur wichtig machen!«

»Wenn du meinst«, sagte Maria belustigt. Ihr oberster Blusenknopf war geöffnet, und ich sah den zarten Schmelz ihrer

Haut und den Ansatz ihrer Brüste. Am liebsten hätte ich meinen Kopf an ihren Busen gelegt. Mir schwindelte. Wenn es nur immer so weiterginge! Maria, dachte ich, Maria …

Als der Tanz vorüber war, brachte ich sie mit weichen Knien zum Tisch zurück. Ich fühlte mich schwach und erschöpft. Ein paar Tische weiter saßen einige junge Bauern; ich kannte ihre Namen, hatte aber noch nie mit ihnen gesprochen. Ständig warfen sie Blicke zu uns herüber. Sie lachten laut, stießen sich an, holten ihre Geldbörsen aus der Tasche und legten Geldscheine auf den Tisch. Und wieder starrten sie auf Maria. Grölend knufften sie sich in die Seite, und endlich stand einer auf. Er torkelte ein bisschen, blieb stehen, ging weiter, kam näher. Vor Maria verneigte er sich mit einer übertriebenen Verbeugung. »Darf ich bitten?«, fragte er lallend.

Maria erhob sich langsam. Die anderen starrten herüber. Ich stand auf. »Hey«, sagte ich und stellte mich vor Maria. »Lass das, du Idiot!«

Maria schob mich zur Seite. »Ich mach das schon!«, sagte sie. Sie nahm den jungen Mann an der Hand und ging mit ihm auf die Tanzfläche und tanzte mit ihm. Der halbe Saal beobachtete sie. Als die Musik verklang, führte sie ihn zu den anderen zurück. Plötzlich war es still. »Möchte noch jemand mit mir tanzen?«, fragte sie laut.

Niemand rührte sich. Maria warf trotzig den Kopf zurück. »Dachte ich mir«, sagte sie kühl.

Die Musik setzte wieder ein. Maria kam zu unserem Tisch zurück. »Ich möchte an die Bar!«, sagte sie, ohne mich anzusehen. »Komm, Nikolas!«

Wir drängten uns durch die Menge. Ich fühlte mich erbärmlich. Dass es mir nicht gelungen war, sie vor diesen Dummköpfen zu beschützen! Mit einem Mal stand Johann vor uns, und Maria warf sich an seine Brust.

»Na, na«, sagte er verwundert.

»Tanz mit mir!«, sagte Maria. »Bitte!«

Johann lächelte erfreut. »Wird gemacht«, sagte er.

Maria sah mich bittend an. »Geh du schon mal vor«, sagte sie. »Wir kommen gleich nach, okay?«

»Okay«, sagte ich schwach.

Die Luft in der Bar war zum Schneiden dick. Ich stellte mich in eine Ecke. Was sollte ich hier! An der Theke standen hemdsärmlig und dichtgedrängt die Bauern und ihre Frauen. Ich erhaschte einen Blick auf Erikas erhitztes Gesicht. Herbert saß auf einem Stuhl in der Ecke, eine Flasche vor sich, die er von Zeit zu Zeit düsteren Blicks an die Lippen setzte. Draußen im Saal verklang der letzte Takt der Musik, und die, die eben noch getanzt hatten, stömten herein. »Jetzt gehn wir alle alle alle in die Bar, in die Bar, in die Bar!«, grölten sie. Ich sah auch Johann und Maria, wie sie sich einen Platz am Tresen zu erkämpfen suchten. Schließlich gelang es ihnen, und sie standen dort, nebeneinander, mit dem Rücken zu mir. Rechts von Maria lehnte Eugen, der Bruder des Reitlehrers, an der Bar. Johann und Maria hoben ihr Glas an die Lippen und setzten es wieder ab. Eugen sah kurz zur Seite, zu Maria, dann schob er sich Zentimeter um Zentimeter näher an sie heran, ohne dass es jemand bemerkt hätte. Bald berührte seine Schulter die ihre. Noch näher kam er, immer wieder innehaltend, als solle sein Annäherungsversuch rein zufällig wirken … Maria rückte ein Stück nach links, zu Johann hin; Eugen rückte nach. Jetzt berührte seine Hüfte ihre Hüfte, die Schultern streiften sich, dann drückte er sein Bein an das ihre; wieder versuchte Maria auszuweichen, doch es gelang ihr nicht; sie war fest eingezwängt zwischen beiden Männern. Eugen begann ein Gespräch mit dem Bauern, der rechts von ihm stand; kein Mensch wäre auf die Idee gekommen, dass er sich an Maria heranmachte, so unbeabsichtigt erschien seine Nähe zu ihr. Ich sah, wie er noch ein wenig näher rückte; sein Nacken färbte sich rot. Am liebsten hätte ich ihn gepackt und ihm in sein hässliches Gesicht geschlagen!

Hätte aus seiner langen Adlernase blutigen Matsch gemacht! Eine Gruppe Frauen lachte laut und gellend auf. Maria wirkte ganz zart und verloren zwischen den breitschultrigen Männern. Sie trank. Drüben standen Gudrun und Manfred, der Reitlehrer, Gudrun mit einem weit ausgeschnittenen Kleid, aus dem ihr üppiger Busen quoll. Es stank nach Schweiß, nach ungewaschenen Körpern, nach Zigarettenrauch, nach Bier. Ein Sektkorken knallte, Sekt spritzte hoch und floss über Gudruns Kleid. »Deine Titten werden gegossen«, johlte jemand, »dass sie noch mehr wachsen!«

Brüllendes Gelächter. Gudrun lachte, dass es sie schüttelte, und legte ihren Kopf an Manfreds Schulter. Eugen stand still und regungslos an Maria gepresst. Aus einem Radio ertönte Musik im Dreivierteltakt; jemand drehte sie auf, und schon begannen alle zu schunkeln, was Eugen die Gelegenheit gab, seinen Arm durch den Marias zu ziehen. Ganz nahe war sein rotes Gesicht dem ihren. Laut sangen alle mit.

»Oho-ho-holalala – der schneeweiße Busen war halb nur bedeckt – oho-ho-holalala – der schnee-weiße – Busen war halb nur be-de-he-heckt …«

Drüben, ebenfalls an die Wand gelehnt, stand Adolf. Man munkelte über ihn, dass er seinen Eber, wenn er ihn zu einer Sau ließ, gehörig verdrosch, während das Tier seine Arbeit machte – mit einem dicken Stock, sagte man, und dass er die Ketten in den Hals der Kühe wachsen ließ. Mit glasigen Augen schaute er über die wogende Menge, bis sein Blick meinen traf. Er hob sein Glas und trank mir zu. Ich sah weg. Irgendwo fiel eine Flasche vom Tresen und zerbarst. Das Schunkeln nahm kein Ende; auch Marias Oberkörper bewegte sich im Takt nach rechts, nach links. Johanns Haare waren schweißnass. Warum gingen die beiden nicht? Und warum stand ich da und glotzte blöd in die Menge?

Jemand machte das Licht aus – oh! rief man und ah! –, und nach einer Weile ging das Licht wieder an. Ich sah, wie sich Maria mit einer abrupten Bewegung umwandte und, Johann im Schlepptau, den Raum mit hocherhobenem Kopf verließ. Eugen grinste vor sich hin. Gudrun hielt Manfreds Kopf an ihren Busen gedrückt. Herbert weinte leise in seiner Ecke. Es war höchste Zeit, dass ich hier wegkam! Als ich mir einen Weg nach draußen bahnte, musste ich an dem Mädchen aus meiner Klasse vorbei.

»Der Leibwächter bei der Arbeit«, sagte sie spöttisch.

Ich warf ihr einen düsteren Blick zu. Von mir aus konnten mich alle sonst wo lecken! Alle!

Als ich zu unserem Tisch zurückkam, saßen Maria und Johann schon dort. Maria war blass, und Johann sah finster vor sich hin. Ich setzte mich dazu. Die Kapelle war wieder auf die Bühne zurückgekehrt. Langsam füllte sich der Saal.

»Ich möchte gehen«, sagte Maria plötzlich.

Johann starrte sie an.

»Na ja«, sagte sie leise, »wir haben doch schön getanzt, und …«

»Bäumchen, wechsel dich!«, schrie einer der Sänger von der Bühne herunter. Lautes Gelächter war die Antwort, und alle stellten sich in einer Reihe auf.

Maria erhob sich. »Willst du mitmachen?«, fragte sie Johann.

Er schüttelte den Kopf. Traurig sah er Maria an. »Es hat dir nicht gefallen«, stellte er fest.

Maria lächelte. »Doch, hat es – aber jetzt möchte ich lieber heim!«

Johann und ich standen auf. Als wir hinausgingen, sah man uns nach.

»Die Ratten verlassen das sinkende Schiff!«, grölte einer, und alles lachte. Draußen, am Parkplatz, lehnte ein Paar engumschlungen an einem Baum und fuhr auseinander, als wir näher kamen. Es waren der Ammerbäck und seine Gehilfin. Wir liefen schweigend nachhause. Maria hakte sich bei Johann ein. Im Herd brannte noch ein Feuer; meine Eltern waren längst zu Bett gegangen.

»Gute Nacht, Nikolas«, sagte Maria und lächelte mir zu.

»Nacht«, sagte Johann kurz.

Ich war allein. Holzscheite fielen gegeneinander. Ich holte mir ein Blatt Papier und einen Kugelschreiber; dann schrieb ich. Ich schrieb über meinen Tanz mit Maria.

Als Johann mit dem Säen fertig war, begann, gerade rechtzeitig, ein warmer Frühlingsregen zu fallen; sanft strömte er auf die Erde herab, die würzig und frisch duftete, und es dauerte nicht lange, und die ersten Rübenpflänzchen brachen durch. Die Stare kamen zurück und fingen an, Nester zu bauen, und ihr aufgeregtes Schnalzen erfüllte die Luft. Abends saßen die Amselmännchen auf dem Dachfirst und flöteten hingebungsvoll, und in den inzwischen dichtbelaubten Bäumen draußen am Flüsschen raunte der Wind. Eine dumpfe Unruhe hatte mich ergriffen, eine tiefe Sehnsucht. Und eines Nachmittags, als ich wieder vom Eichberg auf die Felder und das Städtchen hinabsah, gestand ich es mir endlich ein – dass ich Maria liebte, die Frau meines Bruders, und dass es keinen Zweck mehr hatte, vor der Wahrheit davonzulaufen.

Als ich nachhause kam, schob ich zögernd den Riegel am Hoftor zurück. Es war still. Die Tür zum Kuhstall war halb geöffnet; friedlich wiederkäuend lagen die Tiere im Stroh. Bento kam mir schwanzwedelnd entgegen. Plötzlich hörte ich ein Geräusch, das aus dem Pferdestall kam, ein leises Rascheln. Ich schlich näher. Jemand seufzte. Es war Maria, die vor Ronjas Box stand. Sie hatte den Kopf gegen das Gitter gelehnt; mit den Händen umfasste sie die Stäbe. Die Pferde malmten ihr Heu und schnaubten von Zeit zu Zeit. Aus Versehen trat ich auf ein knackendes Ästchen, und erschreckt wandte sie sich um.

»Ach, du bist es«, sagte sie.

Sie seufzte wieder; dann griff sie nach der Mistgabel. Ich wusste nicht, was ich sagen sollte. Ihr Gesicht war verschlossen und blass.

»Ich – ich war nochmal kurz auf dem Eichberg«, stammelte ich.

Sie nickte mir kurz zu und öffnete die Boxentür.

»Ich – ist Johann schon daheim?«

Wieder nickte sie. »Er wird gleich herunterkommen«, sagte sie.

Es war Zeit für den Stalldienst. Ich ging in den Kuhstall und schaltete das Licht ein; sofort erhoben sich die Kühe und starrten dumpf muhend zu mir her. Als Johann kam, hatte ich die Euter saubergewischt und mit dem Ausmisten begonnen; Johann nahm es erfreut zur Kenntnis. »Fleißig!«, sagte er freundlich.

Ich wagte es nicht, ihm in die Augen zu sehen; ich fühlte mich erbärmlich. Ich war es nicht wert, dass er nett zu mir war! Er stellte das Radio an. »Imagine there's no heaven …« Wer hatte diesen Sender eingestellt? »Above us only sky …« Ich fröstelte. Was für ein Lied! Wenn es keinen Himmel gab, keinen Gott – was war dann alles möglich? Wenn über uns nichts war als die grauenerregende Weite des Universums? Was wurde dann aus den Gesetzen, die auf Gott zurückgingen: »Du sollst nicht begehren deines Nächsten Weib?« Oh ja, ich kannte sie, die Zehn Gebote!

Johann klapperte mit den Milcheimern. »Maria!«, rief er.

»Was gibt's?«, rief Maria aus dem Pferdestall zurück.

»Komm mal rüber!«

Maria erschien in der Tür. Sie wirkte immer noch bedrückt, aber sie lächelte.

»Die Lisa dürfte heute Nacht kalben«, sagte Johann.

»Gut«, nickte Maria. »Sie ist ja schon überfällig, nicht?«

»Zwei Wochen«, antwortete Johann. Er sah sie an, doch sie wich seinem Blick aus.

»Ich bin gleich fertig«, sagte sie; sie schaute zu mir herüber. »Nikolas«, sagte sie. »Kannst du mir ein paar Ballen Heu herunterwerfen?«

Ich nickte. »Klar«, sagte ich heiser.

Maria drehte sich um und ging zu den Pferden zurück. Irgendetwas lag in der Luft!

Maria war vor uns in der Küche und half meiner Mutter, das Abendessen herzurichten, als wir hereinkamen. Sie tat so, als bemerkte sie uns nicht, betrachtete aber umso genauer den Fußboden. Was gab es da zu sehen?

»Was glaubt ihr eigentlich, wozu ich hier putze«, sagte sie plötzlich mit gepresster Stimme.

Johann blieb stehen. »Wie bitte?«, fragte er.

Marias Blick haftete auf seinen Stiefeln, an denen der Mist klebte. Sie wandte sich ab. »Ach nichts«, sagte sie.

Johann trat vor. »Was soll das?«, wollte er wissen.

»Ihr könntet eure Stiefel ausziehen, bevor ihr hereinkommt«, sagte sie leise. »Immer ist es dreckig hier drin!«

Johann sah mich an; dann bückte er sich und zog seine Stiefel aus und stellte sie schweigend in eine Ecke; ich folgte seinem Beispiel.

»Danke«, sagte Maria.

»Bitte«, antwortete er.

Schweigend setzte er sich an den Tisch und griff nach der Zeitung und hielt sie sich vor das Gesicht. Ich trat verlegen von einem Bein auf das andere. Maria lächelte mich an. »Setz dich hin«, sagte sie.

Ich beobachtete sie, wie sie sich am Herd zu schaffen machte, folgte mit den Blicken der sanften Krümmung ihres Rückens. Das wäre von nun an meine Rolle, dachte ich bitter – die des Beobachters! Das Mädchen aus meiner Klasse kam mir in den Sinn. Hatten es alle gesehen, nicht nur sie? Machte man sich schon über mich lustig? Ich hätte heulen können vor Wut und Scham. Ich stand auf. »Ich habe keinen

Hunger«, murmelte ich und ging in den Hof hinaus; Bento, der meinen Kummer zu spüren schien, drückte sich an mich. Die Dämmerung war hereingebrochen; laut sangen die Amseln, und der Wind trug den Geruch nach frischem Heu herüber. Jemand hatte schon gemäht. Ich erinnerte mich daran, wie ich diese Jahreszeit immer geliebt hatte, wie ich das Versprechen, das im Frühling in der Luft lag, wie eine persönliche Glücksverheißung empfunden hatte. Und nun?

Eines Tages kam Josef zu uns. Er wand seine Schildmütze in der Hand und sah auf meinen Vater, der im Sessel schlief. »Der Anton sieht aber schlecht aus!«, sagte er betroffen.

Mein Vater war in der letzten Zeit zusehends verfallen; er sprach kaum noch, er aß wenig, und wenn er wach war, wimmerte er manchmal vor sich hin, dass es einem durch und durch ging.

»Setz dich her«, sagte meine Mutter. Sie stellte eine Tasse auf den Tisch. »Nein, es geht ihm gar nicht gut«, sagte sie. Sie senkte die Stimme. »Über kurz oder lang wird er nicht mehr allein aufs Klo können!«

Josef starrte sie an. »Und dann?«, fragte er.

Meine Mutter schüttelte den Kopf. »Kommt Zeit, kommt Rat«, sagte sie.

»Gut, dass ihr jetzt die Maria habt«, sagte Josef. »Wenn das alles an dir hängenbliebe!«

Meine Mutter lächelte. »Die Maria ist ein Segen«, sagte sie. Sie sah zu ihrem Mann hin. »Und er frisst ihr aus der Hand!«

»Das hätte ja keiner gedacht«, sagte Josef leise, »dass das gutgeht mit den beiden!« Er richtete sich auf. »Na ja«, sagte er entschieden, »*ein* Problem werdet ihr nicht haben – wer bei euch den Hof übernimmt, nicht wahr?«

Meine Mutter nickte. »Das ist richtig«, sagte sie.

Josef räusperte sich. »Bei uns schaut das ein bisschen anders aus«, sagte er. »Der Michael will Arzt werden …«

Er lächelte stolz, und seine kleinen blauen Äuglein funkelten. »Wir werden einen Doktor in der Familie haben – was sagst du nun?«

Meine Mutter sah ihn überrascht an. »Ist das wahr?«, fragte sie. »Will er studieren? In W.?«

»W. ist ihm zu – klein«, sagte Josef und grinste. »Er will nach B.!«

»B.!«, flüsterte meine Mutter ehrfürchtig.

Noch nie war ein Bauernkind nach B. gegangen!

»Und die Johanna? Will die den Hof nicht?«

Josef schüttelte den Kopf. »Nein«, sagte er traurig. »Sie lernt Erzieherin!«

Meine Mutter seufzte. »Da werdet ihr ja bald ganz allein sein«, sagte sie.

Josef stützte den Kopf in die Hände. »Manchmal«, sagte er leise, »habe ich das Gefühl, als wäre alles für die Katz!«

Meine Mutter schenkte ihm Kaffee nach. »Du kannst stolz auf deine Kinder sein«, sagte sie aufmunternd.

»Aber der Hof«, sagte Josef düster. Er richtete sich auf. »Du kannst den Johann fragen, ob er ein paar Äcker haben will!«

Meine Mutter schaute ihn mitleidig an. »Aber jetzt doch noch nicht«, sagte sie.

Josef seufzte bitter. »Die Kraft lässt nach«, entgegnete er.

Eine Weile schwiegen wir. »Mit dem Traktor wäre es einfacher«, sagte meine Mutter dann vorsichtig. »Wäre es nicht besser …«

Josef fuhr auf. »*Ich* setze mich auf keine Maschine!«, rief er aus. Er sah zu meinem Vater hinüber. »Der Anton und ich«, klagte er, »wir sind die letzten der alten Bauernzunft!«

Meine Mutter nickte. »Da hast du wohl Recht«, sagte sie leise.

Eines Morgens stand mein Vater schwankend und ächzend aus seinem Sessel auf.

»Anton!«, rief meine Mutter erschrocken.

Ich rannte zu ihm hinüber und stützte ihn.

»Führ mich in den Stall!«, flüsterte er.

Verwirrt schaute ich meine Mutter an; sie schüttelte hilflos den Kopf. Mein Vater lehnte sich schwer auf mich. »In den Stall!«, wiederholte er lallend.

Langsam führte ich ihn aus der Küche und in den Hof hinaus. Im Freien blieb er stehen, steckte seinen Finger in den Mund und hielt ihn dann in die Luft. »Ostwind!«, flüsterte er lächelnd. »Wir müssen säen!«

»Wir haben schon gesät, Papa«, sagte ich begütigend.

Er sank in sich zusammen. »Wer bist du?«, fragte er mich verwirrt.

»Der Nikolas«, sagte ich. »Dein Sohn!«

Er nickte. »Führ mich in den Stall, aber schnell!«

Um ein Haar wäre er in der den Hof hinabrinnenden Gülle ausgeglitten. Was wollte er nur bei den Kühen! Langsam kamen wir voran. Ich schob die Tür des Kuhstalls auf. »Hier, Papa«, sagte ich. »Wir sind im Stall!«

Ein Zittern lief über ihn hin. Er flüsterte etwas.

»Was hast du gesagt, Papa? Ich habe dich nicht verstanden!«

»Ich will zur Raufe! Ich muss sie füttern!«, brachte er hervor, mühsam, wie mit letzter Kraft. Mit der freien Hand machte er eine fahrige Bewegung. Inzwischen zitterte er am ganzen Körper. Mir war ganz schlecht; was um alles in der Welt hatte er vor? Langsam führte ich ihn zur Raufe. In diesem Augenblick hörte ich, wie der Riegel des Hoftors zurückgeschoben wurde.

»Warum steht die Stalltür auf?«, hörte ich Johanns Stimme.

»Weiß nicht«, antwortete Maria. Mein Vater krümmte sich an meinem Arm, als ob er Schmerzen hätte.

»Papa!«, rief ich erschrocken. »Wir gehen wieder ins Haus!«

»… füttern …«, flüsterte er.

Johann und Maria sahen uns und blieben in der Tür stehen.

»Was …«, begann Johann und verstummte.

Wir hatten die Raufe erreicht. Mein Vater bückte sich mühsam nach einem Büschel Heu; plötzlich stürzte er vornüber, und ich hatte Mühe, ihn zu halten. »Papa!«, schrie ich.

Mit wenigen Schritten war Johann bei mir. Mein Vater krümmte sich ein paar Mal, ein Gurgeln entstieg seinem Mund – dann rührte er sich nicht mehr. Schlaff hing er in meinen Armen.

»Um Gottes willen!«, rief Johann erschrocken. Er packte ihn und ließ ihn sanft zu Boden gleiten. Er fühlte seinen Puls und legte die Hand auf sein Herz, wieder und wieder, während Maria und ich entsetzt auf ihn starrten. »Er ist tot«, flüsterte er schließlich.

Maria schluchzte auf. Sie trat vorsichtig näher, bückte sich, nahm etwas Heu und schob es ihm unter den Kopf. Ein paar der Kühe erhoben sich schwerfällig und muhten leise. Wir schwiegen und sahen auf meinen Vater herunter. Wie schmächtig er geworden war! Eine der Kühe streckte ihren dicken Kopf durch das Gitter, roch an ihm, öffnete das eckige Maul und fuhr ihm mit der Zunge über das Gesicht.

»Alles, was recht ist!«, sagte Johann und zog ihn ein Stück weg.

Die Zunge der Kuh glitt über den Raufenboden und holte ein paar Heuhalme heran. Draußen, in der Ferne, schlug die Kirchturmuhr. Die Kuh leckte sich mit einem rhythmisch schabenden Geräusch das Fell. Wir drei standen da und rührten uns nicht. Mein, unser Vater war tot! Ich konnte es noch nicht glauben. Hilflos sah ich Johann an.

»Ich hole die Mama«, sagte er nach einiger Zeit. Leise ging er hinaus.

Maria strich ihrem Schwiegervater sanft über die Augen. »Es tut mir so leid – für dich«, flüsterte sie mir zu.

Ich nickte. Am liebsten hätte ich meinen Kopf auf ihre

Schulter gelegt und geweint. Über meinen Vater, über sie, über meine Liebe zu ihr …

»Komm, Nikolas«, sagte sie plötzlich. »Wir holen ein paar Heuballen und legen ihn darauf!«

Das taten wir. Es schauderte mich, ihn an den Beinen zu packen. Wie leicht er war! Sein Kopf fiel hintenüber, als Maria seinen Oberkörper hochhob. Gemeinsam betteten wir ihn auf das Heu. Wir hörten den Krückstock meiner Mutter auf dem Beton klicken. Langsam, mit Johann neben sich, kam sie herunter, blieb in der Tür stehen, sah auf uns, dann auf ihren Mann; Tränen stiegen ihr in die Augen.

»Anton«, flüsterte sie. Ihre rechte Hand machte eine seltsame Bewegung, wie ein Vogel, der im Begriff war davonzufliegen, flatterte sie auf und ab. Der Krückstock fiel zu Boden. Sie schlug die Hand vor den leicht geöffneten Mund, als ersticke sie einen Schrei. Tränen rannen über ihr altes faltiges Gesicht, über ihre eingefallenen Wangen, sammelten sich an ihrem Kinn und tropften zu Boden. Johann hielt ihr die Krücke hin, und sie kam näher.

»Anton«, flüsterte sie wieder. Lautlos schluchzend sah sie auf ihren Mann herab. »Er ist bei seinen Kühen gestorben!«, stammelte sie. »Das war sein größter Wunsch! Danke, lieber Gott, danke, dass du sein Gebet erhört hast …« Ihr versagte die Stimme. Johann war neben sie getreten, und sie stützte sich auf ihn. Draußen ratterte ein Traktor vorbei. Ein Hund bellte.

»Gott schenke dir den ewigen Frieden«, flüsterte meine Mutter. Automatisch hatte ich meine Hände gefaltet; aus den Augenwinkeln sah ich, dass Maria ihre Arme vor der Brust verschränkt hielt.

»Mama«, sagte Johann leise. »Ich trage ihn jetzt hoch in sein Bett!«

Meine Mutter wischte sich mit der Hand die Tränen aus dem Gesicht.

»Wir müssen ihn waschen und frisch anziehen«, sagte sie. »Hilfst du mir, Maria?«

Maria zuckte zusammen, doch dann nickte sie. Johann hob seinen Vater vorsichtig hoch und trug ihn aus dem Stall hinaus. Die Kühe muhten heiser und traten nervös von einer Seite auf die andere.

»Hoho«, sagte ich beruhigend.

Maria räumte die Heuballen zur Seite. Meine Mutter machte sich auf den beschwerlichen Weg ins Haus zurück. Maria nahm meine Hand. »Komm«, sagte sie einfach. Wollte sie mich trösten, oder war sie es, die Trost brauchte? Ich sah Tränen in ihren Augen schimmern. Ich fühlte ihre langen schlanken Finger zwischen den meinen. Ein tiefer Schluchzer stieg in mir auf, doch ich drängte ihn zurück und entzog ihr vorsichtig meine Hand. Langsam gingen wir zum Haus; Maria lief vor mir, und ihr sanft wiegender Gang machte mich ganz schwach in den Knien.

Nachdem der Arzt da gewesen war, warteten Johann und ich in der Küche, bis unser Vater gewaschen und angezogen war. Wir saßen am Tisch; eine Biene summte durch das halb geöffnete Fenster herein, zog Kreise über uns und ließ sich auf der Lampe nieder. Der Sessel unseres Vaters stand in der Ecke und zog unsere Blicke auf sich.

»Er hat's hinter sich«, sagte Johann nach einer Weile. »Leicht hat er es nicht gehabt!«

Wieder schwieg er. Ich wusste nicht, was ich sagen sollte. Johann neigte sich zu mir herüber und legte die Hand auf meine Schulter. Über uns hörte man Schritte, die hin und her gingen. Am Spülbecken löste sich ein Wassertropfen und kam mit einem leisen Geräusch auf der Emailleoberfläche auf. Ich räusperte mich. Wenn Johann seine Hand nicht gleich wegnahm, würde ich zu weinen beginnen! Gott sei Dank lehnte er sich zurück. Ich sah ihn von der Seite an. Was ging in ihm vor? In jedem Fall war ich froh, dass er da war, dass ich nicht allein sein musste. Nichts wäre mir schrecklicher erschienen! Irgendetwas passierte mit mir – etwas, das ich nicht verstand. Es hatte mit dem Lied zu tun, das ich am Tag zuvor gehört hatte. Imagine there's no heaven … Es hatte damit zu tun, dass ich keinen Vater mehr hatte. Dass ich Maria liebte. Dass ich weggehen würde. Es war – es war das Gefühl, auf einem Seil über einen Abgrund zu balancieren. Keinen Rückhalt zu haben. Und es hatte etwas mit den Sternen am Himmel zu tun, mit ihrer eisigen Kälte. Ich fröstelte wieder. Am liebsten hätte ich mich zusammengekauert, hätte die Arme um meine Knie geschlungen. Ich war froh, dass es hell war, dass die Vögel draußen zwitscherten, dass ein verirrter Sonnenstrahl über den Küchenboden huschte. Über uns hörten wir Marias Stimme und die leise Antwort unserer Mutter. Die Holzdielen knarrten unter ihren Schritten.

Aber, dachte ich, es würde nicht immer hell bleiben, es würde wieder Nacht werden! Ich war mir sicher, dass mein Bruder derlei Gefühle nicht kannte, nie kennen würde.

Er räusperte sich. »Nikolas«, sagte er leise, »Kopf hoch! Es ist besser für ihn!«

Ich lächelte mühsam. »Alles okay«, sagte ich. Was hätte ich sagen sollen?

In den folgenden Tagen hatte ich oft das Gefühl, als befänden wir, meine Mutter, Maria, Johann und ich, uns unter einer Glasglocke, in die die Geräusche aus der Welt nur seltsam gedämpft hereindrangen; und in meiner Erinnerung verschwimmen diese Tage zu einem einzigen, undeutlich hebt sich das eine oder andere Gesicht eines kondolierenden Gastes daraus hervor, um sich gleich wieder aufzulösen, und immer erscheint vor meinem inneren Auge der gelblich wächserne Totenschädel meines Vaters. Maria und meine Mutter trugen schwarz, eine Farbe, die Maria nicht stand und die ihre Gesichtshaut unnatürlich fahl erscheinen ließ. Sie hatte tiefe

Ringe unter den Augen. Doch erst am Tag der Beerdigung merkte ich, dass auch sie einen Menschen verloren hatte, der ihr teuer gewesen war. Und dabei hatte ich mich immer meines Vaters geschämt, seiner dummen, zotigen Witze, seiner Anzüglichkeiten, seines Geruchs, hatte geglaubt, Maria fühle sich abgestoßen von ihm, ertrüge ihn eben, weil ihr nichts anderes übrigblieb. Doch jetzt fiel mir ein, wie sie eines Tages eine Decke über ihn gebreitet hatte, mit einer liebevollen, beschützenden Geste, und wie er dankbar zu ihr aufgesehen hatte. Und als Maria bitterlich weinend neben der Grube stand, in die der Sarg gesenkt wurde, leistete ich ihr im Stillen Abbitte, und am liebsten hätte ich sie in die Arme genommen und getröstet. Unsere Verwandten, die erst zum Gottesdienst gekommen waren und sicher gleich nach der Beerdigung wieder verschwinden würden, standen starr und stumm am Grab. Josef schaute kummervoll vor sich hin, und Luisa weinte. Ich sah Herbert und Erika, Manfred und Eugen, den Ammerbäck und seine Frau, den Schmied und noch ein paar andere. Der Himmel war bedeckt, dicke schwere Regenwolken schoben sich zusammen. Der Pfarrer sprach Gebete. Ich lauschte, doch die Worte, die Gebete erzeugten keinen Widerhall in mir, es war, als wären es Blasen, die aufstiegen und zerplatzten, und plötzlich wurde mir bang. Was, wenn es tatsächlich keinen Gott gab? Wenn mein Vater nun im Grab zerfallen würde, wenn dies das Ende wäre, das wirkliche, unwiderrufliche Ende? Ich sah auf meine Mutter. Sie war gut aufgehoben in ihrem Glauben. Und Johann? Auch Johann glaubte, da war ich mir sicher, ruhig und beständig, wie es seine Art war. Maria und ihre Eltern dagegen hatte ich niemals in der Kirche gesehen. War es möglich, dass sie gänzlich ohne Gott aufgewachsen war? In unserer Familie war der Glauben eine Selbstverständlichkeit gewesen, etwas, das nie in Frage gestellt wurde.

Um mich herum wurde das Vaterunser gemurmelt. Ich

sah zu Maria hinüber; sie schwieg. Was sollte ich tun? Ebenfalls schweigen? Was würde meine Mutter sagen, wenn sie es bemerkte? Würde der Himmel einstürzen? Ich presste meine Lippen zusammen. Nichts geschah. Der Pfarrer sprach den Segen, und alle machten das Kreuzzeichen; ganz aus Gewohnheit fuhr meine Hand an die Stirn. Was wäre, wenn ich am Sonntag nicht mehr in die Kirche ginge? Meine Mutter würde mir zu allem ihren Segen geben; aber nie, niemals würde sie es gutheißen, wenn ihr Sohn sich von Gott abwandte. Diesen Kummer konnte ich ihr nicht auch noch zufügen – oder doch?

Bald nach dem Tag der Beerdigung kam meine Mutter mit einem alten Fotoalbum zu uns in die Küche. »Ich will euch etwas zeigen«, sagte sie. Langsam schlug sie mit ihren gichtigen Händen die Seiten um. »Da – schaut her!«

Auf dem Foto waren sie und mein Vater zu sehen, beide auf eine Harke gestützt und verlegen in die Kamera lächelnd. »Ich will, dass ihr ihn nicht so in Erinnerung behaltet, wie er zum Schluss war«, sagte sie.

Wir starrten auf das Bild. Reihen von Rübenpflänzchen wuchsen schnurgerade auf der aufgeworfenen Erde. Meine Mutter trug eine ihrer Kittelschürzen; ihre Füße steckten in Gummistiefeln. Die Cordhose meines Vaters mit ihren ausgebeulten Knien war braun und wurde von Hosenträgern festgehalten. Aus den zu weiten Ärmeln seines karierten Hemdes schauten seine dünnen, aber kräftigen Arme heraus. »Er war ein Bauer mit Leib und Seele«, sagte meine Mutter stolz. »Es gab keinen am Ort, der fleißiger gewesen wäre!«

Meine Eltern wirkten einfach, rechtschaffen, wie zwei Menschen, die nicht mehr zu sein vorgaben, als sie in Wirklichkeit waren.

»War der Opa im Krieg?«, fragte Maria plötzlich. Sie saß neben mir, Danika auf dem Schoß.

Meine Mutter nickte. »Er war an der Ostfront«, sagte sie leise. »Und das Schlimmste, was ihm passiert ist, war, dass er für seine toten Kameraden eine Grube ausheben musste. Die Erinnerung hat ihn gequält, jahrelang, und immer wieder hat er mir das Geräusch beschrieben, das die fallenden Körper machten.«

Ich starrte meine Mutter an. Das hatte sie uns noch nie erzählt!

Johann richtete sich auf. »Er war ein alter Quertreiber«, sagte er ruhig.

Meine Mutter lächelte ihn an. »Das war er«, pflichtete sie ihm bei. »Du denkst an das Stallfenster, nicht wahr?«

Johann grinste. Maria sah ihn fragend an. »Jedes Mal, wenn ich das Fenster im Kuhstall aufgemacht habe, schlich er herein und machte es wieder zu«, sagte er. »Dabei brauchen die Kühe frische Luft!«

»Das war, als Johann den Hof übernommen hat«, fügte meine Mutter erklärend hinzu. »Das ging ihm völlig gegen den Strich – von einem Tag auf den anderen nichts mehr zu sagen zu haben!« Sie runzelte die Stirn.

Johann wurde ernst. »Das war manchmal die Hölle«, sagte er. »Wenn ich auf einem Acker Hafer säen wollte, wollte er Gerste säen, und umgekehrt …«

»Ich weiß«, seufzte meine Mutter. »Du hast es schwer gehabt mit ihm!«

»Wie lange wart ihr verheiratet?«, fragte Maria.

»Einundvierzig Jahre«, sagte meine Mutter stolz. »Es gab Höhen und Tiefen – aber wir haben alles gemeistert!«

Bildete ich es mir ein, oder fing ich tatsächlich einen zweifelnden Blick Marias auf? Wusste sie etwas, wovon ich nichts wusste? Plötzlich dachte ich daran, dass Maria und Johann ja kirchlich geheiratet hatten – hatte Maria das Johann und seiner Mutter zuliebe getan? Glaubte sie vielleicht gar nicht daran, dass Ehen, wie meine Mutter zu sagen pflegte, »im

Himmel geschlossen« wurden? Und wenn sie nicht daran glaubte – hieß das, dass es für sie die Möglichkeit gab, sich scheiden zu lassen, wenn die Ehe nicht funktionierte? Ich sah sie von der Seite an. Nun ja, wie auch immer es sein mochte: Sie war ja glücklich mit Johann, und das war die Hauptsache. Denn glücklich war sie, daran gab es keinen Zweifel. Meine Mutter zeigte ihr ein Bild von Johann, wie er ein Baby war, ein schwarz-weißes, undeutliches Foto, auf dem er schief und zahnlos in die Kamera grinste, und Maria lächelte. Siehst du?, sagte ich mir. Sie lächelt, weil sie Johann liebt. So einfach ist das. Punktum.

Es war Zeit für die erste Heumahd. Da das Wetter nicht stabil war und es immer wieder regnete, schafften wir Kleeböcke hinaus auf die Wiesen, auf denen wir das Gras nach dem Mähen zum Trocknen aufhängen würden. Bevor Johann mit der Arbeit begann, schritt er die weitläufigen Wiesen ab, um sicherzugehen, dass sich kein Rehkitz darin versteckte, denn das Gras war so hoch gewachsen, dass es den Tieren ausreichend Schutz bot. Jedes Jahr erfassten die Mähwerke der Bauern zahlreiche Kitze, oder, wie im letzten Sommer, Danika, doch in den meisten Fällen kümmerte sich niemand darum, sodass die Tiere elendiglich verbluteten. Als wir mit der Mahd begannen, war es sonnig. Ich beobachtete das jähe Fallen der Halmreihen und atmete tief den frischen, unverwechselbaren Geruch ein, der dem gemähten Gras entströmte. Über uns sang eine Lerche, und aus der Ferne hörte man den klagenden Schrei der Wiedehopfe. Maria war mit uns gekommen; mit geschickten Bewegungen hängte sie das Gras auf die Böcke, als hätte sie in ihrem Leben nie etwas anderes getan, und bald standen diese wie spitz zulaufende grüne Zelte auf dem mit gelblichen Halmresten bedeckten Boden. Wir rechten das liegengebliebene Gras zusammen, und ich betrachtete aus den Augenwinkeln, wie sich Marias Armmuskeln spannten, wie sich ihre Haare aus dem Gummiband lösten und ihr ins Gesicht fielen, wie sie, wenn sie eine Pause machte, den Kopf schief legte, sodass man ihren zarten gebräunten Nacken sehen konnte. Ich stellte mir vor, wie es wäre, sie darauf zu küssen, die weiche Haut unter meinen Lippen zu fühlen.

»Hey!«, rief sie zu mir herüber. »Du träumst ja! Einen Penny für deine Gedanken!«

Ich wurde rot. Sie lachte. »Na, na«, sagte sie begütigend. »Tut mir leid, dich gestört zu haben!« Plötzlich sah sie auf etwas hinter mir. »Wer kommt denn da?«, rief sie verwundert aus. »Ist das nicht der Manfred auf seinem Pferd?«

Ich wandte mich um. Maria hatte sich nicht geirrt. Auch Johann hatte ihn gesehen, er wendete, fuhr heran und stellte den Motor ab. »Was machst du denn hier am helllichten Morgen?«, fragte er.

Manfred parierte sein Pferd vor uns durch. Er lächelte traurig. »Wisst ihr's noch nicht?«, fragte er. »Ich habe den Hof abgeben müssen!«

»Was?«, riefen wir aus.

»Die Ärzte haben herausgefunden, dass ich allergisch auf Getreidestaub bin! Ich kriege da immer keine Luft mehr, versteht ihr …«

Was tat ein Bauer, der kein Bauer sein durfte?

»Der Eugen hat jetzt den Hof«, sagte er.

»Der war doch auf dem Bau, nicht wahr?«, fragte Johann.

»War er, ja«, sagte er. »Bis vor einer Woche!«

Wenn ein Mensch nicht zum Bauern taugte, dann war es Eugen; er hatte überhaupt keinen Bezug zur Landwirtschaft!

»Und du?«, fragte Johann. Erst jetzt fiel mir auf, dass Manfreds Augen unnatürlich glänzten. Wieder lächelte er. »Ich bewege mein Pferd«, sagte er.

Kam es mir nur so vor, oder lallte er ein bisschen?

»Und deine Schwester?«, fragte Johann.

»Die führt uns den Haushalt«, sagte er.

Drei Menschen, dachte ich, die keinen Partner gefunden hatten und die jetzt alle drei auf dem kleinen, heruntergekommenen Hof lebten, der allgemein »die Klitsche« genannt wurde. Bergauf würde es damit jetzt auch nicht gehen!

Manfred sah Maria an. »Du hast wenigstens zur Schule gehen können«, sagte er leise. »Ich bin kurz vor dem Krieg geboren, und ich musste immer nur zuhause helfen – dabei hätte ich so gern etwas gelernt!« Er seufzte. »Ein Jahr war ich in der Schule«, sagte er. »Da hatte der Lehrer nicht einmal Kreide! Er hat die Buchstaben mit dem nassen Schwamm an die Tafel gemalt ...«

Maria lächelte ihn an. »Dafür bist du jetzt ein toller Reitlehrer«, sagte sie.

Manfred grinste. »Ja, an drei Abenden in der Woche, auf einem Reitplatz, der im Winter ein Schlammloch ist und im Sommer knochenhart! Und der einzige Gaul ist der dürre Schimmel!«

»Geht es denn nicht voran mit den Plänen für eine Halle?«, fragte Johann.

Manfred schüttelte den Kopf. »Kein Geld da«, sagte er knapp.

Wir schwiegen. Maria trat an das Pferd heran und klopfte ihm den Hals. »Ein schöner Wallach«, sagte sie.

»Hoffentlich kann ich ihn behalten«, antwortete Manfred.

Wieder schwiegen wir. »Na ja – ich muss weiter!«, sagte er schließlich. »Einen schönen Tag allerseits!«

Jetzt ließ es sich nicht mehr leugnen – er lallte. Er nahm die Zügel auf.

»Mach's gut«, sagte Johann.

»Ich komme mal wieder mit der Ronja zum Reiten«, sagte Maria. »Ist der Unterricht immer noch montags, mittwochs und freitags?«

Manfred nickte. »Also bis dann«, sagte er. Er ritt davon, und wir sahen ihm nach.

»So ein feiner Kerl«, sagte Johann traurig.

»Und wirklich ein guter Lehrer«, sagte Maria. Etwas schien sie zu beunruhigen, und ich glaubte zu wissen, was es war. Sie war zwar in die Schule gegangen, aber jetzt?

»Machen wir weiter«, sagte sie kurz.

Johann ließ den Motor an, und wir griffen nach unseren Rechen. In der Ferne sah ich Manfred über eine abgemähte Wiese galoppieren. Wenn Reiten das Einzige war, womit man seine Tage füllen konnte …

»Du musst deine Eltern wiedersehen«, sagte meine Mutter eines Tages zu Maria. »Du hast einen Vater und eine Mutter, und du tust, als gäbe es sie nicht! Das ist nicht recht!«

»Sie – sie haben es nicht verdient«, antwortete Maria leise.

»Hochmut kommt vor dem Fall«, sagte meine Mutter streng, und Maria wurde rot. »Ich – ich kann es nicht,« sagte sie betreten.

Meine Mutter seufzte. »Du sollst deinen Vater und deine Mutter ehren«, sagte sie. »Das steht schon in der Bibel!«

Maria fuhr auf. »Wie kann ich jemanden ehren, dem mein Wohl nicht am Herzen liegt?«, fragte sie erbittert.

»Vielleicht haben sie ja inzwischen ein Einsehen«, sagte meine Mutter. »Mach doch wenigstens einen Versuch! Und außerdem: Wer sagt, dass ihnen dein Wohl nicht am Herzen liegt? Sie haben schließlich nur das Beste für dich gewollt!«

Maria schüttelte heftig den Kopf. »Das haben sie nicht!«, rief sie erregt. »Es war ihnen egal, dass ich bei Johann sein wollte!«

»Ist ja schon gut«, sagte meine Mutter einlenkend. »Beruhige dich doch! Ich will ja nur, dass du darüber nachdenkst!«

Maria presste die Lippen zusammen.

Ein paar Tage später hatte sie Lust auf Papayas. Papayas – was war das? Sie grinste über meinen fragenden Gesichtsausdruck. Sie nahm mich mit zum Supermarkt, und es war auf dem Weg dorthin, dass wir ihre Eltern trafen. Es war zu spät, in eine Gasse abzubiegen und so zu tun, als hätten wir sie nicht erkannt. Sie blieben vor uns stehen. »Lange nicht gesehen«, sagte ihr Vater kühl, und ihre Mutter nickte uns zu, nicht unfreundlich, aber auch nicht eben herzlich.

»Ja«, sagte Maria spröde.

Ich fühlte, wie sie neben mir erstarrte.

»Und«, sagte ihr Vater, »darf man erfahren, wie es so geht?«

Er sah kurz, fast unmerklich, an Maria herunter. Maria hatte – wie soll ich das sagen? – sie hatte in der letzten Zeit nicht mehr so sehr auf ihre Kleidung geachtet, war ein bisschen nachlässiger geworden, nur ein klein wenig, als hätte etwas in ihr nachgegeben … Ich erinnerte mich, dass ich sie einmal beobachtet hatte, wie sie an ihrem Pulli gerochen und geseufzt hatte. Und an diesem Tag trug sie ihre Jeans und einen Pulli, der ein paar Flecken hatte, doch es war nicht nur, was sie trug, sondern auch wie sie es trug: als hätte sie es aufgegeben, sich schön zu machen, auf sich zu halten.

»Es geht uns gut«, sagte sie mit gepresster Stimme.

Ihre Mutter lächelte auf ihre distanzierte Art. »Schön zu hören«, sagte sie.

Ihr Vater räusperte sich. »Eines, junge Dame, wollte ich dir noch gesagt haben: Bei Gesinnungswandel steht dir unsere Tür offen – du verstehst mich doch?« Er blickte sie spöttisch an. »Aber nur dann«, fügte er hinzu.

Ich hörte, wie Maria mit den Zähnen knirschte. »Niemals!«, stieß sie hervor. Sie packte mich bei der Hand und zog mich mit sich. Sie zitterte am ganzen Körper. Im Supermarkt riss sie sich eine Plastiktüte ab und stopfte wahllos Papayas hinein – zumindest nahm ich an, dass es welche waren. Kurz vor der Kasse machte sie halt. Sie drückte mir die Tüte in die Hand. Auf ihren Wangen brannten rote Flecken. »Bring sie zurück!«, sagte sie erregt. »Bring sie zurück, schnell – ich will sie nicht!«

Verwirrt ging ich zum Obststand zurück und legte die Früchte in die Kiste. Maria wartete vor dem Supermarkt auf mich, und schweigend liefen wir nebeneinander nachhause. Im Hof blieb sie stehen, sobald ich den Riegel vorgelegt hatte. Erst geschah gar nichts – sie stand nur da, starr, ohne sich zu bewegen, und wieder hörte ich das Knirschen ihrer Zähne. Doch plötzlich begann sie zu weinen. Sie weinte auf eine Art, wie ich niemals jemanden weinen gehört hatte, sie heulte, als würde es sie zerreißen, sie schluchzte und jammerte, bis ich sie in die Arme nahm. Bald war mein Hemd nass von ihren Tränen. »Nicht weinen«, flüsterte ich hilflos in ihr Haar, »nicht weinen, bitte, nicht weinen!« Ich betete, dass niemand uns so sehen möge. Wieder krampfte sie sich zusammen, als ob sie Schmerzen hätte. »Maria«, flüsterte ich, »so beruhige dich doch, Maria, ich bitte dich!«

Nur ganz allmählich verebbte ihr Weinen. Ihr Kopf lag an meiner Schulter. Plötzlich richtete sie sich auf. Ihr Gesicht war rot und nass, ihre Augen waren verquollen und die Lippen aufgeworfen. Auch jetzt fand ich sie schön, wunderschön!

»Gib mir ein Taschentuch«, flüsterte sie.

Ich langte in meine Hosentasche und förderte ein nicht mehr ganz sauberes Stofftaschentuch zutage und reichte es ihr. Sie lächelte mich zaghaft an. »Entschuldige«, sagte sie. »Es – es ist einfach mit mir durchgegangen!« Wieder schwammen ihre Augen in Tränen. »Ich möchte noch kurz zu den Pferden in den Stall«, sagte sie. »Geh du schon mal hoch, ja?«

Wie leid sie mir tat! Ich hätte alles getan, um ihr zu helfen. »Dann bis gleich«, sagte ich rau. Sie strich sich die Haare aus dem Gesicht. »Und – danke«, sagte sie. »Was wäre ich nur ohne dich?«

An einem der nächsten Tage kam ein Brief. Meine Mutter reichte ihn mir, als ich von der Schule nachhause kam, und sie lächelte bedeutsam. »Aus W.«, sagte sie. Maria und Johann, die am Tisch saßen, sahen auf. Umständlich riss ich den Umschlag auf. Das Kilianeum teilte mir mit, dass ein Zimmer für mich reserviert sei, und fragte, ob ich es ansehen wolle. Das Kilianeum war zwar ein Priesterseminar, nahm jedoch auch Schüler von auswärts auf, die einen anderen Berufswunsch als den des Priesters hatten. Ich schluckte.

Johann und Maria schauten mich neugierig an. »Lies vor«, sagte Johann.

Meine Mutter drehte sich zum Herd und rührte in einem Topf.

Maria sagte nichts. Sie runzelte die Stirn, als ob sie über etwas nachdächte. »Könnten wir nicht alle fahren?«, fragte sie plötzlich.

Erstaunt wandte Johann sich ihr zu. »Wir – wir sollen alle nach W.? Aber wozu denn?«

Maria sah ihn mit einem undefinierbaren Gesichtsausdruck an. »Einfach so«, sagte sie. »Dass wir mal rauskommen!«

Johann schüttelte den Kopf. Er stand auf. »Sollen wir mit, Nikolas? Wäre dir das eine Hilfe?«

Verlegen rutschte ich auf meinem Stuhl herum. »Wenn ihr wollt«, sagte ich vage. Wenn sie nicht mitkamen, würde ich trampen müssen.

Auch Maria stand auf. »Klar wollen wir«, sagte sie mit einem spöttischen Unterton in der Stimme. »Wäre dir der nächste Samstag recht?«

Ich nickte.

»Und wer macht den Stall, wenn ich fragen darf?« Das war Johann, der ein wenig verärgert klang.

Maria legte die Stirn in Falten. »Wir fahren früh gleich nach dem Stalldienst los, und am Nachmittag sind wir zurück. Wo liegt da das Problem?«

Sie musterte Johann; ein bisschen von oben herab, fand ich, ein bisschen so, wie ihre Mutter einen anschaute. Er wandte sich ab. »An mir soll's nicht liegen«, brummte er verdrossen.

Ich räusperte mich. »Dann schreibe ich den Leuten im Kilianeum, dass wir am Samstag kommen, okay?«

Maria nickte eifrig. »Ja, tu das«, sagte sie. »Oh, ist das schön – wir fahren nach W.!«

Meine Mutter drehte sich um, aber sie schwieg still. Johann öffnete die Tür. »Ich fahre zum Brügelacker«, sagte er mürrisch.

Maria folgte ihm mit den Blicken. Als er draußen war, atmete sie aus. »Ich freue mich so, Nikolas«, sagte sie.

W. lag etwa achtzig Kilometer von unserem Städtchen entfernt; zu weit, als dass meine Eltern jemals dorthin gekommen wären; doch eigentlich, wenn man es sich recht überlegte, nicht zu weit entfernt für einen gelegentlichen Ausflug, obwohl es weder Bahn noch Bus dorthin gab, so abgeschieden lag unser Ort. Am Samstag war das Wetter herrlich; die Sonne schien, die Vögel sangen, und der Himmel war wolkenlos. »Wenn Engel reisen!«, sagte Maria und lachte. Im Auto bestand sie darauf, den Sender auszusuchen. »Me and Bobby McGee«, sang Janis Joplin. Ich saß hinten und sah auf die beiden Köpfe vor mir – den schmalen von Maria, den runden, breiten von Johann; seine schütteren Haare, ihre fülligen, lockigen, die heute mit einer Spange hochgesteckt waren. Ich stellte mir vor, wie es wäre, über den Haaransatz zu streichen, die Spange herauszuziehen, die Haare um meine Hand zu wickeln und leicht daran zu ziehen, bis Marias Kopf nach hinten sinken würde … Sie sprachen nicht. Maria summte die Melodie. Hin und wieder sah Johann zu ihr hinüber. Einmal legte sie kurz ihren Kopf an seine Schulter, wie um ihn freundlich zu stimmen, doch ich konnte nicht erkennen, ob er lächelte. Draußen wichen die Berge allmählich zurück und machten ausgedehntem Ackerland Platz, das durch keine Hecke, kein Wäldchen aufgelockert wurde – eine Folge der Flurbereinigung, die auch bei uns durchgeführt worden war.

Wie eine aus verschiedenfarbigen Stoffen gefertigte riesige Decke sah die Landschaft aus – das Hellgrün der Rechtecke, auf denen Getreide wuchs, kontrastierte mit dem Zitronengelb der Rapsfelder und dem dunklen Braun brachliegender, umgepflügter Äcker. Da der Landstrich nicht, wie bei uns, nach allen Seiten hin begrenzt war, hatte man den Eindruck von etwas unbestimmt Offenem, der Blick schien sich an nichts festmachen zu können und verlor sich im Zusammengehen von Himmel und Erde am Horizont. Ich fand, dass diese neue, andere Landschaft zu meinem neuen Leben passte; nichts war sicher, vieles war möglich … Gab es Grenzen? Wo verliefen sie?

Maria wandte sich zu mir um. »Bist du aufgeregt?«, fragte sie.

Ich nickte. Oh ja, ich war aufgeregt – hier würde ich ja in Zukunft leben! In der Ferne waren schon die ersten Häuser zu erkennen, Kirchtürme ragten auf, Dächer blitzten in der Sonne, ein breiter Fluss, von schweren Lastkähnen befahren, zog sich glitzernd mitten durch die Stadt. Ich war schon ein paar Mal in W. gewesen; von hier aus hatten wir den Zug nach Paris genommen, hier gab es ein Opernhaus, zu dessen Aufführungen manchmal ein Schulbus fuhr. Aber diesmal war alles anders. Diesmal war mir, als hätte ich etwas zu beweisen: dass ich in der Lage war, mich hier zu behaupten! Ganz klein fühlte ich mich, ein Eindringling, ein Fremder. Ich schluckte nervös. Johann gelang es, das Auto ohne Schwierigkeiten durch den mittlerweile dichten Verkehr zu lenken und vor dem riesigen, einschüchternden Gebäude der Residenz zu parken. Neben uns hatte ein Bus mit japanischen Touristen angehalten; fremdländische Sprachfetzen erfüllten die Luft. Langsam schlenderten wir durch die kopfsteingepflasterte Fußgängerzone. Überall standen Stühle und Tische vor den Cafés. Maria hatte sich bei Johann untergehakt. Zwar trug mein Bruder Jeans und Pullover, doch trotzdem konnte man ihm ansehen, dass er vom Land kam. Wegen seiner raumgreifenden Schritte? Wegen seines roten Nackens, den die Sonne beim Rübenharken verbrannt hatte? Merkte man mir ebenso meine Herkunft an? Ich steckte die Daumen in meine Hosentaschen. Wie sahen gleichaltrige Jungen aus? Nicht wesentlich anders als ich, dachte ich – höchstens weniger eingeschüchtert, gleichmütiger, lässiger. Wenn ich weit genug von meinem Bruder entfernt lief, würde man nicht merken können, dass wir zusammengehörten. Nein, das war lächerlich. Sollten doch alle sehen, woher wir kamen!

Aber niemand beachtete uns. Das war ungewohnt. In M. ging man nicht aneinander vorbei, ohne zu grüßen, einfach deswegen, weil jeder jeden kannte. Ich beobachtete Maria. Sie starrte im Vorbeilaufen in die Schaufenster, doch anstatt die Waren zu betrachten, sah sie, wie mir auffiel, auf ihr Spiegelbild; hatte sie vorher ihren Schritt dem Johanns angepasst, so lief sie jetzt abgehackter, mit kleineren Schritten, als hätte sie beschlossen, dass ihr weicher, wiegender Gang nicht in diese Umgebung passte. Abrupt blieb sie vor einem Bekleidungsgeschäft stehen. Im Fensterglas sah ich, wie sie ihre Haare zurückstrich und an ihrer schwarzen Bluse herumnestelte. »Da, Johann, schau!«, rief sie und wies auf eine Schaufensterpuppe, die einen engen Rock und eine geblümte Bluse trug. »Ist das nicht schick?«

Johann lächelte gutmütig.

»Ich möchte es anprobieren!« Ohne unsere Antwort abzuwarten, lief sie hinein, verschwand mit den Kleidern in einer Kabine und kam nach ein paar Minuten wieder heraus. Wir beobachteten sie durch das Fenster. Das war eine ganz andere Maria! Wie elegant sie aussah! Vor dem Spiegel blieb sie stehen. Doch sie schien nicht mit sich zufrieden, denn sie schüttelte traurig den Kopf, ging zurück in die Kabine und kam kurz darauf zu uns heraus.

»Hat es dir nicht gefallen?«, fragte Johann.

»Nicht wirklich«, antwortete sie vage. »Und wann sollte ich es denn anziehen? In den Kälberstall?« Johann sagte nichts.

Wir gingen weiter. »Das dort ist das Kilianeum«, sagte ich nach einiger Zeit. »Ich schaue mir das Zimmer an, und dann treffen wir uns wieder, ja?«

Die beiden nickten.

»In einer Stunde vor dem Dom?«

Wieder nickten sie. Ich sah ihnen nach, als sie davongingen. Johann legte seinen Arm um ihre Schultern; Maria ließ es geschehen, doch ihre Schritte waren zu kurz, als dass sie zu einem gemeinsamen Rhythmus hätten finden können, und so ließ Johann seinen Arm bald sinken. Erneut blieb sie vor einem Schaufenster stehen, doch diesmal ging sie nicht in das Geschäft hinein. Ich wandte mich ab. An der Pforte des Kilianeums saß ein alter Mann, dem ich meinen Namen nennen musste. »Dritte Etage rechts«, sagte er.

Ich stieg die breite steinerne Treppe empor. Ein paar junge Männer kamen mir entgegen, und ich grüßte verlegen. Sie lachten, als sie an mir vorbeigingen. Lachten sie über mich? Meine Schritte hallten auf dem Boden. Hier würde ich wohnen! Mir war schlecht vor Angst. Was um alles in der Welt hatte mich bewogen, hierherziehen zu wollen? Ein Pfarrer stand oben am Treppenabsatz.

»Sie müssen Nikolas Andres sein«, sagte er. »Kommen Sie, ich zeige Ihnen Ihr Zimmer!«

Ich folgte ihm zögernd. Er öffnete eine Tür. »Hier ist es – treten Sie ein!«

Das Zimmer war nicht allzu groß; ein Bett und ein Schreibtisch und ein Sessel standen darin; ein großes Kruzifix hing über der Tür. Meine Mutter wäre sehr einverstanden mit der neuen Bleibe ihres Sohnes! »Es ist – es ist in Ordnung«, sagte ich höflich.

Der Pfarrer lächelte. »Das freut mich«, sagte er. »Der Waschraum ist auf dem Gang – hier, sehen Sie?« Ich nickte.

Etwa zehn Waschbecken waren nebeneinander an der Wand angebracht. Innerlich stöhnte ich auf. Das konnte ja heiter werden! Am liebsten hätte ich einen Rückzieher gemacht. Ich dachte daran, wie ich mir vorgestellt hatte, hier Gedichte zu schreiben, Dichter kennenzulernen! Lachen würde man über mich, über mich und über meine lächerlichen schriftstellerischen Versuche! Kleinlaut lief ich neben dem Pfarrer die Treppe hinunter. Unten bedankte ich mich. Als ich aus der Kühle des Hauses trat, mitten hinein in das pulsierende, laute Leben der Stadt, fühlte ich mich ein wenig besser. Über eines würde ich mich hier nicht beklagen können – dass nichts los war!

Maria und Johann warteten schon auf mich. Johann sah müde aus, und zum ersten Mal fiel mir auf, dass sich tiefe Falten rechts und links vom Mund in seine Haut gruben. Maria sah mich erwartungsvoll an. »Und – wie ist es?«, fragte sie.

»Es geht«, sagte ich. Wäre Johann nicht da gewesen, hätte ich gesagt: es ist ein echtes Priesterzimmer, sehr katholisch, verstehst du?, und sie hätte mir zugezwinkert und mich verstanden.

»Klingt ja nicht gerade umwerfend«, sagte sie belustigt.

»Nimmst du es?«, fragte Johann.

»Natürlich«, sagte ich. »Fürs Erste ist es okay – und vielleicht finde ich ja später etwas Besseres!«

Sie nahmen mich in die Mitte. Als wäre ich ein Puffer, dachte ich plötzlich, ein Puffer zwischen meinem Bruder und seiner Frau.

»Und was habt ihr gemacht?«, fragte ich.

»Nichts Besonderes«, sagte Maria leichthin. »Und jetzt habe ich Hunger! Wollen wir uns ein Restaurant suchen?« Sie sprach das Wort französisch aus.

Johann deutete auf ein Fachwerkhaus. »Gasthof zur Sonne« stand in großen goldenen Lettern über der Tür. »Wie wäre es mit diesem da?«

Entschieden schüttelte Maria den Kopf. »Ich habe an etwas anderes gedacht«, sagte sie. »An etwas Ausgefalleneres! Wir könnten ja chinesisch essen gehen, was hältst du davon, Nikolas?«

Johann schwieg.

»Ist mir recht«, sagte ich; mir war ein wenig unbehaglich zumute.

»Also los«, sagte Maria energisch, nahm uns beide bei der Hand und zog uns vorwärts. Bald hatten wir ein China-Restaurant gefunden. »Ich werde mit Stäbchen essen!«, rief Maria freudig erregt, als wir durch die Tür traten. Ein Kellner kam uns entgegen. Er wandte sich an Johann. »Ein Tisch für drei Personen, bitte sehr?«, fragte er.

Verwirrt nickte Johann.

»Die Herrschaften dort drüben sind gleich fertig – wenn Sie sich einen Moment gedulden wollen?«

Johann schüttelte leise, fast unmerklich, den Kopf. Er sah mich an, aber ich wich seinem Blick aus. Was mich betraf, so hätte ich auch lieber ein ganz gewöhnliches Schnitzel in einer ganz gewöhnlichen Wirtschaft gegessen – aber Maria sollte ihre Freude haben, fand ich, wenn es ihr so wichtig war.

Endlich war unser Tisch frei, und wir nahmen Platz.

»Was darf ich Ihnen bringen?«, fragte der Kellner.

Maria lehnte sich vor. »Reiswein, bitte – für uns alle«, sagte sie.

Johann räusperte sich, sagte aber nichts. Sie nahm eine der kleinen weißen Tassen aus feinstem Porzellan in die Hand und betrachtete sie. »Tee gibt es automatisch zum Essen dazu«, sagte sie erklärend.

Ich nickte. Von mir aus gab es Reiswein und Tee – ich hatte nichts dagegen. Johann aber war eine leichte Röte ins Gesicht gestiegen. Er legte seine Hände rechts und links neben seinen Teller auf das weiße Tischtuch, und aus den Augenwinkeln sah ich, dass Maria darauf starrte. Ganz klein wirkte das zarte Geschirr neben seinen kräftigen, wettergegerbten Händen, in die sich der Schmutz eingefressen hatte. Der Kellner kam mit dem Reiswein zurück und stellte die Karaffe und die Gläser auf den Tisch. »Zum Wohl!«, sagte er. Johann goss ein. Maria sah sich um. »Gefällt es euch?«, fragte sie mit leiser Stimme, doch ohne unsere Antwort abzuwarten, fuhr sie fort: »Sagt doch was! Ihr seid so schweigsam! Alle hier plaudern – nur wir sitzen so still herum!« Sie seufzte.

Mir wollte nichts einfallen, was ich hätte sagen können, und Johann schien es ebenso zu ergehen. Stattdessen nahm ich mein Glas in die Hand und nippte daran. Der Reiswein schmeckte sehr fremdländisch, aber nicht schlecht. Ich war mir sicher, dass Johann sein Weizenbier vermisste. Immer, wenn er in eine Wirtschaft ging, was selten genug vorkam, bestellte er ein Weizenbier. Maria seufzte wieder. »Mit euch ist nichts anzufangen«, nörgelte sie. »Da will man einmal schön essen gehen, und dann sitzt ihr herum wie die Ölgötzen!«

Ich starrte sie an. Was hatte sie nur auf einmal! Johann schwieg immer noch. Sie wandte sich an ihn. »Ist das zu viel verlangt? Dass ihr euren Mund aufmacht?«

Johanns Gesicht wurde noch eine Spur röter. Eines müsste sie wissen, dachte ich: dass dies die falsche Art war, meinen Bruder zum Reden zu bringen. Zwingen ließ er sich nicht. Er trank einen kräftigen Schluck.

»Bitte schön!« Das war der Kellner. Er stellte die Suppe vor uns hin. »Guten Appetit!«

»Danke«, murmelten Johann und ich. Johann neigte sich nach vorne und begann, seine Suppe zu schlürfen. Auf Marias Wangen brannten rote Flecken, doch sie sagte nichts. Ich schämte mich. Konnte sich mein Bruder nicht *ein Mal* die Mühe machen, anständig zu essen! Aber ich muss gestehen, dass ich auch ein wenig ärgerlich auf Maria war; zuhause hatte sie doch auch nichts an uns auszusetzen. Als das Hauptgericht kam, nahm sie die Stäbchen in die Hand und führte sie geschickt zum Mund. Wir aßen süß-saures Schweinefleisch – schweigend. Wir tranken unseren Wein aus. Immer wieder sah Maria zu den anderen Tischen, betrachtete die anderen Gäste. Es war ganz offensichtlich, dass sie uns verglich; und dass wir schlecht abschnitten, nicht nur Johann, auch ich.

Ich räusperte mich. »Wo hast du gelernt, mit Stäbchen zu essen?«, fragte ich zögernd.

Sie sah mich lange an. »Bei meinen Eltern«, sagte sie schließlich. »Mein Vater kennt einen Chinesen, der manchmal zu uns zum Essen kommt.«

Zu uns nach M. kam ein Chinese?

Sie lächelte, als hätte sie meine Gedanken erraten. »Er wohnt in E.«, sagte sie. »Er ist dort Apotheker, und er hat eine deutsche Frau.«

Ich nickte. Es war mir unangenehm, dass Johann noch immer schwieg. Ich wollte ihn nicht ausstechen, aber dennoch: warum gab er sich so gar keine Mühe? »Äh …«, sagte ich, um Zeit zu gewinnen. »Äh – wie findest du W.? Gefällt dir die Stadt?«

Gottlob ging sie darauf ein. »Sehr«, sagte sie. »Ich beneide dich ein wenig – verstehst du?« Sie sah kurz zu Johann hinüber. »Nicht grundsätzlich – nur so ein bisschen …« Jetzt schwieg auch sie.

Johann schob seinen Teller zurück. »Interessant«, sagte er. Er wirkte beleidigt.

Maria sah ihn kühl an. »Nicht grundsätzlich, habe ich gesagt«, sagte sie. »Kannst du dir nicht auch mehrere Leben vorstellen, nicht nur das, das du gerade führst?«

Johann schüttelte den Kopf. »Nein«, sagte er. »Das kann ich nicht – wozu soll das auch gut sein!«

Maria lächelte traurig. »Manchmal stelle ich mir alles Mögliche vor«, sagte sie.

Ich beugte mich gespannt vor.

»Dass ich in einer riesigen Wohnung mit ganz hohen Fenstern wohne, hoch über den Dächern einer großen Stadt.« Sie sah sinnend in die Ferne.

Wir starrten sie an. Als sie unsere Blicke spürte, errötete sie. »Schaut nicht so!«, sagte sie. »Was ist denn da dabei! Das sind doch nur Ideen, die einem manchmal durch den Kopf gehen!«

Dachte sie so etwas, wenn sie in der Küche stand und zum Fenster auf den Hof und den Misthaufen hinausschaute? War ihr unser Leben also doch zu eng, zu klein?

Johann hob die Hand. »Bitte zahlen!«, rief er. Sein Gesicht war verschlossen. Maria sah ihn kurz an. Sie legte ihre Hand auf die seine, doch er zog sie weg. »Mit euch kann man heute wirklich nichts anfangen«, sagte sie ärgerlich. »Und dabei habe ich mich so auf W. gefreut!«

Der Kellner kam, und Johann bezahlte. Wortlos erhoben wir uns. Auf der Straße blieben wir unschlüssig stehen. Was sollten wir jetzt tun? Maria presste ihre Lippen zusammen. Jetzt seid ihr dran, schien sie damit sagen zu wollen, jetzt müsst ihr euch etwas einfallen lassen! Ich habe meinen Teil getan! Johann steckte seine Hände in die Hosentaschen. Er sagte nichts. Zorn stieg in mir hoch. Wäre ich nur alleine gekommen! Ich wusste nicht, auf wen ich wütender war. Erwarteten sie jetzt etwa von mir, dass ich den Karren aus dem Dreck zog?

»Wir fahren nachhause«, sagte Johann plötzlich.

Ich starrte erst ihn, dann Maria an. Tränen glitzerten in ihren Augen. »Gib mir Geld – bitte«, sagte sie feindselig. »Ich muss noch einkaufen!« Sie streckte ihre Hand aus. Nach kurzem Zögern langte Johann nach seinem Geldbeutel und drückte ihn ihr in die Hand. »Da«, sagte er knapp.

»Danke«, antwortete Maria. Ohne ein weiteres Wort lief sie davon. Wir folgten ihr schweigend. Sie verschwand in einem Bekleidungsgeschäft, und wir blieben vor dem Schaufenster stehen. Wir beobachteten sie, wie sie drinnen wahllos hier nach einer Bluse, dort nach einem Pullover griff, beides sich vor einem Spiegel anhielt, zur Kasse ging, bezahlte. Sie wirkte, als hätte sie plötzlich das Gefühl, dass ein Zug abführe ohne sie.

Als sie herauskam und uns sah, wandte sie den Blick ab. »Mit Dank zurück«, sagte sie eisig und händigte Johann den Geldbeutel aus. Wir liefen zum Wagen. Überall saßen Menschen in der Sonne, tranken Kaffee, aßen Kuchen und Eis. Warum musste unser Ausflug so enden? Ich machte einen letzten Versuch. »Wollen wir nicht noch einen Kaffee trinken?«, fragte ich.

Johann antwortete nicht, und Maria lächelte mich an und schüttelte den Kopf. Mich lächelte sie an! Für den Bruchteil einer Sekunde dachte ich: wenn Johann nicht wäre, könnten wir, Maria und ich, uns einen schönen Tag machen, und wir könnten Hand in Hand durch die Gassen schlendern … Entsetzt drängte ich diesen Gedanken zurück. Schweigend setzten wir uns ins Auto; schweigend fuhren wir über die Landstraße zurück. Das Radio blieb ausgeschaltet. Als ich das Fenster herunterkurbelte, konnte ich die Lerchen draußen zwitschern hören. Ich fühlte mich erschöpft, ausgelaugt, als hätte ich einen langen anstrengenden Marsch hinter mir. Dabei hatten wir nur einen halben Tag in der Stadt verbracht! Als ich den Kirchturm von M. im Dunst auftauchen sah, war mir plötzlich, als stünde die Zeit still und ich sähe meine Zukunft vor mir: das ständige Hin- und Herreisen zwischen den beiden Welten, dem Land und der Stadt. Würde ich in der Lage sein, mich ohne Schwierigkeiten von der einen in die andere zu bewegen?

Erst am übernächsten Tag versöhnten sich Maria und Johann; ungewollt wurde ich Zeuge davon. Es war am Abend, während des Stalldienstes, den Johann und ich wie immer gemeinsam versahen. Ich lief in den Hof, um frisches Gras zu holen, das Johann mit dem Traktor heimgebracht hatte; während ich es mit der Mistgabel in die Schubkarre warf, kam Maria herunter. Sie lächelte mir kurz zu und ging in den Stall. Ich konnte nicht hören, was die beiden miteinander redeten, doch als ich die Schubkarre hineinfuhr, standen sie engumschlungen da, und über Marias Wangen liefen Tränen. Johann hatte sein Gesicht in ihr Haar gegraben; als er mich bemerkte, sah er auf. Er wirkte bestürzt und glücklich zugleich; als hätte er plötzlich erkannt, wie sehr er Maria liebte und wie sehr ihn ihr Zerwürfnis belastet hatte. Ich wandte mich ab. Wie verletzlich einen die Liebe machte! Wie sehr man sich einem anderen Menschen auslieferte! Wie kindlich erschien mir, damit verglichen, meine Liebe zu Maria …

Bald wurde es heiß; das Getreide stand goldgelb auf den Feldern, wir mähten unsere Wiesen ein zweites Mal, der Raps wurde geerntet, im Kuhstall wurden Kälbchen geboren und in die Scheune ausquartiert, und auch die Hasen warfen mehrmals. Frühmorgens, wenn die Sonne hinter den noch im Dunst liegenden Bergen hervorkam, trockneten ihre Strahlen den tauglänzenden Klee und wärmten die Ähren; Schmetterlinge breiteten ihre Flügel aus und gaukelten über die Wiesen; und gegen Mittag begannen die Grillen zu zirpen. Wir luden das würzig duftende Heu auf den Anhänger und fuhren es heim und gabelten es in den Heuschober, wo es warm war und wo der Staub auf den Sonnenstrahlen, die durch das kleine Fenster hereinfielen, tanzte. Wenn die Sonne mittags am höchsten stand, flimmerte die Luft in der Hitze, und der Himmel war von fast durchsichtigem Blau. Die Trauerweiden senkten ihre Zweige bis zum Wasserlauf des Flüsschens herunter, an dem ich oft saß; hier war nichts anderes zu hören als das Glucksen des Wassers und gelegentlich das leise Brummen eines Traktors, und hierher nahm ich Papier und Bleistift mit und schrieb. Manchmal wollte ich schier verzweifeln, weil es mir nicht gelang, in Worte zu fassen, was ich gesehen oder erlebt hatte; an anderen Tagen wiederum flog mein Stift nur so über das Papier. Ich dachte, dass ich alles festhalten müsste, was mich umgab, um es in die Stadt mitzunehmen, um zu verhindern, dass ich es vergaß; da war das pfeilschnelle Huschen der Schwalben über meinem Kopf, das ich in der Stadt niemals erleben würde, das nächtliche Schreien der Käuzchen in den hohen Platanen hinter der Kirche, das Gaukeln der Glühwürmchen, der Geruch nach warmem Sommerregen, wenn er auf die ausgetrocknete Erde fiel – ich sog mich voll mit den Farben und Gerüchen des Sommers, als wäre ich da, wo ich bald leben würde, abgeschnitten von allem, was mir all die Jahre eine Selbstverständlichkeit erschienen war und ohne das ich plötzlich nicht mehr leben zu können glaubte. Wie sollte ich es aushalten inmitten von Beton, Straßen und Autos!

Eines Tages, als ich aus der Schule kam und noch schnell im Kuhstall nachgesehen hatte, ob eine unserer hochträchtigen Kühe sich zum Kalben anschickte, hörte ich, als ich bei Bentos Hundehütte stehenblieb, um ihn zu streicheln, Stimmen aus der Küche. Ich lugte hinein. Eine von Marias früheren Mitschülerinnen saß mit ihr am Tisch. Neugierig spitzte ich die Ohren. Alles konnte ich nicht verstehen, weil im Nachbarhof ein Traktor ratterte, doch einige Gesprächsfetzen drangen an mein Ohr. Sie erzählte von einem Stipendium für die USA; von einer Wohngemeinschaft, in der sie lebte; von Bands, die in B. auftraten. Von Maria vernahm ich nur ein gelegentliches »Ach, wirklich?«. Meist jedoch schwieg sie. Ihre Bekannte war seltsam gekleidet, trug buntgestreifte Strümpfe, einen engen kurzen schwarzen Rock, hochhackige rote Schuhe, eine schwarze Bluse und ein rotes netzähnliches Gebilde um die Schultern. Ihre Stimme war laut und schrill, und sie lachte viel. Ich kraulte Bento hinter den Ohren. War dieses Mädchen mit Maria befreundet? Ich hörte noch die Worte »frei« und »Studentenleben« und etwas vom Verschlafen von

Vorlesungen. Ich erhaschte einen Blick auf Marias Gesicht. Es sah merkwürdig versteinert aus, in einem Lächeln gefroren. Sie saß fast regungslos da und starrte das Mädchen an.

»Und jetzt erzähl du«, sagte ihr Gegenüber.

Maria zuckte zusammen. Sie schüttelte den Kopf. »Nichts Neues«, hörte ich und, »alles wie immer«. Es klang fade und tonlos.

Das Mädchen sah sie neugierig an. »Für mich wäre das nichts«, sagte sie. »Allein schon, dass man jeden Morgen so bald aufstehen muss!«

»Ich mache es gern«, antwortete Maria matt; dann war Schweigen.

Das Mädchen erhob sich. »Also dann«, sagte sie laut. »Mach's gut! Und viel Spaß mit deinen Viechern!« Sie lachte.

Auch Maria hatte sich erhoben. »Danke für deinen Besuch«, sagte sie höflich. Ich hörte, wie das Mädchen nochmals lachte. Dann klappte die Tür. Ich beugte mich tief zu Bento hinunter. Als alles still blieb, richtete ich mich langsam auf. Maria saß am Tisch, den Kopf in die Hände gestützt. Ich räusperte mich. »Guter Hund«, sagte ich laut. Dann betrat ich die Küche.

Maria lehnte sich in ihrem Stuhl zurück. »Ach, du bist es«, sagte sie abwesend und stand auf. »Warte, ich bringe dir dein Essen!« Sie nahm die Pfanne vom Herd und stellte sie vor mich hin. Immer noch wirkte sie leblos, wie eine Puppe. Es machte mir Angst. Ich zermarterte mir den Kopf, was ich sagen könnte, um sie aufzuheitern. »Maria«, sagte ich schließlich, »soll ich dir ein Gedicht vorlesen?«

Sie schüttelte den Kopf. »Ein andermal«, sagte sie. Dann seufzte sie tief. »Ach, Nikolas«, sagte sie traurig, »warum ist das alles nur so schwierig?«

Ich starrte sie hilflos an. Sie strich mir kurz über den Kopf und straffte die Schultern. »An die Arbeit«, sagte sie gewollt forsch. Sie nahm den Milcheimer für die Kälbchen in die

Hand. An der Tür wandte sie sich um und sah mich an. »Wird schon wieder«, sagte sie. »Mach dir nichts draus!«

Maria sollte bald nicht mehr wissen, wo ihr der Kopf stand. Denn als wir mit der Ernte begannen, erlitt meine Mutter einen Schlaganfall, und obwohl sie sich relativ schnell davon erholte, fiel sie doch als Arbeitskraft völlig aus. Sie saß in dem Sessel, in dem mein Vater gesessen hatte, die Hände im Schoß gefaltet, und döste vor sich hin; von Zeit zu Zeit öffnete sie die Augen und lächelte friedlich, als ob sie es genießen würde, sich ausruhen zu dürfen, sie plauderte ein wenig mit demjenigen, der gerade in der Küche war, dann nickte sie wieder ein. Sobald die Schule vorbei war, schlang ich mein Mittagessen in mich hinein und rannte in den Hof hinunter und fuhr mit Traktor und Anhänger auf das Feld, wo Johann schon ungeduldig mit dem Mähdrescher wartete. Was würde er im nächsten Jahr tun, wenn ich fort wäre? Würde er einen Erntehelfer einstellen müssen, oder würde Maria den Schlepper fahren? Aber Maria war ja für alles zuständig, was Haus und Hof betraf! Schon jetzt kam sie kaum mit der Arbeit nach, sie kochte und wusch und putzte und kümmerte sich um die Kälber und Hasen und Pferde; zum Reiten reichte die Zeit nicht mehr. Gottlob war das Wetter gut, es war heiß und trocken, und wir kamen schnell mit der Ernte voran. Alles stand, wie immer, dahinter zurück. Bald erstreckten sich Stoppeläcker weit bis zu den Bergen hin; gelegentlich sahen wir Manfred mit seinem Pferd, wie er langsam im Schritt dahinritt, den Kopf gesenkt, die Schultern nach vorne gewölbt. Als Johann mit dem Pflügen begann, wusste ich, dass mir nur noch ein Monat blieb – ein Monat, um Abschied zu nehmen. Mit einem Mal wurde mir bewusst, dass es für meine Familie ein großes Opfer bedeutete, mich gehen zu lassen; und nun, wo auch meine Mutter nicht mehr half, lag die Last des Hofes nur noch auf Johanns und Marias Schultern. Und es gab so viel Land, das bewirtschaftet werden musste! Die Genehmigung für den Aussiedlerhof lag inzwischen vor, und abends sprach Johann oft von seinen Plänen. Er würde viele Kühe anschaffen, um wettbewerbsfähig zu bleiben, weil die Getreidepreise fielen; Abend für Abend saß er über seinen Skizzen. In welcher Farbe das Wohnhaus angestrichen werden sollte? Ob Maria einen Garten wünschte? Wo man am besten die Pferdeweiden anlegte?

»Es wird dir gefallen, wenn wir erst draußen sind«, sagte er zu Maria. »Das wird ein ganz anderes Arbeiten sein!«

Maria nickte und lächelte und strich ihm über die Wange, doch manchmal ertappte ich sie dabei, wie sie traurig vor sich hin starrte. Einmal nahm sie ein neugeborenes Häschen auf die Hand und streichelte es; als sie mich sah, setzte sie es wieder in seinen Stall zurück.

Schließlich holte ich eine große Tasche vom Speicher und begann zu packen. Ich schichtete Wäsche hinein und Schulzeug, ich überlegte, was für Schuhe ich brauchen würde, und die ganze Zeit war mir elend zumute. Es kam mir vor, als würde ich den Boden unter meinen Füßen verlieren. Wie sollte ich, ein Bauernkind in fünfter Generation, in der Stadt bestehen? Hatte ich mir da nicht zu viel zugetraut? Aber, sagte ich mir, wenn ich hierbliebe – was sollte ich hier anfangen? Irgendwann würde der Tag kommen, an dem ich gehen müsste; denn ich wollte nicht, wie meine Mutter es vor dem Besuch des Lehrers festgelegt hatte, Bankkaufmann werden, nein, ich wollte etwas von der Welt sehen, und ich wollte einen Beruf ergreifen, bei dem meine Liebe zum Schreiben eine Rolle spielen würde! In der Stadt würde es eine Bibliothek geben, wo ich Bücher ausleihen konnte, Gedichtbände, Romane, Erzählungen. Und ich würde ins Theater gehen! Ich packte leere dicke Hefte ein – für meine Gedichte. Es klopfte leise an die Tür; Maria streckte ihren Kopf herein. »Kann ich reinkommen?«, fragte sie.

»Klar!«, erwiderte ich. Sie kam näher, blieb stehen, sah auf die Reisetasche, dann auf mich. »Jetzt ist es bald so weit, nicht wahr«, sagte sie. Sie setzte sich auf meinen Stuhl. »Freust du dich?«, fragte sie.

Ich wandte mich ab, dass sie mein Gesicht nicht sehen konnte. »Manchmal«, sagte ich.

Eine Weile schwieg sie. Meine Tasche war voll, und ich drehte mich verlegen zu ihr um. »Ich glaube, ich habe alles«, sagte ich zögernd.

Sie räusperte sich. »Ich – ich weiß gar nicht, wie …« Sie verstummte.

»Ich werde viel lernen müssen«, sagte ich schnell. »Viel mehr als jetzt.«

Sie nickte.

»Hoffentlich habe ich gute Lehrer …« Was sollte ich noch sagen? Sie hielt ihren Blick auf mich gerichtet. Wenn sie mich nur nicht so ansehen würde!

»Es wird schrecklich sein ohne dich«, sagte sie schließlich.

Ich schluckte, und ich spürte, wie ich rot wurde. Ich zwang mich dazu, ihren Blick zu erwidern. Wie schön, wie wunderschön ihre Augen waren! Sah sie denn nicht, was mit mir los war?

»Aber du kommst uns doch besuchen, nicht wahr?«, fragte sie.

»Klar«, sagte ich heiser. »Ich muss euch doch meine Wäsche zum Waschen bringen!«

Sie lächelte. »Was wirst du tun, wenn du nicht lernen musst?«, fragte sie. »Abends, meine ich? Gehst du in eine Disco?«

»Das – das interessiert mich nicht«, sagte ich steif. »Ich gehe vielleicht ins Theater oder in eine Dichterlesung …«

Sie sah mich ernsthaft an. »Schenkst du mir zum Abschied ein Gedicht von dir?«, fragte sie.

»Aber gern«, sagte ich verlegen.

»Glaub an dich«, sagte sie. »Deine Gedichte sind gut! Ich weiß, dass sie gut sind!«

»Danke«, sagte ich. Sie stand auf. »Wann genau fährst du?«, fragte sie.

»Übermorgen«, antwortete ich.

»Ich – ich kann es mir gar nicht vorstellen, wie es sein wird ohne dich«, sagte sie. »Irgendwie habe ich das Gefühl, als wäre ich plötzlich – äh – ganz verlassen!« Sie trat vor mich hin und lehnte ihren Kopf kurz gegen meine Brust. »Vergiss uns nicht«, sagte sie leise. »Vergiss uns nicht, okay?«

Ich schüttelte heftig den Kopf. Sie sah zu mir empor, und in ihren Augen schimmerten Tränen. »Maria!«, sagte ich. »Maria, ich …«

»Still!« Sie lächelte. Dann wandte sie sich ab. »Ich muss in den Stall«, sagte sie. Kurz fuhr sie sich mit der Hand über die Augen. »Es hat wohl alles seinen Sinn, nicht wahr? Glaubst du nicht auch, dass alles seinen Sinn hat?« Sie ließ die Hand sinken. Dann ging sie hinaus.

Als ich am Tag meiner Abreise erwachte, klatschten schwere Regentropfen gegen die Fensterscheiben. Ich lag eine Weile da, ohne mich zu rühren. Schemenhaft hoben sich die Möbel gegen das Grau der Morgendämmerung ab. Ich zog mir die Bettdecke über den Kopf. Drunten in der Küche klapperte Maria mit dem Geschirr. Johann war sicher schon im Stall. Er würde mich nach W. fahren. Eine Kuh muhte. Zögernd schob ich die Bettdecke zurück und setzte mich auf die Bettkante. Heute würde ich Maria zum letzten Mal für lange Zeit sehen. Mein Magen krampfte sich zusammen. Wenn ich aufstand und herunterkam, saß sie gewöhnlich am Küchentisch und wärmte ihre Hände an ihrer Tasse. Langsam zog ich mich an. Kein Stalldienst heute. Und auch morgen kein Stalldienst – dafür eine Stunde länger Schlaf. Es war kühl, und ich fröstelte. In der Küche stand Maria am Herd, den Rücken mir zugewandt. »Guten Morgen«, sagte sie, aber sie sah mich nicht an.

»Morgen«, antwortete ich.

»Ich mache dir ein paar belegte Brote«, sagte sie. »Wer weiß, wann du dort etwas zu essen bekommst!«

»Danke«, sagte ich.

Sie drehte sich zu mir um. »Iss«, sagte sie kurz.

Ich trank meinen Kaffee. »Ich – ich habe keinen Hunger«, sagte ich und schob meinen Teller zurück. Ich sah sie an. Sie war blass, und ich bemerkte, dass ihre Hände leicht zitterten. Wieder krampfte sich mein Magen zusammen. Ich stand auf. »Ich hole meine Sachen«, sagte ich mit gepresster Stimme. »Hat Johann schon gefrühstückt?«

Sie nickte. »Ihr könnt gleich fahren«, sagte sie. Sie reichte mir die Tüte mit den Broten. »Da«, sagte sie leise. »Da – und gute Reise!«

Meine Kehle war wie zugeschnürt. »Danke«, brachte ich heraus.

Meine Mutter lag noch in ihrem Bett, aber sie war schon wach. Als ich in ihr Zimmer kam, richtete sie sich mühsam auf. »Komm her, mein Bub«, sagte sie. »Komm – ich will dich segnen!«

Ich setzte mich auf die Bettkante, und sie legte mir ihre Hand auf den Kopf. »Gott behüte dich!«, sagte sie. »Und vergiss nicht, zu deinem Herrgott zu beten! Alles andere wird sich dann schon richten …«

Ich nickte. Es war gut, dass ich ihr nie von meinen Zweifeln erzählt hatte. Sie sah mich lange an. »Ich bin stolz auf dich, mein Bub«, sagte sie. Plötzlich schien sie erschöpft, denn sie sank in ihr Kissen zurück. Ihre dünnen Haare fielen ihr lose um die Schultern. »Geh«, sagte sie leise. »Und komm uns bald besuchen, hörst du!«

Wieder nickte ich. »Mach ich, Mama«, sagte ich.

Sie schloss die Augen und seufzte. Dann sah ich, dass sich

ihre Brust leicht hob und senkte. Sie schlief. Wenn ihr nun etwas zustieß, während ich weg war? Wenn sie noch kränker wurde? Wenn sie gar – starb? Ich schob den Gedanken beiseite. Leise, auf Zehenspitzen, schlich ich hinaus.

Das war alles. Ich konnte gehen. Ich nahm meine Tasche in die Hand und trat in den Hof hinaus. Es regnete noch immer. Die Rückwand des Nachbarhauses, die unseren Hof auf der einen Seite begrenzte, war nass und grau. Gülle, gemischt mit Regenwasser, sickerte den Weg hinab. Es roch, wie immer, intensiv nach Heu und Dung und Tieren. Kuhketten rasselten. Ich atmete tief ein. Bento rieb seinen Kopf an meinem Bein. »Bento«, sagte ich leise. »Mach's gut!« Bento wedelte mit dem Schwanz. Ein Schluchzer saß mir in der Kehle. Sah mir Maria nach? Ich drehte mich nicht um. Wahrscheinlich waren die Fensterscheiben sowieso beschlagen. Johann hockte vor dem Kuhstall auf einem Heuballen. Er lächelte. »Fertig?«, fragte er.

»Ja«, antwortete ich.

»Dann komm«, sagte er und ging vor mir her zum Hof hinaus. Als ich den Riegel zuschob, hatte ich das Gefühl von etwas Endgültigem, Unwiderruflichem, und mir schwindelte. Hierher würde ich von diesem Tag an nicht mehr gehören – zwar würde ich zu Besuch kommen können, sooft ich es wollte, aber mein Leben würde sich woanders abspielen. Johann stieg ein und öffnete von innen die Beifahrertür. »Stell die Tasche auf den Rücksitz«, sagte er.

Als ich neben ihm saß, ließ er den Motor an. Mit einem sanft brummenden Geräusch glitten die Scheibenwischer über die Scheiben. Er sah mich von der Seite an. »Können wir?«, fragte er.

Ich nickte. Auf der Straße zogen sich dreckigbraune Traktorspuren hin. Nach ein paar Metern hielt Johann plötzlich an. »Da will dich noch jemand verabschieden«, sagte er grinsend.

Hinter uns hörte man das Klicken von Absätzen auf dem Asphalt. Ich wandte mich um. Es war Erika mit einem Päckchen in der Hand. Als sie uns eingeholt hatte, war sie völlig außer Atem. »Fast hätte ich dich verpasst!«, keuchte sie. »Und dabei wollte ich dir doch noch etwas mitgeben!«

Sie überreichte mir das Päckchen. »Bratwurstfülle, Presssack, Rotwurst – wenn du dort Hunger hast!«, erklärte sie.

Ich lächelte erfreut und verlegen. Sie beugte sich zu mir hinunter. »Alles Gute«, sagte sie. »Wir werden in Gedanken bei dir sein! Lass dich nicht unterkriegen!«

Ich hatte einen Kloß in der Kehle. Johann knuffte mich in die Seite. »Kopf hoch!«, sagte er.

»Danke, Erika«, sagte ich leise. »Und grüße den Herbert von mir!«

»Mach ich«, sagte sie und strahlte mich an. »Du wirst sehen – alles wird gut werden!« Sie strich mir kurz über das Haar. »Und jetzt schaut, dass ihr wegkommt!«

Sie richtete sich auf. »Danke, Erika«, sagte ich wieder. »Vielen Dank!«

Sie schüttelte den Kopf und hob den Arm, um uns nachzuwinken. Johann fuhr an. Ich winkte zurück. »Puh«, sagte ich, als wir außer Sichtweite waren. »Ihr macht es einem ja mächtig schwer!«

»Wir sind noch nicht fertig«, antwortete Johann trocken. »Ich soll noch beim Josef vorbeifahren, hat er gesagt.«

Erstaunt sah ich ihn an. »Beim Josef?«, fragte ich.

»Der will noch seinen roten Teppich ausrollen«, sagte er. »Für dich! Ganz allein für dich!« An Josefs Hof hielten wir an und stiegen aus. Johann schob das schwere Holztor auf. Das Pferd stand mitten im Hof, den Kopf in der Haferkiste. »Ach du meine Güte«, sagte Johann kopfschüttelnd. Unkraut wucherte zwischen den Pflastersteinen. Die Tür eines Schuppens hing lose in den Angeln. Der Misthaufen war riesig. Plötzlich stand Josef vor uns. »Grüß Gott!«, sagte er.

Er war viel kleiner als wir; grinsend sah er zu mir empor. »Da ist ja der Herr Student«, sagte er. »Und wie fühlt man sich, wenn man sich auf Wanderschaft begibt?«

Ich hüstelte verlegen. »Es geht«, sagte ich.

»Mein Michael bringt lauter Einser heim«, sagte er stolz. »Mein Michael ist so begabt!«

»Von wem er das nur hat«, murmelte Johann.

Josef stieß ihn in die Rippen. »Drei Mal darfst du raten«, sagte er und warf sich in die Brust. »Von nichts kommt nichts!« Seine Augen funkelten. Er verschränkte die Arme vor der Brust. »Lass dir eines gesagt sein, junger Mann«, sagte er zu mir. »Eine Pflanze, die man abschneidet, verkümmert – verstehst du? Sie braucht das Erdreich!« Er nickte ernst vor sich hin. »Aber man kann sie auch mitsamt der Erde ausgraben und neu verpflanzen …«

»Der große Josef hat gesprochen!«, sagte Johann.

Josef wandte sich verächtlich ab. »Du – du verstehst so was eben nicht«, sagte er. »Du – du – Bauer!«

Johann grinste. »Danke, gleichfalls«, sagte er. Dann wurde er ernst. »Ich komme mal vorbei und mache den Mist«, sagte er. »Einverstanden?«

Josef zog den Kopf zwischen die Schultern. Plötzlich wirkte er noch kleiner, noch schmächtiger. »Bis vor kurzem hat mir der Michael geholfen, wenn er zu Besuch gekommen ist«, sagte er traurig. »Aber jetzt kommt er nur noch ganz selten.«

Er seufzte. Dann richtete er sich auf. »Luisa heult den halben Tag«, sagte er. »Weil der Bub nicht mehr auftaucht.« Er straffte die Schultern. »Vergiss nicht, was ich dir gesagt habe«, sagte er zu mir. »Und jetzt zieht ab!« Er lief zu seinem Pferd hinüber. »Ho!«, schrie er. »Ho! Ab in den Stall mit dir!« Das Pferd rührte sich nicht.

»Komm«, sagte Johann zu mir.

Ich nickte Josef zu. »Dann – auf Wiedersehen«, sagte ich.

»Schon recht«, antwortete er. Er zog und zerrte an dem

Halfter. »Du verdammter Klepper – nimm deinen dämlichen Kopf hoch!«

Johann schob mich zum Hoftor hinaus. »Los – es wird Zeit«, sagte er.

Eine Weile fuhren wir schweigend. Es regnete noch immer, und die Berge am Horizont waren kaum auszumachen. Einige der Äcker waren schon umgepflügt; Krähen pickten in der Erde. Johann räusperte sich. »Dort drüben werde ich Raps säen«, sagte er und deutete hinaus.

»Raps?«, fragte ich erstaunt.

»Als Kuhfutter« erklärte er.

Wir kamen an der Stelle vorbei, wo der Aussiedlerhof stehen würde. Johann hielt an, blieb aber sitzen. »Wenn du wiederkommst, wird es hier anders aussehen«, sagte er. »Nächste Woche ist Baubeginn!«

»Wann glaubst du, dass alles fertig sein wird?«

»Im Frühjahr«, sagte er. Plötzlich erinnerte ich mich an den letzten Winter. An die Küche, an das beschlagene Fenster, an Maria, die die Scheibe mit der Hand abwischte, die sich über das kalte Badezimmer beklagte. Zum ersten Mal an diesem Tag war ich froh, dass ich fortging; dass ich nicht noch einen Winter in unserer Küche erleben musste. Aber ich erinnerte mich auch an unsere Fahrt im Pferdeschlitten; wie kindlich naiv ich gewesen war; wie ich mich an ihrer Liebe gewärmt hatte. Das wäre jetzt nicht mehr möglich, dachte ich. Ich würde es nicht mehr aushalten, Maria so nahe zu sein. Schuldbewusst sah ich meinen Bruder von der Seite an. Wenn er wüsste, was in meinem Kopf vorging! Seine Hände lagen locker auf dem Lenkrad. Er stellte das Radio an; fand den Sender, den Maria ausgesucht hatte. Er lauschte kurz; dann drehte er so lange an dem Knopf, bis er Schlagermusik gefunden hatte. War er froh, dass sie nicht mit dabei war? Riesige Rübenfelder erstreckten sich zu beiden Seiten der Straße. Wie öde, wie verlassen das weite Ackerland unter dem trüben

Himmel lag. Wie würde ein Winter in der Stadt sein? Ich konnte es mir nicht vorstellen. Auf jeden Fall gäbe es mehr Licht, dachte ich, mehr Abwechslung – aber auch weniger Geborgenheit. Wie mich die Tatsache ängstigte, dass ich dort niemanden kannte!

»Manchmal – manchmal denke ich, dass es ihr nicht mehr bei uns gefällt«, sagte Johann plötzlich leise.

Erschrocken fuhr ich zusammen. Hatte ich richtig gehört? Ich schwieg verwirrt. Was erwartete Johann von mir? Dass ich mit ihm über Maria sprach? Er sah mich kurz an; dann lächelte er. »Ist schon gut«, sagte er. »Schau nicht so entsetzt! So schlimm ist es nun auch wieder nicht …« Er schien zu bereuen, was er gesagt hatte, denn er schlug mir mit der Hand auf mein Knie. »Ich bin gespannt, wie es für dich sein wird«, sagte er. »Du bist der erste Andres, der das heimatliche Nest verlässt!«

Ich grinste. »Wird schon irgendwie gehen«, sagte ich.

Die ersten Häuser standen rechts und links der Straße. »Wir sind gleich da«, sagte Johann.

Vor dem Kilianeum hielt er an. »Vergiss, was ich gesagt habe«, sagte er. Plötzlich hatte ich Angst, dass er ging – dass er mich hier alleinließ, dass er ohne mich dahin zurückging, wo ich all die Jahre in Sicherheit gewesen war. Er stieg aus, langte auf den Rücksitz und hob meine Tasche heraus. »Da«, sagte er.

Ich nahm sie ihm ab. Wir schauten uns an.

»Alles Gute«, sagte er.

Ich schluckte. »Danke«, sagte ich.

Er sah an dem hohen Gebäude hoch. »Du hast Mut, kleiner Bruder«, sagte er. Er stopfte sich sein Hemd in die Hose und lächelte mich an.

»Also – ich gehe dann«, sagte er.

»In Ordnung«, sagte ich. Johann hob kurz die Hand, dann wandte er sich ab. Er stieg ins Auto. »Kopf hoch!«, rief er noch. Er ließ den Motor an und fuhr davon.

Der Pförtner nickte mir zu, als ich vorbeiging. Langsam stieg ich die breite Steintreppe empor. Ein paar junge Männer kamen mir entgegen, aber sie beachteten mich nicht. Im dritten Stock lief ich den Flur hinunter, der zu meinem Zimmer führte; meine Schritte hallten laut auf den Fliesen. Ich hörte Stimmen, doch ich sah niemanden. Ich blickte durch eines der hohen Fenster auf einen Innenhof; dort standen ein paar Jungen zusammen und rauchten. Ich öffnete die Tür zu meinem Zimmer, blickte auf das Bett, den Schrank, den Schreibtisch, die kahlen Wände. Zögernd trat ich ein und schloss die Tür hinter mir und ließ mich auf den Stuhl fallen. Ich fühlte mich erbärmlich. Langsam zog ich den Reißverschluss meiner Tasche auf. Ich würde jetzt meine Sachen auspacken – und dann? Einen Rundgang durch die Stadt machen, befahl ich mir. Eins nach dem anderen. Ich räumte meine Sachen in den Schrank. Das Fenster ging zur Straße hinaus; als ich es öffnete, hörte ich Motorenlärm, Hupen, Rufe, das Bellen eines Hundes. Ich lehnte mich gegen den Fensterrahmen. Gegenüber waren hohe Wohnhäuser, rechts daneben eine Baustelle. Im Hintergrund sah man die schlanken Türme des Doms. Menschen hasteten unten vorbei. Hier würde ich von jetzt an leben! Ich dachte an unseren Hof; an Johann, der nun wohl bald wieder zuhause war; an Maria, die in der Küche das Essen zubereitete. Maria! Brüsk wandte ich mich ab. Ich nahm meine Jacke aus dem Schrank und zog sie an. Dann ging ich hinaus. Diesmal lief ich den Flur in die andere Richtung hinunter; bald hörte ich Stimmen, die lauter wurden. In einem großen Raum, in dem ein Sofa und mehrere Sessel standen, saßen ein paar Jugendliche; einer von ihnen sah zu mir herüber. »Ein Neuer«, sagte er und grinste mich an.

Eingeschüchtert trat ich näher. Alle drehten sich zu mir um. »Ich – ich heiße Nikolas«, sagte ich leise.

Neugierig musterten sie mich. Sah man mir an, dass ich von einem Bauernhof kam? Sicherlich; vielleicht roch ich ja noch nach Stall, vielleicht klebte Mist an meinen Stiefeln? Wann hatte ich sie das letzte Mal geputzt?

»Entspann dich«, sagte einer von ihnen, dessen Bein lässig über der Sessellehne hing. »Man kann's hier aushalten – alles paletti!«

»Komm rein«, sagte ein anderer.

Ich machte ein paar Schritte in das Zimmer hinein. »Hey – wo kommst du her?«, fragte der, der mich angegrinst hatte.

»Aus M.«, sagte ich.

»M.?«, fragte er zurück. »Kennt hier irgendjemand M.?«

Alle lachten. Unsicher trat ich von einem Bein auf das andere. »Ist eine kleine Stadt südlich von hier«, erklärte ich zögernd.

»Schon gut«, sagte er. »Muss man ja nicht kennen, oder?«

Ein anderer mischte sich ein. »Liegt hinter den Gollerbergen«, sagte er. »Ich bin da schon mal durchgefahren.« Sie schwiegen.

»Und – und wo kommt ihr her?«, fragte ich schüchtern.

»Aus Käffern rund um W.«, sagte einer. Also kamen auch sie von Bauernhöfen?

»Wir sind schon lange hier«, sagte ein Dritter. »Gleich nach der Grundschule ging's ab ins Semi!«

»Ins Semi?«, wiederholte ich fragend.

»Priesterseminar«, erklärte er. Ich sah von einem zum anderen. »Und – wollt ihr Priester werden?«

Einer nickte, aber die anderen drei schüttelten den Kopf. »Bloß nicht«, sagten sie und grinsten.

Der, der genickt hatte, war klein und hatte rötlichbraune Haare. »Ich heiße Andreas«, sagte er zu mir. »Und das hier sind Jürgen, Wolfgang und Paul.«

An diesem Tag begann mein neues Leben. Wie unzulänglich ich mich fühlte! Doch zu meinem großen Erstaunen kam ich zurecht. Und nicht nur das: ich begann zu genießen, was die

Stadt mir bot. Wie in Trance lief ich, wenn ich Zeit hatte, durch die Straßen. Was für eine Fülle von Eindrücken! Ich ging am Fluss entlang, über den frühmorgens Nebelschwaden zogen, ich beobachtete die schweren Lastkähne, die sich leise tuckernd stromaufwärts kämpften, ich lauschte den tiefen Glocken des Doms; manchmal setzte ich mich in ein Café und folgte den Menschen, die vorübergingen, mit den Blicken, versuchte mir ihre Schicksale vorzustellen. Zum ersten Mal in meinem Leben erfuhr ich, wie es ist, unerkannt in einer Menge unterzutauchen. Es war schwindelerregend, dass niemand von mir wusste – hier war ich ein unbeschriebenes Blatt! Niemand kannte mich als Bauernkind, als Sohn des Ehepaares Andres. Ich war unsichtbar. Ich war frei. Hier könnte ich mich noch einmal neu erfinden! Ich schrieb Gedichte und, zum ersten Mal, kleine Erzählungen, schrieb sie in einem mit Plüschsesseln ausgestatteten Café, an einem Mokka nippend, als hätte ich mein Lebtag nichts anderes getan. Und ich lernte, mir Fragen zu stellen, Fragen, die sich nicht auf das tägliche Einerlei bezogen. Was war Selbstbestimmung? Was hatte es mit der Verantwortung auf sich, die man sich selber gegenüber trug? Was war Moral? Warum gab es sie? All diese Gedanken waren neu, aufregend neu. Ich lernte, so zu sprechen wie die anderen. Ich ging in die Lesung eines bekannten Schriftstellers, nahm all meinen Mut zusammen und händigte ihm meine letzte Erzählung aus, die von unserem Stadtausflug handelte, mit der Bitte, dass er sie lesen möge. Aufgeregt wartete ich auf Antwort. Meine Geschichte sei gut erzählt, schrieb er mir, sie sei ergreifend, sie sei traurig, sie wirke echt und er könne mir nur Mut machen, weiterzuschreiben! Ich war außer mir vor Freude. Zukunftsvorstellungen, eine verlockender als die andere, verdrehten mir den Kopf. Ich würde Schriftsteller werden! Ich würde Bücher schreiben, Bücher, die gelesen würden! War es nicht gut, dass ich meine Heimat verlassen hatte, diese Enge, dieses beschränkte Leben!

Einmal saßen Wolfgang, Jürgen und Andreas und ich abends im Aufenthaltsraum zusammen. »Am nächsten Wochenende muss ich heim«, sagte Wolfgang.

Ich spitzte die Ohren.

»Ich muss beim Bau der neuen Scheune mithelfen«, sagte er.

»Habt ihr einen Bauernhof?«, fragte ich.

»Ja«, sagte er. Er zuckte die Achseln. »Ich hätte ihn übernehmen sollen, aber ich habe mich geweigert! Tagein, tagaus im Stall und auf dem Feld – danke, nein, das ist nichts für mich!«

»Und was wird jetzt aus dem Hof?«

»Meine Schwester nimmt ihn«, sagte Wolfgang. Er sah mich an. »Die ist noch zu haben!« Er grinste.

»So weit kommt es noch«, sagte ich großspurig. »Bauer sein? Nein danke!« Ich lachte ein bisschen zu laut. »Bin froh, dass ich das hinter mir habe!«

»Bist wohl auch ein entlaufener Sklave?«, fragte Jürgen.

»Sieht man das denn nicht?«, fragte ich zurück.

»Keine Ahnung«, sagte Wolfgang.

Jürgen schlug mir auf die Schulter. »Wie auch immer – willkommen im Club«, sagte er.

Unentwegt dachte ich an Maria. Was tat sie gerade? Wie ging es ihr? Ich sah ihr schmales Gesicht mit den hohen Wangenknochen vor mir, ihre Augen, ihre Haare, die ihr in die Stirn fielen. War diese Welt, in der ich nun lebte, nicht viel mehr die ihre als das Leben auf unserem Hof? War sie nicht ein Mensch, der das brauchte, was nur die Stadt zu bieten hatte: Abwechslung, Vielfalt, Anregung? Ich erinnerte mich daran, wie sie von Paris geschwärmt hatte. Wieder fiel mir ein, wie sie die Fensterscheibe in der Küche blankgewischt und geseufzt hatte. Wie sie an ihren Kleidern gerochen hatte. Und hier: hier gab es Cafés mit blitzenden Spiegeln und Kronleuchtern, hier gab es ein Theater, hier gab es eine Universität, an der studiert wurde, an der auch Maria studieren könnte, wenn … wenn sie nicht Johanns Frau wäre. Gab es so etwas: falsche Entscheidungen? Würde es ihr hier nicht viel besser gehen – hier bei mir? Welch ein Gedanke! Meine Mutter kam mir in den Sinn. Meine Mutter hatte immer gewusst, was richtig und falsch war. Für sie war Marias Platz an der Seite ihres Mannes – lebenslänglich. Aber wenn es auch noch eine andere Wahrheit gab – eine innere Wahrheit, eine individuelle Wahrheit? Die mit der Freiheit zu tun hatte, immer wieder zu neuen Entscheidungen zu kommen, Entscheidungen, die man aus sich selbst heraus treffen musste?

So vergingen die Wochen. Schnee war gefallen, doch in der Stadt nahm man ihn kaum wahr; gräuliche Reste davon häuften sich auf den Bürgersteigen, von irgendjemandem zusammengekehrt. Eisschollen trieben über den Fluss. Wenn es dunkel wurde, verwandelte sich die Stadt in ein Lichtermeer. Ich lief durch die Straßen, wärmte mich von Zeit zu Zeit in einer Wirtschaft auf, schrieb oder lernte, und lief weiter.

Drei Tage vor Weihnachten stellte ich mich an die Straße und hielt den Daumen heraus. Es hatte wieder zu schneien begonnen, und wenn ich den Kopf in den Nacken legte, war mir, als würde ich hineingezogen in den Wirbel der tanzenden Flocken. Ich hatte Glück und fand einen Wagen, der mich bis nach M. mitnahm; der Fahrer war zu Verwandtenbesuchen in ein Dorf jenseits der Gollerberge unterwegs. Ich ließ mich an der Schmiede absetzen und lief auf unseren Hof zu. Dort an dem Ring hatte Maria Ronja angebunden, als sie sie das erste Mal putzte, dort stand immer ihr Fahrrad. Leise schob ich den Riegel zurück. Ich sog den Geruch nach Heu und Mist ein. Es war still. So still war es nur selten bei uns. Kein Traktor ratterte, keine Kuhkette klirrte. Dumpf vor sich hin blickend, lagen die Kühe wiederkäuend im Stroh. Der Misthaufen war von einer dicken Schneeschicht bedeckt. Langsam ging ich den Betonweg hinauf. Mein Magen zog sich schmerzhaft zusammen. In wenigen Augenblicken würde ich Maria gegenüberstehen … Bento kam mir schwanzwedelnd entgegen und drückte sich an mich. Neben seiner Hütte blieb ich stehen und schaute in das Fenster hinein. Meine Mutter saß schlafend in ihrem Sessel. Maria wandte mir den Rücken zu. Ihre Haare waren nachlässig im Nacken zusammengebunden. Sie trug einen alten Pullover von Johann, Jeans und eine Schürze. Maria! Langsam, wie in Zeitlupe, wandte sie sich um. Ein Lächeln glitt über ihre Züge. Ich starrte sie an. Einen Augenblick lang sahen wir uns in die Augen. Dann war sie mit ein paar Schritten am Fenster und riss es auf.

»Nikolas!«, rief sie. »Schleichst dich da von hinten an!«

Ich lächelte verlegen. »Hallo, Maria«, sagte ich.

»Du – du hast dich verändert«, sagte sie, plötzlich ebenfalls verlegen. Sie schaute mich genau an. »Du wirkst viel – erwachsener … Komm rein!«

Auch sie hatte sich verändert, fand ich; sie sah müde aus. Ich trat ein.

»Komm!« Sie streckte mir ihre Hand entgegen. »Ich freue mich so, dass du gekommen bist!« Ihre Augen strahlten. »Setz dich! Hast du Hunger? Es gibt in einer halben Stunde Essen!«

Ich schüttelte den Kopf. »Eigentlich noch nicht«, sagte ich.

»Erzähl!«, rief sie. »Erzähl, wie es in der Stadt ist!«

Ich räusperte mich. In diesem Augenblick erwachte meine Mutter. Verwirrt sah sie um sich, dann erkannte sie mich. »Mein Bub ist da!«, sagte sie leise.

Ich trat zu ihr hin und beugte mich nieder. Sie strich mir über die Haare. »Du lässt dich ja überhaupt nicht mehr sehen!« Sie musterte mich. »Und, Maria, wie findest du ihn?«

Maria begutachtete mich. »Älter«, sagte sie dann.

Meine Mutter nickte. »Und fremder«, sagte sie, und es klang traurig.

Ich richtete mich auf. Maria machte sich am Herd zu schaffen. Mein Blick glitt über die rußgeschwärzte Wand, den Spiegel, das Waschbecken. »Wie weit ist euer Hof?«, fragte ich.

»Wächst und gedeiht«, antwortete Maria kurz.

Eine Weile wusste ich nicht, was ich sagen sollte.

»Komm schon«, sagte Maria. »Erzähl doch ein bisschen!«

Ich ließ mich auf einem Stuhl nieder. »Es – es ist nicht schlecht«, begann ich zögernd. »Es ist einfach anders … ganz anders …«

Maria sah mich von der Seite an. »Kann ich mir vorstellen«, sagte sie.

Meine Mutter hielt ihren Blick auf mich gerichtet. Mir war unbehaglich zumute. Wenn ich ausspräche, was ich dachte, wäre sie sicherlich betrübt – und Maria? Das Beste wäre, mich mit ein paar Belanglosigkeiten aus der Affäre zu ziehen.

»Ich habe fast den ganzen Tag Unterricht«, sagte ich vage. »Und die anderen Jungs sind ganz nett.«

Maria rührte in einem Topf. Wahrscheinlich dachte sie jetzt, dass ich ein Langweiler war!

Sie seufzte. »Bist ja nicht sehr gesprächig«, sagte sie enttäuscht. Das Feuer knisterte im Herd. Draußen hörte man schwere Schritte, und dann wurde die Tür aufgerissen. »Sieh mal an – der kleine Bruder ist wieder da!«, sagte Johann erfreut. Er zog seine Stiefel aus und trat auf mich zu. »Lass dich ansehen – er schaut gut aus, nicht wahr, Maria?«

»Kann man wohl sagen«, antwortete sie mit Nachdruck. »Aber erzählen will er nichts … Typisch Andres – eine schweigsame Sippe!«

Das wollte ich mir nicht vorwerfen lassen – schon gar nicht von ihr!

Ich räusperte mich. »Man ist den ganzen Tag unter Menschen – und keiner kennt einen«, begann ich zögernd. »Und man kann sich mitten am Tag in ein Café setzen und die

Leute beobachten – und alles ist hell, man kriegt überhaupt nicht mit, welche Jahreszeit gerade ist, versteht ihr …«

Ich brach ab. Wenn mich nur nicht alle ansehen würden! Meine Mutter schüttelte schweigend den Kopf. Maria drehte sich zu mir um. »Und weiter?«, fragte sie.

»Das wisst ihr doch alles selber – man kann in Konzerte gehen und ins Theater und ins Kino …«

Maria sah Johann an. »Wir waren vor kurzem auch im Theater«, sagte sie.

Überrascht starrte ich sie an. »Und – wie war es?«

»Es war ein Bauernschwank«, sagte Maria trocken. Über Johanns Gesicht glitt ein Schatten, aber er sagte nichts. Maria stützte die Hände in die Hüften. »Los! Erzähl weiter!«

»Na ja – was soll ich sagen – es ist einfach immer was los!«

Ich war plötzlich müde. Was wollte sie nur von mir!

»Ganz im Gegensatz zu hier«, sagte sie, plötzlich in einem ganz anderen Tonfall. »Frag mich mal, was hier los ist – komm schon, frag!«

»Was soll das«, sagte Johann ärgerlich.

»Ich will doch nur, dass er mir eine Frage stellt – eine ganz normale Frage! Was ist denn da dabei? Los, Nikolas – du möchtest doch bestimmt wissen, was es bei uns Neues gibt, nicht wahr? Nicht wahr?«

Verlegen rutschte ich auf meinem Stuhl herum. Sie sah mich herausfordernd an. »Also, wenn du es genau wissen willst – es gibt gar nichts Neues, verstehst du? Gar nichts! Es ist alles immer immer immer gleich!«

Fassungslos sah ich sie an. »Du brauchst mich gar nicht so anzustarren! Ich sage nur, was Sache ist …«

Johann fiel ihr ins Wort. »Jetzt reicht es aber«, sagte er wütend. »Hör auf! Und lass den Nikolas in Ruhe!«

Maria wandte sich zum Herd um. Plötzlich fing sie an zu weinen. Erschüttert starrte ich auf ihre bebenden Schultern. So schlimm stand es also!

Johann ließ sich auf einen Stuhl fallen. Sein Gesicht war verschlossen. Meine Mutter wiegte sich unglücklich hin und her. »Übermorgen ist doch Weihnachten!«, sagte sie schließlich bekümmert. Maria schluchzte auf. Langsam drehte sie sich um. »Es – es tut mir leid«, sagte sie leise. Dann lief sie zu Johann und beugte sich zu ihm hinunter. »Ich – ich weiß nicht, was über mich gekommen ist«, sagte sie. Sie sah zu mir her. Tränen rannen ihr immer noch über die Wangen, und sie wischte sie mit der Hand ab.

»Ist schon gut«, sagte Johann traurig.

Ich nickte ihr zu. Sie lächelte zaghaft zurück.

Am Morgen des Vierundzwanzigsten blies ein warmer Wind vom Süden her, und der Schnee schmolz und rann, mit Gülle vermischt, in Bächen den Hof hinunter. Gegen Mittag begann es zu regnen. Schwarze Wolkenfetzen stoben über den grauen Himmel. Am Nachmittag frischte der Wind auf und rüttelte an den Fensterscheiben und pfiff um die Mauern. Maria wirkte unruhig und fahrig und sah immer wieder von dem, was sie gerade tat, auf, als warte sie auf irgendetwas. Nachdem wir Kaffee getrunken hatten, richtete sich meine Mutter plötzlich in ihrem Sessel auf. »Bringt mir den Stock!«, befahl sie. Mühsam zog sie sich daran hoch. »Heute muss ich in die Kirche!«

Johann schüttelte den Kopf. »Hör auf, Mama, das geht doch nicht«, sagte er.

Meine Mutter stieß den Krückstock energisch in den Boden. »Solange ich lebe, vergeht bei mir kein Weihnachten ohne Gottesdienst!« Vorwurfsvoll sah sie Maria an. Dann wandte sie sich an mich. »Bring mir meinen Mantel, Nikolas!«

Johann seufzte. »So warte doch – wir gehen alle zusammen«, sagte er.

Maria trat einen Schritt zurück. »Ich komme nicht mit«, sagte sie.

Meine Mutter sog hörbar die Luft ein. »Heute ist nicht irgendein Tag, weißt du«, sagte sie.

Maria schwieg still. Meine Mutter kam langsam zu ihr herüber und blieb vor ihr stehen. »Es täte dir gut, Kind«, sagte sie bestimmt.

Maria schüttelte den Kopf. »Was für dich gilt, gilt nicht für alle«, sagte sie ruhig.

Wir starrten sie an. Jetzt ging sie aber entschieden zu weit! Meine Mutter war krank – nahm sie denn überhaupt keine Rücksicht? Diese aber straffte die Schultern. »Du überschätzt dich und deine Kraft«, sagte sie langsam. »Der Mensch muss auch seine Grenzen kennen!«

Maria wandte sich ab. »Geht ihr nur«, sagte sie. Irrte ich mich, oder hatte es nicht einen kurzen Moment des Zauderns, der Unsicherheit gegeben? Sie war blass; nur auf ihrem Hals brannten rote Flecken. Johann stand auf. »Ich hole den Wagen«, sagte er kurz.

Ich zögerte. Sollte ich mitgehen? Dableiben? Nein, das konnte ich meiner Mutter nicht antun. Ich vermied es, Maria anzusehen, als wir uns anzogen. Ich kam mir feige vor. Sie wenigstens stand zu ihrer Überzeugung! Aber, was glaubte ich denn?

Als wir zurückkamen, fanden wir sie in der Wohnstube, wo der Tannenbaum stand, eine kleine Fichte, die sie und Johann am Vorabend geschmückt hatten. Sie saß davor und starrte darauf. Johann ging zum Fernseher und drehte ihn an. Ruckartig wandte sich Maria um. »Du machst den Fernseher an?«, fragte sie spöttisch. »Also wirklich!«

»Was hast du denn da schon wieder dagegen«, brummte Johann ärgerlich. Ein Kinderchor sang Weihnachtslieder. Maria stand auf und ging hinaus. Johann atmete aus. Wir starrten auf den Bildschirm. Plötzlich ging die Tür wieder auf, und Maria streckte ihren Kopf herein. »Geschenke gibt es wohl nicht in diesem Haus?«, fragte sie spitz.

Johann stöhnte auf; dann schaltete er den Fernseher aus. »Ich weiß nicht, was sie hat«, sagte er leise zu mir.

»Was gibt es hier zu flüstern?«, fragte sie und sah mich auffordernd an. Ich wurde rot. »Nichts«, antwortete ich lahm.

Ich ging in mein Zimmer, um meine Geschenke zu holen. Für Maria hatte ich ein Parfum ausgesucht – eines, das mich an dasjenige erinnerte, das sie getragen hatte, als sie zu uns gekommen war. Für Johann gab es einen Pullover und für meine Mutter ein Paar warme Hausschuhe. Auf dem Gang begegnete ich Maria. »Weihnachten ist schrecklich«, sagte sie traurig.

Hilflos starrte ich sie an. Sie wirkte angespannt. »Immer wartet man auf etwas, und es kommt nicht!«

Sie stand ganz nah vor mir. Am liebsten hätte ich meine Hand auf ihr Haar gelegt, auf ihr dichtes lockiges Haar, das im Schein der Lampe schimmerte. Mit einem Mal schien sie so – so verletzlich, als wäre ihre Härte nur aufgesetzt. Ich räusperte mich. »Da müssen wir durch«, sagte ich forsch.

Sie lächelte abwesend. »Ach, Nikolas«, seufzte sie. »Du hast gut reden!«

Die elektrischen Kerzen auf dem Weihnachtsbaum verströmten ein helles, kaltes Licht und spiegelten sich in den roten Kugeln. Johann hielt Maria sein Geschenk hin. Sie sahen sich in die Augen. »Für dich«, sagte er knapp. »Damit du nicht mehr frieren musst!«

Um Marias Mund spielte ein Lächeln. Langsam wickelte sie das Paket aus. Es war ein Lammfell. Sie strich mit der Hand darüber. »Es ist schön weich«, sagte sie leise. »Danke!«

Johann hüstelte verlegen. »Passt schon«, sagte er. Er sah auf das Fell unter Marias Hand.

»Ich – ich habe auch etwas für dich«, sagte ich schnell und reichte ihr mein Päckchen. Sie knotete es auf. »Was mag das sein? Oh – Nikolas!« Entzückt schraubte sie den Deckel des Parfumfläschchens ab. »Es duftet herrlich! Wo hast du es her?

Ach, ich weiß schon, aus W., nicht wahr? Hier gibt es das nämlich nicht!« Sie tupfte sich ein wenig auf den Finger und verteilte es hinter den Ohren. »Da – riech mal!« Sie kam zu mir herüber und hielt ihren Kopf nahe an den meinen. Ihre Augen blitzten.

»Riecht gut!«, sagte ich verlegen. Aus den Augenwinkeln bemerkte ich, dass Johann mich seltsam ansah. Maria küsste mich auf die Wange. »Danke!«, rief sie aus. »Das ist wirklich lieb von dir!« Doch plötzlich ging ein Schatten über ihr Gesicht. »Wird sich schon eine Gelegenheit dafür finden«, sagte sie. »Nicht wahr, Nikolas?«

»Wieso auch nicht«, sagte Johann kühl. Er starrte auf seine Hände, die er im Schoß verschränkt hielt. Maria sah ihn kurz von der Seite an. »Ach, Johann«, sagte sie.

»Was ist?«, fragte er.

»Gar nichts ist«, sagte sie.

Meine Mutter seufzte. »Ich möchte ein Schläfchen machen«, sagte sie.

Wir tauschten die restlichen Geschenke aus.

»Und was kommt jetzt?«, fragte Maria, als alles verteilt war. Unruhig stand sie auf. »Wir sollten vielleicht etwas spielen«, schlug sie vor.

Johann schüttelte den Kopf. »Zeit für den Stall«, sagte er.

Maria sah ihn entrüstet an. »Und das war's dann?«

»Was meinst du damit«, fragte Johann zurück.

»Na ja – schließlich ist doch Weihnachten! Was haben wir da letztes Jahr gemacht?«

»Auch nichts anderes«, sagte Johann. »Aber da war dir das noch genug!«

Maria stützte die Hände in die Hüften. »Was willst du damit sagen?«, fragte sie erregt.

Johann antwortete nicht.

»Nikolas, bring mich in mein Bett«, sagte meine Mutter. »Ich bin müde.«

Ich half ihr aus dem Sessel.

»Das Problem ist«, sagte Maria leise, »das Problem ist, dass du – dass du alles so hinnimmst – egal was, du nimmst es hin, wie ein – wie ein …« – »Wie ein was?«

Maria schüttelte den Kopf. »Ist ja auch egal«, sagte sie schnippisch. Sie knetete ihre Hände. »Man kann doch nicht immer alles so akzeptieren – so fraglos!«

»Bis vor kurzem war dir das recht«, sagte Johann bitter. »Bis vor kurzem hat es dir gereicht, was ich dir zu bieten hatte.« Er stand auf und wandte sich ihr zu. »Mehr ist nicht zu holen«, sagte er traurig. »Entweder du gibst dich damit zufrieden – oder du lässt es bleiben!«

Meine Mutter blieb stehen. »Bitte hört doch auf zu streiten!«, bat sie unglücklich. »So geht das doch nicht!« Sie strich sich ihre Haare aus dem Gesicht. »Maria! Johann!«

Johann war mit ein paar Schritten bei der Tür. »Es ist schon vorbei«, sagte er.

Die Tür fiel hinter ihm ins Schloss. Meine Mutter sah Maria an. »Eine Frau muss sich ihrem Mann unterordnen«, sagte sie bestimmt. »Ich hoffe, du lernst das – bevor es zu spät ist!«

Am nächsten Morgen war Maria allein in der Küche, als ich herunterkam. Sie füllte einen Truthahn mit Hackfleisch. »Morgen, Nikolas«, sagte sie. Sie nahm eine Nadel, fädelte einen dicken Faden ein und begann, den Truthahn zuzunähen.

»Du machst das wie ein Profi«, sagte ich bewundernd.

Sie lächelte. »Deine Mutter hat mir genau gesagt, wie ich es anstellen muss«, sagte sie. »Wenigstens diesen Gefallen will ich ihr tun!« Sie wandte sich mir zu. »Und – wie ist es, wieder zuhause zu sein?« Sie schaute mich fragend an. Die Fältchen um ihren Mund hatten sich vertieft, und plötzlich, und nicht zum ersten Mal, fiel mir auf, dass sie eine gewisse Ähnlichkeit mit ihrer Mutter hatte. Ich räusperte mich. Jetzt war eine Gelegenheit, mit ihr darüber zu sprechen, wie es mir in der Stadt ging; jetzt war, dachte ich, eine Gelegenheit, sie auf meine Seite zu ziehen. War es nicht das, was ich wollte? Sie hielt in ihrer Arbeit inne. »Kann es sein, dass es dir besser gefällt, als du uns glauben machst?«, fragte sie.

Ihre weit offenen braungrünen Augen waren auf mich gerichtet. Ich hielt ihrem Blick stand. »Es ist – klasse«, sagte ich leichthin.

Ihre Augenbrauen zuckten in die Höhe.

»Was du nicht sagst«, meinte sie trocken.

Sie nahm ihre Nadel wieder auf und versuchte, durch die Haut des Truthahns zu stechen, doch offensichtlich war eine dicke Fettschicht darunter, und sie musste mehrmals ansetzen, bis die Nadel hindurchglitt. Winzige Schweißperlen standen auf ihrer Stirn. »Mach das Fenster auf, bitte«, sagte sie.

Dann schwieg sie eine Weile. Eine Haarsträhne fiel ihr in die Stirn. »Weißt du«, begann sie plötzlich, doch sie führte ihren Satz nicht fort. Stattdessen richtete sie sich wieder auf. »Komm mal her!«, befahl sie.

Zögernd trat ich näher. »Halt mal das Vieh – dann geht es leichter!«

Ich tat wie geheißen. Ganz nahe stand ich bei ihr – und ich roch ihr Parfum. Mein Parfum! Sie hob den Kopf und sah mich an. »Hast du – hast du eigentlich schon einmal geliebt?«, fragte sie, und ein seltsames Lächeln spielte um ihre Mundwinkel. Ich wurde rot.

»Also ja«, sagte sie. »Dachte ich mir!«

Was wollte sie damit sagen?

»Lebt sie in der Stadt?«, fragte sie.

Hilflos schüttelte ich den Kopf.

»Ist schon gut – ich wollte dir nicht zu nahe treten!«

Wieder stach sie durch die Haut; der Faden machte ein Zickzackmuster darauf, und zwischen den Stichen quoll ein wenig von der Fülle hervor. Ihre Hände waren rot von dem Paprikagewürz, das sie vorher in die Haut gerieben hatte.

Ich sah auf ihren Nacken. Als hätte sie meinen Blick gespürt, warf sie ihre Haare zurück. Die Uhr tickte leise.

»Heute Nacht habe ich geträumt, dass ich ganz schnell rennen muss, auf der Flucht vor irgendetwas, aber nicht vom Fleck komme«, sagte sie plötzlich. »Und einen Koffer musste ich packen, aber ich habe meine Zahnbürste und meine Kleider nicht gefunden!« Sie lachte nervös. »Hast du solche Träume auch?« Sie wartete meine Antwort nicht ab. »Es war schrecklich! Als steckte ich bis zu den Knien in einer Masse, die zäh wie Gummi war …«

Ob sie Johann auch von ihren Träumen erzählte? Frühmorgens, wenn sie neben ihm erwachte? Legte sie ihren Kopf auf seine Brust? Oder drehte sie sich weg von ihm zur Wand, schweigend?

Sie hielt inne und starrte mich an. »Woran denkst du?«, fragte sie.

»An gar nichts«, sagte ich leichthin.

»Das glaube ich dir nicht«, sagte sie. Ich schluckte. Was würde sie tun, dachte ich plötzlich, wenn ich über ihr Haar streichen würde? Es zuckte mir in den Fingern. Ganz nah war ihr Gesicht, ihr Lächeln, ihr leicht geöffneter Mund.

»Und manchmal träume ich von einem riesigen weiten Feld, und ich stehe darauf und bin ganz allein!« Sie wandte sich dem Truthahn zu und stach in die Haut. »Wenn ich mich nicht beeile, wird das heute nichts mehr mit dem Braten«, sagte sie, mit einem Mal ganz nüchtern. »Komm, hilf mir!«

Nach ein paar Stichen war sie fertig. Sie hob den Truthahn hoch und legte ihn vorsichtig in einen Bräter. Sie lächelte.

»Jetzt hast du mir wieder nichts erzählt«, sagte sie. »Immer entkommst du mir!« Sie drohte mir mit dem Finger. »Aber warte nur – ich kriege dich schon noch so weit!«

Mir war ganz schwach in den Knien. Ich hätte nicht heimkommen sollen, dachte ich mit einem Mal. Es war solch eine Qual, ihr nahe zu sein! Ich wandte mich ab.

»Ich gehe in den Stall«, sagte ich heiser. Ich lief zur Tür.

»He – Nikolas«, sagte sie hinter mir. »Du hast doch noch gar nichts gefrühstückt!« Ich drehte mich um. »Ich – ich frühstücke später«, sagte ich.

Stumm verrichteten wir im Stall unsere Arbeit. Ich sah die Reihe der Kühe hinauf und hinunter und lauschte den vertrauten Geräuschen, dem Brummen der Melkmaschine, dem Malmen der Tiere. Ich sah, dass die Fenster immer noch dreckig waren. Plötzlich fragte ich mich, ob es den Kühen gutging – den ganzen Tag angekettet, nie auf einer Weide, und ich erinnerte mich daran, wie Maria Bento losgebunden hatte, kurz nachdem sie zu uns gekommen war. Was hatte Maria gedacht, als sie das erste Mal bei uns gewesen war? Was dachte sie jetzt, wenn wir die Kälbchen schon nach ein paar Tagen ihren Müttern wegnahmen? Ich sah zu Johann hinüber. Verdrossen zog er den Mist zwischen den Beinen der Kühe hervor und warf ihn auf die Schubkarre. Ich atmete den Tiergeruch ein. Ich dachte an die vielen Male, die wir beide hier zusammen gearbeitet hatten, an die Selbstverständlichkeit, mit der wir uns die Arbeit teilten, an das Gefühl der Geborgenheit, der Heimeligkeit, das daraus erwuchs, dass das, was man tat, einen Sinn hatte. Und jetzt? Warum hatte jetzt alles eine Kehrseite? Wieder sah ich meinen Bruder an. Sah ihn mit den Augen von Maria. Tiefe Linien zogen sich von der Nase zu seinen Mundwinkeln hinunter. Er wirkte bitter und alt. Es tat mir weh, ihn so zu sehen, aber gleichzeitig machte es mich auch wütend. Warum tat er denn nichts!

»Könnte glatt sein, dass wir ein Weihnachtskalb bekommen«, sagte er langsam.

Ich antwortete nicht. Auf einmal fühlte ich mich einsam – als wäre eine Verbindung abgerissen, die es noch bis vor kurzem gegeben hatte. Ich fröstelte trotz der dumpfen Wärme, die die Kuhleiber verströmten. Ich sah mich um. Alles war, wie es immer gewesen war, solange ich denken konnte. An den Wänden klebten die Schwalbennester dieses Sommers, verlassen nun und ohne das leise Gezwitscher, das sonst daraus hervordrang, wenn die Jungvögel auf ihre Eltern warteten. Spinnweben hingen von der Decke und zitterten leicht im Luftzug. Ruhig standen die Tiere, eins neben dem anderen, die Schwänze bewegten sich kaum. Johanns Mistgabel klirrte über den Boden. Er ging nach draußen und gabelte Strohbündel auf und kam wieder herein und verteilte sie. Wie lange tat er diese Arbeit schon, und wie lange würde er sie noch tun? Unmerklich schüttelte ich den Kopf. Warum erschien mir Kontinuität auf einmal so – anrüchig? Johann löste die Melkzapfen von den Eutern.

»Ich geh mal ein bisschen spazieren«, sagte ich.

Er sah mich abwesend an. »Schon gut«, sagte er kurz.

Wenn er nur ein wenig gelächelt hätte; ich hätte mich besser gefühlt.

Als ich aus dem Hoftor trat, sah ich den Schmied, der sich an seinem alten Fahrrad zu schaffen machte. Er richtete sich auf. »Sieh mal einer an, der Städter ist wieder da«, sagte er grinsend. »Dass du überhaupt noch einen Fuß auf eure Klitsche setzt!«

»Morgen«, antwortete ich kurz.

»Pass nur auf«, sagte er. »Über kurz oder lang kommst du gar nicht mehr heim – das ist immer so, verstehst du? Wenn einer erst mal weg ist, hat er bald Besseres zu tun!« Er nickte vor sich hin. »Jaja«, sagte er, »das ist der Lauf der Welt! Wer will denn von euch Jungen schon noch dableiben und die Drecksarbeit machen!«

»Ich muss los«, sagte ich kurz.

Er grinste wieder. »Hast du schon von dem alten Josef gehört?«

Ich schüttelte den Kopf.

»Der liegt im Krankenhaus«, sagte er bedeutungsvoll. »Sein Gaul hat ihn an die Wand gequetscht und ihm ein paar

Rippen gebrochen! Ist selber schuld, der alte Angeber, wenn du mich fragst!«

Erschrocken starrte ich ihn an.

»Aber denk bloß nicht, dass sein Sohn ihn besucht! Die Tochter ja, aber sein Augapfel lässt sich nicht blicken ... Ich habe es dir ja gesagt: Wer einmal weg ist, kommt nicht wieder!« Er ließ seinen Blick über mich schweifen. »Sei froh, dass du mich getroffen hast! Jetzt bist du wenigstens auf dem Laufenden! Musst doch wissen, was bei uns Wichtiges passiert ...« Er kicherte. »Der Johann hat ja nur noch Augen und Ohren für sein Weib! Da muss er sich schon ganz schön ins Zeug legen, dass er die halten kann, nicht wahr?«

Alte Dreckschleuder, dachte ich wütend. Was sich die Männer wohl beim sonntäglichen Stammtisch erzählen mochten?

»Wiedersehen«, sagte ich kurzangebunden und wandte mich zum Gehen.

»Wiedersehen«, sagte der Schmied, und ich spürte, wie er mir nachsah. Ich begann zu rennen. Lief über den Marktplatz, der wie ausgestorben dalag, am Haus des Ammerbäck vorbei und aus der Stadt hinaus. Je weiter ich vorankam, desto schmutziger wurden die Straßen, wo die Reifen der schweren Traktoren Erdspuren hinterlassen hatten. Bald waren rechts und links nur noch Felder, umgepflügt und graubraun unter dem stetig nieselnden Regen. Um ein Haar wäre ich auf dem Matsch ausgeglitten. Ich fluchte. Mein Atem ging stoßweise, als ich den Hang hinaufrannte. Krähen schrien über mir. Oben angekommen, sah ich auf die umliegenden Berge mit ihren kahlen Bäumen. Wie abgeschieden dieser Ort lag! Wie sich die Menschen hier übereinander das Maul zerfetzten! Es gibt auch andere, sagte ich mir. Denk an den alten Josef, denk an Erika – aber trotzdem. Erst als ich wieder regelmäßiger atmete, fiel mir auf, wie still es war. Außer dem Geräusch des leise fallenden Regens war nichts zu hören. Wie hatte ich diese Stille noch vor ein paar Monaten genossen! Aber heute erschien sie mir regelrecht bedrohlich. Stille bedeutete, dass niemand da war – dass ich allein war mit meinen Gedanken. Ich dachte an die Stadt. Hatte ich die Stille vermisst? Ich konnte mich nicht erinnern. Ich war so froh gewesen über das pulsierende Leben, als hätte ich jahrelang, ohne es zu wissen, darauf gewartet. Ich sah hinunter auf die Stadt. Was, wenn der Schmied recht hatte und ich eines Tages nicht mehr zurückkehren würde? Weil mir hier die Luft zum Atmen fehlte? Ich dachte an Josefs Worte, an die meiner Mutter. Wie war es möglich, zu beiden Welten gleichzeitig zu gehören, ohne einen Teil von sich verleugnen zu müssen?

Der Regen rann mir in den Nacken. Neben mir lag eine übriggelassene Zuckerrübe auf dem Boden. Ich hob sie auf. Johann würde keine Zuckerrüben mehr anbauen, hatte er mir erklärt, nur noch Futterrüben für sein Vieh. Bald würden die beiden aussiedeln; von hier aus sah man den Hof, dessen Wohnhaus noch eingerüstet war. Das war nicht mehr der Hof meiner Kindheit. Wenn ich zurückkäme, wäre alles fremd. Wie würde meine Mutter den Umzug verkraften? Sie, die auf unserem Hof geboren war? Langsam lief ich zurück.

Aus einem unerfindlichen Grund heraus wählte ich einen anderen Weg nachhause; bald fand ich mich im Millionenviertel wieder. Nichts regte sich. Alle saßen wohl zuhause unter dem Weihnachtsbaum. Vor Marias Haus blieb ich kurz stehen und betrachtete es. Eine Gardine bewegte sich. Oder hatte ich mich getäuscht? Ich wandte mich ab und lief weiter. »Hallo!«, rief eine Stimme, und ich drehte mich um.

Marias Vater stand still in der Tür und beobachtete mich. Ich lächelte verlegen.

»Kommen Sie rein!«, sagte er plötzlich. »Los doch, kommen Sie!«

Zögernd trat ich näher. Als ich vor ihm stand, musterte er mich genau. »Ich habe leider Ihren Namen vergessen«, sagte er.

»Nikolas«, sagte ich. »Ich heiße Nikolas!«

Er nickte. »Jetzt fällt es mir wieder ein …«

Er ging vor mir her ins Haus. »Meine Frau ist nicht da«, sagte er kühl. »Aber treten Sie näher!«

Was hatte er vor? Wollte er mich über seine Tochter ausfragen?

»Ich weiß, was Sie denken«, sagte er. »Liegt ja auch auf der Hand. Ja, ich würde gern wissen, wie es meiner Tochter geht!«

»Es geht ihr gut«, antwortete ich.

Er lächelte zynisch. »So? Wie Sie meinen …«

Wir standen im Wohnzimmer. »Setzen Sie sich«, sagte er und wies auf einen der Sessel.

Ich ließ mich auf der Kante nieder. Vorsichtig sah ich mich um. Ein riesiger Weihnachtsbaum stand neben dem Sofa, mit lilafarbenen Kugeln und Lametta geschmückt. Das Aquarium summte; die Fische stoben hindurch, und gelegentlich stieß einer mit seinem runden Maul gegen die Scheibe. Sauber aufgereiht standen die Bücher in den Regalen. Dieses Mal beeindruckte mich ihre schiere Anzahl nicht mehr so sehr, hatte ich mir doch in der Zwischenzeit selber einige gekauft. Ein Gedanke beschäftigte mich trotzdem: musste ein Mensch, der sich durch sie hindurchgearbeitet hatte, nicht weise sein, souverän über den Dingen stehen? Ich streifte Marias Vater mit einem skeptischen Blick; dann fiel mir auf, wie groß der Raum war, und wie dunkel. Nur eine kleine Lampe auf dem Couchtisch brannte. Eine Zeitung lag aufgeschlagen auf dem Sofa. »Meine Frau musste zu einem Notfall«, sagte er.

Ich überlegte, woran mich der Klang seiner Stimme erinnerte. Er war leicht näselnd. Ich kam nicht drauf. Es war eine Stimme, die einen frieren machte. Er lehnte sich zurück, sodass sein Gesicht im Dunklen lag.

»Ich glaube Ihnen nicht, dass es ihr gutgeht«, sagte er. »Es ist unmöglich, dass sie vergessen hat, was wir – was ich – sie gelehrt haben – unmöglich, verstehen Sie?«

Er kratzte sich mit einem leise schabenden Geräusch die Wange.

»Unsere – meine – Erziehung war – wie soll ich sagen – sicherlich nachhaltiger, als dass eine momentane Verirrung ihr etwas anhaben könnte!«

Das schabende Geräusch verstummte. Er seufzte. »Aber nun zu Ihnen, junger Mann. Sie sind weggezogen, hat man mir erzählt, Sie haben diesem – verzeihen Sie – beschissenen Nest den Rücken gekehrt?«

Ich glaubte, nicht recht zu hören. Warum war *er* hier, wenn es ihm nicht gefiel? Wieder schien er meine Gedanken zu lesen.

»Weil meine Frau hier ihre Praxis hat – schon hatte, als wir uns kennengelernt haben«, sagte er.

Darauf wusste ich nichts zu sagen.

»Es gibt Zwänge im Leben, junger Mann, denen man sich unterwerfen muss!« Er hüstelte. »Aber das, was meine Tochter veranstaltet, kann wohl kaum als Zwang eingestuft werden«, sagte er. »Das ist nichts als – Dummheit …« Wieder hüstelte er. »Und Sie? Wo soll es mit Ihnen hingehen?«

»Ich weiß es noch nicht«, antwortete ich verlegen.

»Boxen Sie sich durch«, sagte er. »Egal, wer oder was Ihnen im Weg stehen will – boxen Sie sich durch! Sie hatten einen schlechten Start, aber in ein paar Jahren kräht kein Hahn mehr danach, verstehen Sie? Vorausgesetzt, Sie bleiben am Ball!« Er stand auf und begann, mit auf dem Rücken verschränkten Händen im Zimmer auf und ab zu gehen.

»Es vergeht kein Tag, an dem ich nicht bereue, dass ich hier bin«, sagte er. »Sie glauben gar nicht, was man als Apotheker alles über die Menschen erfährt! Lächerlichkeiten, Abnormitäten, Ungeheuerlichkeiten, verstehen Sie? Wie dumm die Menschen sind! Wie engstirnig! Wie primitiv! Wie unterwürfig! Wenn man ihnen sagt, nehmen Sie diese Tabletten um Mitternacht bei Mondenschein, dann tun sie es!«

Er schaute mich an. »Diese Luft haben Sie Ihr Leben lang geatmet! Und vielleicht erkennen Sie jetzt, wie ungeheuerlich stickig sie war! Und ist! Gehen Sie fort! Gehen Sie dahin, wo ein Wind weht …«

Er wandte sich ab und murmelte etwas.

»Ich bin der Einzige an diesem Ort, der noch so etwas wie – äh – Überblick bewahrt«, sagte er. »Schauen Sie den Pfarrer an! Oder die Lehrer! Die Lehrer – oh, denken Sie nicht, dass die irgendetwas verstanden haben! Ich kenne sie alle, einen wie den anderen …«

Er begann wieder, auf und ab zu gehen.

»Allein schon wenn ich diese Gesichter sehe«, sagte er. »Diese breiten runden teigigen Physiognomien!«

Er blieb stehen. »Wie dem auch sei«, sagte er. »Ich warte nur darauf, dass Maria eines Tages hier anklopft; und sie wird hier anklopfen, das können Sie mir glauben!«

Eine Weile schwieg er. »Es wird nicht mehr lange dauern«, sagte er dann. »Ich weiß, was in ihr vorgeht, ich habe es schon immer gewusst.«

Ich starrte ihn an. Dieser Mann war verrückt! Aber was noch schlimmer war: formulierte er nicht meine eigenen Gedanken? Hatte ich nicht eben nach meinem Gespräch mit dem Schmied Ähnliches gedacht? Ich stand auf. »Ich muss jetzt gehen«, sagte ich erschöpft. »Ich muss im Stall helfen.«

Er wandte sich plötzlich um, lief zur Wand und knipste den Lichtschalter an; ein kaltes helles Licht leuchtete den Raum bis in die hintersten Ecken aus. Er wies auf die Bücher. »Ich habe mir alles selbst aufgebaut«, sagte er. »Mein Vater war nur ein einfacher Arbeiter!«

Ein Schatten fiel auf sein Gesicht. Einen Augenblick lang sah er – jung aus, und irgendwie enttäuscht, als hätte er etwas Wichtiges in seinem Leben versäumt. Konnte das möglich sein? Sein Gesicht war sehr bleich. Er führte mich zur Tür. »Grüßen Sie meine Tochter von mir«, sagte er und reichte mir die Hand. Mit einem harten Händedruck verabschiedete er mich.

»Auf Wiedersehen«, sagte ich höflich. Ich zwang mich, unter seinen Augen langsam einen Fuß vor den anderen zu setzen. Ich ballte meine Fäuste in den Hosentaschen. Jetzt verstand ich vieles – warum Maria oft geweint hatte, wenn sie von zuhause zu uns kam. Was für ein schrecklicher Mensch! Und dennoch – er zog einen völlig in seinen Bann. Mir war das ganze Gespräch hindurch nichts eingefallen, was ich zu unserer Verteidigung hätte erwidern können, nichts! Gar nichts! War es Maria auch immer so gegangen – dass er sie in Grund und Boden geredet hatte? Dass er sie ausgelöscht hatte? Ich war schrecklich durcheinander. Was wäre, wenn Marias Vater Recht behielte? War sie eigentlich – frei? Frei, das zu tun, was gut und richtig für sie war? Ich hob mein Gesicht in den Regen. Wenn nur die Sonne schiene! Selbst das Weihnachtswetter spielte verrückt. Vor einem Jahr noch war alles in Ordnung gewesen, waren wir mit dem Schlitten über die Felder gefahren.

In der Nacht kalbte die Kuh. Johann weckte mich.

»Ich will Maria schlafen lassen«, flüsterte er. »Wenn du schon mal da bist! Komm!«

Die Wolken hatten sich verzogen, und der Mond schien. Das Kälbchen lag ungünstig, und die Kuh quälte sich erbärmlich. Johann zog sorgenvoll die Stirn in Falten. »Wenn es nicht vorangeht, müssen wir den Tierarzt holen«, sagte er. Er griff der Kuh in die Scheide. »Ho-ho, Lisa«, sagte er beruhigend. »Drück du von außen! Los! Ja – so ist es gut!«

Unter meinen Händen spürte ich, wie sich das Kälbchen ein Stück im Mutterleib drehte. Zusammen mit einem Schwall Blut traten die winzigen Hufe aus, und Johann schlang einen Strick darum und zog. Die Kuh stöhnte auf. Noch ein, zwei Minuten, dann war das Kälbchen geboren, und ich machte mich daran, das nasse Fell mit Stroh abzureiben. Plötzlich hörte ich Johann aufseufzen. Ich wandte mich um. Maria stand in der Tür. Ihre Haare waren zerzaust, und sie hielt eine Decke in der Hand. Sie beachtete uns nicht, sondern lief mit ihrer Decke zu der Futterraufe und breitete sie darin aus.

»Maria!«, rief Johann bestürzt.

Sie schien ihn nicht zu hören. Mit fahrigen Bewegungen nahm sie die Decke hoch, nur um sie wieder in der Raufe auszubreiten.

»Sie schlafwandelt!«, flüsterte ich.

Johann trat zu ihr hin. »Maria!«, sagte er weich. »Wach auf! Ich bin da – schau!«

Verwirrt sah ihn Maria an. Langsam kam sie zu sich. »Wo bin ich?«, flüsterte sie.

»Daheim«, sagte Johann. »Sieh mal, wir haben ein neues Kälbchen!« Er zog sie in die Arme, und sie ließ es geschehen. Eine Weile standen sie so. Johann hatte ihren Kopf an seine Brust gebettet und strich ihr langsam über die Haare. Bedrückt sah er zu mir herüber. Schließlich richtete sich Maria auf. »Warum liegt meine Decke in der Raufe?«, fragte sie.

»Du warst schlafwandeln«, sagte Johann. »Kannst du dich nicht erinnern?«

Sie schüttelte den Kopf. Dann löste sie sich aus Johanns Armen, bückte sich und hob die Decke auf. »Ich – ich gehe wieder ins Bett«, sagte sie verlegen. Ihr Blick fiel auf das Kälbchen, und sie beugte sich nieder und streichelte es. Johann sah auf ihren Nacken. »Ich liebe dich«, sagte er leise. Eine tiefe Röte stieg mir ins Gesicht. Hatte er vergessen, dass ich hier war? Maria sah zu ihm auf. »Ich weiß«, sagte sie. Tränen schimmerten in ihren Augen. Sie lächelte mich an. »Gute Nacht, Nikolas«, sagte sie. Dann ging sie hinaus.

Johann gab der Kuh eine Extraration Kleie, und bald stand das Kälbchen auf und trank. Als es fertig war, brachte Johann es in den kleinen Verschlag in einer Ecke des Stalls. »Schlaf gut, Nikolas«, sagte er. Er wirkte in Gedanken verloren. Sicherlich machte er sich Sorgen um Maria. Was mich betraf, so wollte ich nur eins: dass endlich Ruhe einkehrte. Dass ich allein sein konnte. Als Johann im Haus verschwunden war, blieb ich am Eingang des Kuhstalls stehen. Im Mondlicht sah alles seltsam unwirklich aus; der Mist glänzte, und die Güllebäche mäanderten angefroren durch den Hof. Oben im Haus ging ein Licht an und gleich wieder aus. Das war Johann, der jetzt zu Maria ins Bett kroch. Der sich über sie neigte … Ich würde am nächsten Tag fortgehen. Nichts und niemand würde mich davon abhalten können. Ich würde fortgehen und nicht mehr wiederkommen. Es war die einzige Lösung. Ich lehnte meinen Kopf an die kalte Stallwand. Bento drückte sich an mich. Ich war leer, erschöpft, ausgelaugt. Und unsäglich traurig. Nein – ich wollte mir nicht vorstellen, was gerade zwischen Johann und Maria vor sich gehen mochte. Doch so sehr ich auch versuchte, an etwas anderes zu denken – es wollte mir nicht gelingen. Ich *wusste*, dass die beiden sich gerade liebten. Ich sank in mich zusammen und begann zu schluchzen, schlug mit den Fäusten auf die Erde, presste meine Lippen zusammen, um nicht zu schreien. Maria! Ich wiegte mich hin und her, und Bento leckte mir das Gesicht und winselte.

Irgendwann stand ich auf, lief ins Haus, hoch in mein Zimmer, und packte meine Tasche. Ich würde aufbrechen, sobald meine Mutter wach war; ich würde ihr etwas von Prüfungen erzählen, für die ich lernen musste. Hauptsache, ich kam hier weg, so schnell es irgend ging!

Ein paar Wochen später lernte ich Phoebe kennen. Sie saß plötzlich an meinem Tisch in der Cafeteria der Bücherei, als ich von der Toilette zurückkam, und sah mir entgegen. »Hi«, sagte sie. Sie hatte große runde Augen, die feucht schimmerten.

»Hi«, antwortete ich. Ich setzte mich hin.

»Du bist oft hier, nicht wahr?«, fragte sie.

Woher wusste sie das? Ich nickte. Sie lächelte schwach. »Ich auch«, sagte sie. »Ich meine, ich bin auch oft hier.«

Ich räusperte mich. »Ich heiße Nikolas«, sagte ich.

»Und ich heiße Phoebe«, antwortete sie. Phoebe – was für ein seltsamer Name. Ich starrte sie an.

»Für meinen Namen kann ich nichts«, sagte sie.

Ich errötete. Sie beugte sich vor. »Gehst du noch in die Schule?«

»Ja«, sagte ich. »Und du?«

»In die Schillerschule«, sagte sie. Sie hatte kleine weiße Hände, die merkwürdig kraftlos wirkten, wie schlaffe Tierchen. Ihre halblangen rötlichen Haare waren in der Mitte gescheitelt und mit Klemmen aus der Stirn gehalten. Sie war hübsch – auf eine allerdings sehr ausgefallene Art. Sie fuhr sich mit der Zungenspitze über die Lippen. »Wenn du willst, können wir öfter zusammen einen Kaffee trinken«, sagte sie. »Wo wohnst du?«

»Im Semi«, antwortete ich.

»Ich wohne nicht weit davon«, sagte sie. »Nur zweimal um die Ecke …« Sie neigte den Kopf. Sie trug eine hellblaue Rüschenbluse, die die milchigweiße Haut ihres Halses freigab. Ein heftiger Impuls durchfuhr mich – meine Zähne in diese Haut zu graben, zuzubeißen, bis das Mädchen schrie. Ich sah zur Seite. »Möchtest du noch etwas trinken?«, fragte ich heiser.

Sie nickte erfreut. »Gern«, sagte sie. »Warte, ich hole uns was – nimmst du auch einen Kaffee?«

Sie war eilfertig aufgesprungen. Ich folgte ihr mit den Blicken, als sie zur Theke lief. Sie war nicht sehr groß und ein wenig dicklich und hatte breite Hüften. Ihr Becken kreiste beim Gehen. Sie kam mit einem Tablett zurück und stellte meine Tasse vor mich hin und schob mir Zucker und Milch zu. Als sie sich vornüberbeugte, erhaschte ich einen Blick auf den Ansatz ihrer Brüste. Sie setzte sich.

»Was ist dein Lieblingsfach?«, fragte sie.

»Ethik«, sagte ich.

Sie nippte an ihrem Kaffee. »Ich freue mich, dass ich dich kennengelernt habe«, sagte sie.

Wohin auch immer ich in der folgenden Zeit gehen mochte – immer war Phoebe schon da. Sie las mir jeden Wunsch von den Augen ab. Sie schien keine eigenen Bedürfnisse zu haben. Eines Tages ging ich mit zu ihr. Sie bewohnte ein kleines Zimmer ganz in der Nähe des Kilianeums, mit einem schmalen Bett und einem niedrigen Tisch und einem alten Sessel möbliert. Pflanzen hingen von der Decke herunter. Auf dem Bett lagen viele bunte Kissen. »Hier wohne ich«, sagte sie leise.

Ich fiel über sie her, noch bevor sie die Tür geschlossen hatte, stieß meine Zähne in ihr Fleisch, dass sie aufschrie, riss ihr die Bluse vom Leib, vergrub mein Gesicht zwischen ihren Brüsten. Ihre Haut war weich und feucht, und ich hatte das Gefühl zu versinken. Unklar spürte ich, wie sie meine Hose aufknöpfte, wie sie meinen Schwanz zwischen ihre Lippen nahm und daran sog. Ich kam in ihren Mund. Sie fiel auf das Bett zurück und sah mich an. Ich wich ihrem Blick aus.

»Komm her«, flüsterte sie. Widerstrebend beugte ich mich über sie. Ein süßlicher Geruch ging von ihr aus. Sie schlang ihre Arme um meinen Hals und hielt mich fest, während sie ihre Schenkel um mein Bein presste und sich an mir rieb. Sie keuchte in mein Ohr. Als sie kam, stieß sie einen kleinen hohen Schrei aus. Wenn sie mich nur losgelassen hätte! Ich versuchte, mich zu befreien, aber sie ließ es nicht zu. Sie zog meinen Kopf an ihren Busen. Ein Schweißfilm lag auf ihrer Haut. Ihre Brustwarzen waren riesig und von seltsamer Farbe. Sie ließ ihre Hand in mein Haar gleiten und zog spielerisch an einem Büschel. »War es schön?«, fragte sie.

Ich murmelte etwas. Sie seufzte und fasste nach meinem Schwanz, der sich sofort aufrichtete. Jetzt lag ich seitlich neben ihr, und mit ihrer freien Hand streichelte sie sich, während sie mit der anderen sanft an meinem Schwanz auf und ab strich. Diesmal kamen wir beide gleichzeitig. Zuckend presste sie sich an mich. Ich biss in ihren Hals, sodass sie wieder aufschrie. Sobald es vorbei war, richtete ich mich auf. Mit geschlossenen Augen lächelte sie. »Du wirst mich wieder besuchen, nicht wahr?«, sagte sie leise.

Noch während sie es aussprach, wusste ich, dass es so sein würde. Ich sah auf sie herunter. Leichte Übelkeit stieg in mir auf. Sie nahm meine Hand und legte sie sich auf die Brust. Sie war warm und weich wie alles an ihr; und wieder hatte ich das Gefühl zu versinken. »Ich muss gehen«, sagte ich ruppig. Sie öffnete die Augen. Sie hat Kuhaugen, dachte ich, runde und feuchte und dumme Kuhaugen … Wie sie mich anblickte! Ich musste weg von ihr, weit weg. Hastig zog ich mich an. Sie rührte sich nicht. Ihre Beine waren gespreizt, sodass ich ihre Schamlippen sehen konnte. Ich schluckte und wandte mich ab, griff nach meiner Jacke. »Also – ich gehe dann«, sagte ich.

»Vergiss mich nicht«, sagte sie sanft. Gequält schüttelte ich den Kopf.

Ich schickte Briefe nachhause, nichtssagende Briefe, in denen ich schrieb, dass es mir gutging, dass ich Prüfungen absolvierte, dass ich vor lauter Arbeit nicht wusste, wo mir der Kopf stand, und dass ich nicht heimkommen konnte. Sicherlich grämte sich meine Mutter deswegen. Der Hof war in meiner Erinnerung zu einem Bild erstarrt, das keinerlei Bezug zu meinem jetzigen Leben hatte; die Ruhe und Ordnung, die dort geherrscht hatten, schienen mir zu einem Lebensabschnitt zu gehören, der weit zurücklag und zu dem ich keinen Zugang mehr hatte. Wie naiv, wie unschuldig ich gewesen war! Nur manchmal, wenn ich am Fluss saß und dem Glucksen des träge dahinziehenden Wassers lauschte, fühlte ich, dass ich im Begriff war, etwas zu verlieren, das lebenswichtig für mich war. Denn ich schrieb nicht mehr, seit ich Phoebe kannte; ich schob es darauf, dass ich keine Zeit mehr dazu fand, doch im tiefsten Innern wusste ich, dass dies nicht der Grund war. Ich schrieb nicht mehr, weil ich vor mir selbst so tat, als gehöre ich nirgendwohin; als sei ich ohne Wurzeln. Und ich schrieb nicht mehr, weil ich nicht mehr in Einklang mit meinen Gefühlen war; weil ich neben mir stand, Dinge tat oder nicht tat, ohne auf das zu lauschen, was mir mein Herz eingab. Mit Phoebe sprach ich niemals über mein Zuhause, obwohl sie mich immer wieder danach fragte. Ich hatte keine Vergangenheit, keine Heimat, keine Menschen, die mir teuer waren. Ich war ich und frei, basta. Unruhig lief ich durch die Straßen der Stadt. Die Vögel begannen zu singen, Schneeglöckchen und Krokusse blühten, und ich sah und hörte alles, aber ich fühlte es nicht. Fast jeden Tag ging ich zu Phoebe. Und ich hasste mich dafür.

Sie tat alles, um mir zu gefallen. Einmal schleppte sie mich in ein Bekleidungsgeschäft, hieß mich auf einem Stuhl warten, während sie mit ein paar Kleidern in einer Kabine verschwand. Plötzlich, ohne Vorwarnung, kam die Erinnerung an Maria; wie sie hier, in ebendiesem Geschäft, einen Pullover vor sich gehalten und sich im Spiegel betrachtet hatte. Ich erinnerte mich an alles; an den Ausdruck in ihren Augen, an ihr gehetztes Lächeln, an ihre Geste der Mutlosigkeit. Phoebe stand vor mir. »Und – wie findest du es?«, fragte sie, ein unüberhörbares Flehen in der Stimme.

Ich lächelte mühsam. »Es ist hübsch«, sagte ich. Sie trug ein blaues Rüschenkleid; was sie nur immer mit ihren Rüschen hatte! Rüschen am Kragen, Rüschen am Saum …

»Es gefällt dir nicht«, sagte sie leise.

»Doch, tut es – es ist wirklich schön!«

Ihre Arme sanken herab. Sie sah mich an. Tränen standen in ihren Augen.

»Bitte«, sagte ich rau. »Nimm es! Ich schenke es dir!«

»Du musst mir nichts schenken«, sagte sie. »Es war sowieso nur eine dumme Idee – ich brauche gar kein neues Kleid.«

Sie ging zur Kabine und holte die zwei anderen Kleider heraus und hängte sie zurück auf den Ständer. Die Kleiderbügel klickten auf der Eisenstange. Sie verschwand noch einmal in der Kabine. Es dauerte lange, bis sie herauskam; als sie den Vorhang zur Seite schob, sah sie verweint aus.

»Warum hast du es nicht genommen«, fragte ich böse.

Sie schüttelte stumm den Kopf.

»Warum stellst du dich so an? Ich habe dir doch gesagt, dass es mir gefällt – was willst du denn noch?«

Sie blieb stehen. »Nichts«, sagte sie flüsternd.

»Na also!«, rief ich erregt. »Und jetzt tust du so, als ginge die Welt unter! Immer tust du so, als …« Ich stöhnte auf. »Ach, was soll's! Geh jetzt endlich hin und kaufe es dir, los!« Ich schubste sie in Richtung Ständer. »So mach doch schon – meinst du, ich habe ewig Zeit?«

Starr vor sich hin sehend, holte sie das Kleid und trug es zur Kasse.

»Die Farbe passt gut zu Ihren Augen«, sagte die Verkäuferin. Phoebe nickte stumm.

»Sie werden viel Freude daran haben«, sagte die Verkäuferin und sah sie neugierig an und schaute dann auf mich. »Zahlen Sie bar oder mit Scheck?«

»Bar«, flüsterte Phoebe und öffnete ihr Portemonnaie.

Die Verkäuferin packte das Kleid in eine Tüte und reichte sie ihr. »Hier, bitte schön«, sagte sie.

»Danke«, sagte Phoebe.

Draußen auf der Straße liefen wir eine Weile schweigend nebeneinander her. Plötzlich fühlte ich, wie ihre Hand in meine Tasche kroch und nach der meinen fasste.

»Sei bitte nicht böse!«, sagte sie. »Bitte!« Flehend schaute sie zu mir auf. Ich hatte Lust, sie auf offener Straße zu schlagen. Hatte sie denn gar keinen Stolz? Ich löste meine Hand.

»Lass mich in Ruhe!«, knurrte ich.

Sie seufzte tief auf. Vor ihrer Tür blieben wir stehen.

»Du kommst doch noch mit hinauf?«, fragte sie.

»Nein«, sagte ich heiser. Abrupt wandte ich mich um und machte ein paar Schritte von ihr weg. Sie rannte mir nach. »Bitte, Nikolas – wir können doch nicht so auseinandergehen!«

Ich hatte das Gefühl, nicht mehr atmen zu können. Ruckartig drehte ich mich um. »Scheiße, Phoebe – kannst du mich nicht endlich in Ruhe lassen?«, schrie ich.

Oben ging ein Fenster auf. Tränen rannen ihr über die Wangen.

»Hast du's immer noch nicht kapiert? Ich habe genug! Es ist aus! Aus! Ein für alle Mal!«

Langsam drehte sie sich um, ging mit hölzernen Schritten zur Tür. Ich starrte auf ihren Rücken. Sie zog den Schlüssel aus ihrer Tasche und versuchte aufzuschließen, doch ihre Hände zitterten offenbar so sehr, dass sie das Schlüsselloch nicht fand.

»Ist schon gut, Phoebe«, sagte ich plötzlich, zu meiner eigenen Überraschung.

Mit einem Aufschrei war sie bei mir und in meinen Armen. Unbeholfen strich ich ihr übers Haar. Ich fühlte mich elend. Schweigend liefen wir die Treppe hinauf.

Ich fing an, die zusätzlichen Kurse, die an verschiedenen Schulen stattfanden, zu schwänzen. Ich nahm mir ein Zimmer in der Stadt. Immer öfter kaufte ich mir eine Flasche Wein, setzte mich an meinen Schreibtisch, legte ein Blatt Papier vor mich hin, trank und wartete. Ich versuchte, an unseren Hof zu denken, an die Tiere, an die Berge, doch das einzige Bild, das vor meinem inneren Auge erschien, waren Maria und Johann, wie sie sich über eine große Entfernung hinweg anstarrten. Ich schob dieses Bild beiseite. Ich ging zu Phoebe und hörte mir abwesend an, was sie mir erzählte; meistens war es irgendetwas über ihre Kindheit. Es interessierte mich nicht. Wenn ich von ihr nachhause ging, war es fast immer dunkel, und ich lief durch die engen Gassen und sah an den Fassaden der Häuser hoch. Jedes Fenster ist ein Leben, dachte ich oft. Autos hupten. In der Ferne ratterte ein Zug vorüber. Lichtjahre schien es her zu sein, dass ich in M. gewesen war. Eines Abends stand eine dunkle Gestalt vor meinem Haus, an die Mauer gelehnt, mit einer Tasche neben sich. Ich trat näher, und mein Herzschlag setzte aus. Es war Maria.

Sie wandte mir den Rücken zu, und ich blieb stehen und starrte darauf. Als würde sie meinen Blick spüren, drehte sie sich langsam um. Sie lächelte. »Hallo, Nikolas«, sagte sie.

Ich räusperte mich. »Hallo, Maria«, antwortete ich. Meine Stimme hörte sich dünn und brüchig an. Mein Herz klopfte immer noch nicht regelmäßig, sondern laut und holpernd. »Was – was machst du denn hier?«

»Ich wollte dich besuchen«, sagte sie leichthin. »Zum Glück wussten die Leute im Semi, wo du wohnst!«

Im Schein der Laterne sah ihr Gesicht fahl aus, fahl und müde. Ich trat an ihr vorbei auf die Tür zu und zog meinen Schlüssel aus der Tasche. »Ich – ich kann es gar nicht glauben …«

Ich knipste das Licht im Treppenaufgang an.

»Hier wohnst du also«, sagte sie leise.

»In der dritten Etage«, gab ich zurück.

Sie stieg hinter mir die Treppe empor. Plötzlich erinnerte ich mich daran, wie sie zum ersten Mal zu uns gekommen war, wie ich vor ihr an den Heuhaufen entlang zum Stall gelaufen war, mir meiner ungelenken Schritte bewusst. Ich öffnete die Tür zu meinem Zimmer. Eine halbvolle Weinflasche stand auf meinem Schreibtisch, das Bett war nicht gemacht, und Bücher türmten sich auf dem Boden. Ich hörte, wie sie ausatmete. War sie entsetzt? Mit ein paar Schritten war ich am Bett und breitete die Tagesdecke darüber. »Ich – ich hatte nicht mit Besuch gerechnet«, sagte ich verlegen.

»Lass doch – mach dir keine Mühe«, sagte sie. Sie sah sich um. »Schön hast du es hier«, meinte sie.

Sie zog ihren Mantel aus und legte ihn auf das Bett und setzte sich daneben.

»Möchtest du etwas trinken?«, fragte ich.

Sie nickte. »Gib mir ein Glas Wein«, sagte sie. »Bitte.«

Ich nahm zwei Gläser aus dem Regal und füllte sie. Ich spürte, wie sie mich ansah. Meine Hände waren feucht und zitterten ein wenig. Ich reichte ihr ein Glas. »Danke«, sagte sie und hob es mir entgegen. »Auf dich!«

Vorsichtig sah ich zu ihr hinüber. Sie hatte tiefe Ringe unter den Augen. Sie war dünner geworden und wirkte wieder so jungenhaft wie damals, als wir sie kennengelernt hatten. Auch ihre Hand zitterte. Sie räusperte sich. »Du wunderst dich sicher, dass ich einfach so hereinschneie«, sagte sie. »Es ist so, dass – dass ich Johann verlassen habe.« Sie setzte sich gerade auf. »Und ich habe nicht gewusst, wo ich hingehen soll … Könnte ich für ein paar Tage bei dir bleiben? Ich muss nachdenken, verstehst du? Ich verspreche dir, ich falle dir nicht zur Last! Ich musste einfach weg, ich habe das Gefühl gehabt, dass ich ersticke …«

Ich starrte sie an. »Weiß Johann, dass du hier bist?«, fragte ich endlich.

Sie nickte. »Ja – ich habe es ihm geschrieben.«

Sie schwieg. Maria wollte hier bei mir wohnen! Würde sie in meinem Bett schlafen und ich auf dem Fußboden, einen Meter von ihr entfernt? Nein – das kam nicht in Frage.

»Du kannst das Zimmer haben«, sagte ich. »Ich übernachte bei einem Freund.«

Sie schüttelte den Kopf. »Ich will dir aber keine Umstände machen ...«

»Ist kein Problem«, sagte ich. Ich würde bei Phoebe schlafen; angeboten hatte sie es mir oft genug.

Maria sah mich aufmerksam an. »Wie geht es dir?«, fragte sie. »Du hast dich ja überhaupt nicht mehr sehen lassen!«

»Gut«, sagte ich.

Wir schwiegen und tranken. »Ich gehe dann«, sagte ich nach einer Weile. »Mach es dir hier bequem!«

»Wir sprechen morgen«, sagte sie. Dann stand sie auf und kam zu mir herüber. Sie küsste mich auf die Wange. »Danke«, sagte sie. »Danke, dass ich hier sein darf!«

Sie roch ein wenig nach Stall. Ich spürte, wie ich rot wurde. »Ist schon in Ordnung«, sagte ich verlegen. Ich nahm meine Jacke und wandte mich zum Gehen. »Hast du alles, was du brauchst?«, fragte ich.

»Ja«, antwortete sie.

»Dann – gute Nacht!«

»Schlaf gut«, sagte sie.

Leise schloss ich die Tür hinter mir.

Ich ging nicht zu Phoebe. Ich musste allein sein. Ich würde später bei Andreas vorbeischauen. Oder überhaupt nicht schlafen. Allein der Gedanke, dass sie jetzt in meinem Zimmer war, sich in mein Bett legte, war genug, um mich das Bedürfnis nach Schlaf vergessen zu lassen. Maria war zu mir gekommen! Ich lief, ich rannte fast durch die Straßen. Ich stellte mir vor, wie sie ihre Haare bürstete, die Bettdecke zurückschlug, sich zwischen die Laken gleiten ließ – wann hatte ich sie zum letzten Mal gewechselt? –, vielleicht eine Weile vor sich hin starrte, dann die Augen schloss und einschlief. Und ich dachte an Johann. Wie er am Küchentisch saß, den Kopf in die Hände gestützt, wie alles still war um ihn, entsetzlich still, wie die Uhr über ihm tickte. Nein – er würde natürlich nicht mehr in unserer Küche sitzen; sie waren ja ausgesiedelt; aber ihr neues Zuhause konnte ich mir nicht vorstellen. Geräumig würde es sein, weitläufig das Land außen herum, die Küche vielleicht zweimal so groß wie unsere alte. Mit einem ausladenden Esstisch darin, für die Kinder, die sich Maria gewünscht hatte. Meine Mutter wäre jetzt sicherlich schon in ihrem Bett; wahrscheinlich betete sie, dass Maria zurückkehren möge. Und Johann? Er musste verzweifelt sein. Verzweifelt und einsam, und er musste sich Vorwürfe machen, bittere Vorwürfe, dass er es so weit hatte kommen lassen. Welche Rolle war mir nun zugedacht in diesem Drama? Außer Atem blieb ich vor einer hell erleuchteten Gaststätte stehen. Ich sah durch die Fenster hinein. Drinnen saßen Menschen, essend, ins Gespräch vertieft, lachend, die Gläser hebend, Rauchschwaden hingen in der Luft, Kerzenlicht flackerte auf den Tischen. Ich lief weiter. Eine Turmuhr schlug, tief und volltönend. Schlief Maria vielleicht gar nicht, lag sie mit offenen Augen auf dem Rücken und starrte an die Decke? Über mir, aus den Fenstern einer Wohnung, hörte ich die erregten Stimmen eines Mannes und einer Frau. Auf den Stufen der Treppe zum Dom saßen Jugendliche und rauchten. Alle taten, als ginge das Leben seinen alltäglichen Gang. Am Marktplatz fiel aus ebenerdigen Wohnungen Licht auf das Kopfsteinpflaster. Ein Mann rief seinen Hund. Vielleicht lag der Schein der Straßenlaterne auf Marias Gesicht, beleuchtete ihre Wangen, den Kranz ihrer Wimpern, ihren Mund, ihre Haare. Fast prallte ich gegen einen Passanten. »Passen Sie doch auf!«, rief der Mann ärgerlich. Ich murmelte eine Entschuldigung. In den engen Gassen hinter dem Marktplatz war es dunkler. Aus einem offenen Fenster hörte ich das Scheppern von Geschirr. Ein Hund bellte. Was stand in dem Brief, den Maria Johann hinterlassen hatte? Würde Johann nun nach W. kommen, um sie zu holen? Nein – das war nicht seine Art. Seine Art war es zu warten. Eine Frau mit einem schreienden Baby im Kinderwagen kam mir entgegen.

Das Licht des Scheinwerfers eines heranfahrenden Autos erfasste mich und glitt an mir vorbei, über den Kinderwagen hin und dann die Straße hinunter. Essensgeruch drang mir in die Nase. Dass Maria nun bei mir war – bedeutete das, dass ich mich ihr nun nähern durfte? Dass ich auf meinen Bruder keine Rücksicht mehr zu nehmen brauchte? Eine Tür ging auf, und ein junges Pärchen trat auf die Straße. Der Mann legte seinen Arm um die Schultern der Frau. Ich sah an dem Haus hoch. Ein paar Straßen weiter, in einem ähnlichen Haus, lag Maria … Plötzlich hatte ich ganz weiche Knie. War nicht mein größter, mein geheimster Wunsch Wirklichkeit geworden? Ich stellte mir vor, wie es wäre, ihr über das Haar zu streichen, sie zu küssen. Aber nein – sie war immer noch Johanns Frau! Oder etwa nicht? Vage erschien das Gesicht meiner Mutter vor meinem inneren Auge. Ehen werden im Himmel geschlossen … Ich knirschte mit den Zähnen. Aber – sie hatte sich von ihm getrennt! Oder war es nur eine vorübergehende Trennung, um Abstand zu gewinnen? In der Ferne heulte ein Martinshorn. Ich lief weiter, entfernte mich immer mehr vom Stadtzentrum; die Straßen wurden breiter, große Geschäfte säumten sie zu beiden Seiten. Wieder schlug eine Turmuhr. Wann, dachte ich, hatte ich zum letzten Mal den weiten Nachthimmel über mir gehabt, weit bis zum Horizont? Wann hatte ich zum letzten Mal den Geruch von Regen geatmet, der auf warme Erde fiel? Wann hatte ich zum letzten Mal geschrieben? Was war mit mir geschehen?

Ich übernachtete bei Andreas; er stellte keine Fragen. Am Morgen, als ich erwachte, blieb ich noch eine Weile still liegen, dachte daran, wie Maria sich jetzt gerade unter der Decke dehnte und streckte. Wie ihr Körper warm war und nach Schlaf roch, wie ihre Haare auf dem Kissen einen Kranz um ihr Gesicht bildeten. Ich sprang aus dem Bett. Draußen erwachte die Stadt. Menschen hasteten zur Arbeit, es duftete nach frischen Backwaren, in dem kleinen Park an der Ecke sangen die Vögel. Ich kaufte Brötchen. Maria sollte es an nichts fehlen! Am Marktplatz erstand ich einen Strauß Märzenbecher. In der Gegend um M. waren die Wälder voll davon. Die Kuppel des Doms blitzte in der Morgensonne. Die Luft war weich und mild, ein leichter Wind wehte durch die hellgrünen Blätter der Kastanien, die entlang der Straße gepflanzt waren, und beim Italiener stellte man schon die Stühle heraus. Gegen Mittag würden dort Menschen in der Sonne sitzen, mit einer Tasse Espresso vor sich – vielleicht wären Maria und ich darunter? Maria und ich … Ich klingelte. Der Türöffner summte. Außer Atem kam ich oben an. Die Tür war angelehnt, und ich klopfte. »Komm rein!«, hörte ich Maria rufen.

Ich trat ein. Maria, in Johanns alten Pullover gehüllt, saß, die Beine untergeschlagen, im Sessel. Sie war sehr blass. »Da! Blumen für dich!« Verlegen hielt ich ihr den Strauß hin.

»Oh!«, sagte sie und lächelte. »Das ist aber lieb von dir, danke!«

Sie hatte schon Kaffee gekocht und den Tisch gedeckt. »Ich habe einfach alle Schränke aufgemacht«, sagte sie erklärend, »ich hoffe, das ist in Ordnung?«

»Klar«, sagte ich leichthin. Immer fühlte ich mich in ihrer Nähe wie ein dummer Schuljunge!

Wir setzten uns an den Tisch. Sie goss Kaffee ein. »Hast du gut geschlafen?«, fragte sie.

»Ja«, antwortete ich. »Und du?«

Sie schüttelte den Kopf. »Ich habe die meiste Zeit wachgelegen und nachgedacht«, sagte sie.

Eine Weile schwiegen wir. Einmal langten wir gleichzeitig nach der Marmelade, und unsere Finger berührten sich, und ich zuckte zurück. Sie jedoch schien in Gedanken woanders. »Ich beneide dich«, sagte sie plötzlich.

Ich hob den Kopf. »Ja?«

Sie nickte, sagte aber nichts weiter. Sie bestrich ein Brötchen mit Butter, tat Marmelade darauf und biss ab. Schließlich schob sie ihren Teller zurück. »Wunderst du dich, dass ich hier bin?«, fragte sie.

Was sollte ich darauf sagen?

»Ich weiß, dass es – Probleme gegeben hat«, entgegnete ich zögernd.

Sie sah mich lange an. Ihre Augen waren tief und dunkel. Dann schüttelte sie den Kopf.

»Wir reden ein andermal darüber«, sagte sie. »Wenn überhaupt …«

Sie stand auf. »Los – zeig mir deine Stadt! Ich will wissen, wo du dich immer herumtreibst!« Sie wischte mögliche Einwände mit einer Handbewegung beiseite. »Komm schon, komm!«

Wenn ich mich an diesen Tag erinnere, scheint es mir, als sähe ich einen Film vor mir. Es ist ein Film ohne Worte: mit langsamen Bewegungen, wie in Zeitlupe. Manchmal berühren sich unsere Schultern, wenn wir die Straßen entlanglaufen. Ab und an bleiben wir stehen, sehen uns an, gehen weiter. Wie in einen Kokon scheinen wir gehüllt; einen Kokon, der uns vom Rest der Welt abgrenzt, den wir beide uns gesponnen haben. Ich sehe mich, wie ich meine Hand auf ihrer Schulter ruhen lasse, wie zufällig; wie sie die ihre darauflegt, kurz nur, dann wieder sinken lässt. Langsam verziehen sich ihre Mundwinkel zu einem Lächeln, und die Falte zwischen ihren Augenbrauen glättet sich. Sie deutet auf etwas, und ich lache, entblöße meine Zähne, bis sich die Lippen wieder darüber schließen. Sie fährt mir über die Haare. Ich reiche ihr eine Tüte Eis und beobachte, wie sie genüsslich daran leckt. Wir schauen zum Portal des Doms hinauf, betrachten andächtig das gotische Maßwerk. Wir sitzen in einem kleinen Restaurant, eine Kerze flackert zwischen uns, eine zarte dünne Rauchsäule steigt auf, ein Schatten huscht über Marias

Gesicht. Später, unten am Fluss, wird ein Lastkahn durch eine Schleuse gelenkt, Schwärme von Möwen stürzen mit weit geöffnetem Schnabel herab. Ich ergreife ihre Hand und halte sie fest. Sie wehrt sich nicht.

Am Abend saßen wir in meinem Zimmer. Die Dämmerung war hereingebrochen, doch ich hatte das Licht nicht angeknipst. Ich war trunken vor Liebe. »Weißt du«, sagte Maria plötzlich, »wenn ich studieren würde, wäre es so, als täte ich meinem Vater einen Gefallen ...«

Ich sah sie an. »Willst du es denn?«, fragte ich.

»Ich weiß schon lange nicht mehr, was ich will«, antwortete sie traurig.

Ich ging zu ihr hinüber und setzte mich neben sie. »Gib dir ein bisschen Zeit«, sagte ich und nahm ihre Hand in meine.

Sie lächelte mich an. »Du bist lieb«, sagte sie.

Lieb? Lieb? War ich etwa das für sie – ein lieber Freund?

Ich entzog ihr meine Hand, stand auf und wandte mich ab. »Willst du noch Wein?«, fragte ich kühl.

»Oh – jetzt habe ich dir mit meinem Mist die gute Laune verdorben – verzeih!«

Meine gute Laune! Maria war hinter mich getreten; langsam drehte ich mich um.

»Bitte sei nicht böse ...«

In diesem Augenblick klingelte es. Wir starrten uns an.

»Bekommst du noch Besuch?«

Ich zuckte die Achseln und drückte auf den Türöffner. Schritte kamen die Treppe empor. Ich öffnete die Tür. Phoebe stand vor mir.

Sie warf nur einen kurzen Blick auf mein Gesicht, dann trat sie an mir vorbei ins Zimmer.

»Oh!«, sagte sie, als sie Maria sah.

Die beiden standen sich gegenüber. Maria streckte die Hand aus.

»Ich bin Maria«, sagte sie freundlich.

Phoebe reagierte nicht. Plötzlich glitt ein Lächeln über ihre Züge. Sie kam zu mir herüber und legte ihren Arm um meine Hüfte und küsste mich auf den Mund.

»Ich wusste gar nicht, dass du Besuch hast«, sagte sie. »Ist das eine Verwandte von dir?«

»Gewissermaßen«, antwortete Maria an meiner Stelle. »Ich bin die Frau seines Bruders.«

Phoebe lächelte wieder. »Freut mich«, sagte sie knapp.

Dann wandte sie sich mir zu. »Kommst du heute noch zu mir?«, fragte sie, und ein herausforderndes Lächeln spielte um ihre Mundwinkel. Ich wurde rot. Auch Maria lächelte. »Lass dich von mir nicht abhalten«, sagte sie. »Ich kann ja ins Kino gehen – das habe ich schon lange nicht mehr gemacht!«

»Dann ist ja alles bestens«, sagte Phoebe.

Maria sah sie an. »Was für ein Film läuft heute?«, fragte sie.

»Steht in der Zeitung«, gab Phoebe zurück.

Ich schluckte wütend. Ich wurde ja offensichtlich überhaupt nicht gefragt! Dieser Abend verlief so ganz anders, als ich mir das vorgestellt hatte … Aber bitte schön – wenn Maria so leichten Herzens darauf verzichtete, ihn mit mir zu verbringen – nachlaufen würde ich ihr nicht! Ich beugte mich über die Zeitung. »›Ben Hur‹ wird im City gespielt«, sagte ich kühl. »Interessiert dich das?«

»Ich bin nicht wählerisch – allein schon in einem Kinosaal zu sitzen und Popcorn zu essen ist ein Erlebnis!«

»Kommst du auch vom Land?«, fragte Phoebe, und es klang ein wenig hochnäsig.

Maria nickte. »Aus einer kleinen Stadt, wo sich Fuchs und Hase Gute Nacht sagen.«

Ich starrte sie an. Wie entspannt sie war! Fehlte gerade noch, dass die beiden mich einluden, etwas mit ihnen gemeinsam zu unternehmen, einen Kinobesuch zu dritt zum Beispiel!

»Deine Zahnbürste ist ja bei mir«, sagte Phoebe. »Brauchst du sonst noch was?«

Maria trat neben mich und strich mir über das Haar. »Kümmere dich nicht um mich – ich komme schon zurecht!«

Genauso hatte sie mir am Nachmittag über das Haar gestrichen … »Schläft sie bei dir?«, fragte Phoebe überrascht.

Ich nickte erschöpft. »Ja – tut sie«, sagte ich.

»Und du?«

»Ich habe bei Andreas übernachtet«, sagte ich. »Und wo ich heute nacht schlafen werde, ist ja mittlerweile hinreichend geklärt!«

Maria lächelte Phoebe an. »Geht nur«, sagte sie.

»Viel Spaß im Kino«, antwortete Phoebe süffisant. Und dann, zu mir gewandt: »Wein habe ich auch – wir werden uns einen schönen Abend machen, nicht wahr, Niko?«

Mir reichte es. Ich schlüpfte in meine Jacke und trat zur Tür. »Bis morgen«, sagte ich kalt.

»Bis morgen«, sagte Maria.

Dann fiel die Tür hinter uns ins Schloss.

Schweigend liefen wir nebeneinander her. Nach ein paar hundert Metern hakte sich Phoebe bei mir unter. »Warum ist sie bei dir?«, fragte sie.

»Ich wüsste nicht, dass dich das etwas angeht«, antwortete ich. Von der Seite sah ich, wie ihre Mundwinkel herabsanken.

»Das ist schon merkwürdig«, fuhr sie nach einer Weile fort. »Dass sie ohne ihren Mann plötzlich bei dir auftaucht!«

Ich knirschte mit den Zähnen. »Hör zu, Phoebe«, sagte ich bissig. »Sie wird schon einen Grund haben – und jetzt gib dich zufrieden! Schließlich hast du bekommen, was du wolltest, nicht wahr?«

»Habe ich nicht«, sagte sie leise. »Ich bin doch nicht blöd – aber du denkst, dass ich blöd bin, nicht wahr? Blöd genug, um alles zu schlucken, was du mir hinwirfst …«

Ich blieb stehen. »Meine Idee war es nicht, heute zu dir zu gehen«, sagte ich abweisend. »Und das Beste wird sein, du gehst jetzt in diese Richtung weiter und ich in die andere.«

Plötzlich begann sie leise zu weinen. Ihr Kopf sank an meine Schulter. »Ich will aber, dass du mit zu mir kommst«, flüsterte sie und schniefte. »Bitte!«

Dann ging ich eben mit – es war mir gleichgültig. Alles war mir gleichgültig. Ich dachte nur an Maria, und wie ich mich hatte täuschen können, und wie bitter es war, zu wissen, dass ich ihr Verhalten falsch interpretiert hatte.

Arme Phoebe. Sie tat, was sie konnte, um mich aufzuheitern; aber ihre kläglichen Versuche machten alles nur noch schlimmer. Ich schlief nicht mit ihr; ich saß nur auf ihrem Bett und sah blicklos vor mich hin. In der Nacht lag ihr Kopf auf meiner Brust; später rückte ich vorsichtig auf die Seite. Ich starrte an die Decke. Als der Morgen dämmerte, zog ich mich leise an, verließ ihr Zimmer und lief durch die Straßen. Jede von Marias Gesten holte ich mir vor mein inneres Auge zurück. Und nach einiger Zeit begann ich, die Dinge in einem anderen Licht zu sehen. Konnte es möglich sein, dass sie vielleicht doch nur höflich gewesen war, als sie darauf verzichtet hatte, den Abend mit mir zu verbringen? Höflich und zuvorkommend, so wie es ihre Art war? War es möglich, dass man auch zu einem Menschen, den man liebte, »du bist lieb« sagen konnte? War ich vielleicht zu vorschnell gewesen? Schließlich musste ich ihr ja zugutehalten, dass sie verwirrt war, zermürbt, verzweifelt. Sie braucht Zeit, sagte ich mir. Das ist es, was sie vor allem braucht – Zeit. Und ich würde sie ihr lassen, dachte ich. Ich würde warten. Wie lange es auch dauern mochte. *Das* war der richtige Weg – oder? Oder machte ich mir doch etwas vor?

Als ich zu ihr kam, frühstückte sie gerade. Überrascht stand sie auf. »Ich habe dich noch nicht erwartet«, sagte sie und holte Teller und Tasse aus dem Regal.

Ich betrachtete sie verstohlen. Gleichmütig wirkte sie nicht; eher angespannt. Hatte es ihr doch etwas ausgemacht, mich in den Armen einer anderen zu wissen?

»Wie geht es dir?«, fragte ich.

Sie lächelte, doch es wirkte eher mühsam. »Es geht so«, sagte sie.

Eine Woge von Zärtlichkeit fuhr über mich hin. Ich stellte mich neben sie und legte eine Hand leicht auf ihre Schulter. »Alles wird gut«, sagte ich leise. »Du wirst sehen …«

Sie nahm meine Hand und schmiegte ihre Wange hinein. »Hoffentlich hast du Recht«, sagte sie.

Ich setzte mich hin, und sie schenkte mir Kaffee ein.

»Sie ist nett, deine Phoebe«, sagte sie.

Ich fuhr auf. »Sie ist nicht ›meine‹ Phoebe«, gab ich barsch zurück. »Sie bildet es sich nur ein!«

»Dann tut sie mir leid«, sagte Maria still.

Ihre beweglichen Augenbrauen zuckten in die Höhe.

»Was sind wir nur für eine Truppe«, sagte sie, halb traurig, halb belustigt. »Keiner kann mit keinem …«

Ich räusperte mich. »Das müsste nicht so sein«, sagte ich kühn.

Sie lächelte mich an. »Nein – müsste es nicht«, entgegnete sie.

Eine Weile schwiegen wir.

»Mir wird so manches klar hier«, sagte sie plötzlich. Ich spitzte die Ohren.

»Zum Beispiel habe ich herausgefunden, dass ich Johann oft mit den Augen meines Vaters gesehen habe …«

»Deines Vaters?«

Sie nickte. »Meine Mutter ist da ganz anders … Sie ist ein seltsamer Mensch, weißt du«, sagte sie leise. »So – so – in sich gekehrt … Sie war niemals richtig anwesend, wenn du verstehst, was ich meine, sie lebte immer hauptsächlich in ihrer eigenen Welt; hielt immer auf Distanz, verstehst du, zu ihren

Patienten, zu ihrem Mann, zu mir … Es wäre undenkbar gewesen, dass sie für mich Partei ergriffen hätte!«

»Und deine eigenen Augen – was hätten sie dir gesagt? Wenn du Johann mit deinen eigenen Augen gesehen hättest?«

Sie schüttelte hilflos den Kopf.

»Das weiß ich nicht so genau«, sagte sie. »Ich weiß nur eines – wenn wir Kinder haben würden, säße ich jetzt nicht hier!«

Mit einem Mal sah ich wieder Johann vor mir; alt wirkte er und bitter und einsam, und Schuldgefühle schlugen über mir zusammen. Ich war im Begriff, ihm die Frau, die er liebte, wegzunehmen! Wenn er wüsste, mit welchen Absichten ich ihr hier gegenübersaß! Wie sollte ich ihm jemals wieder in die Augen blicken?

»Das Schlimme ist«, sagte Maria plötzlich, »das Schlimme ist, dass er – dass er keine Fantasie hat«, sagte sie. »Und ich habe eine Menge davon – und das geht nicht zusammen …«

Hatte ich Fantasie? Jedenfalls mehr als mein Bruder. Ich wusste, was sie meinte – eine gewisse geistige Beweglichkeit, eine lebhafte Vorstellungskraft. Es war schrecklich, einen Menschen so kritisch zu sehen. Meinen Bruder so kritisch zu sehen. Sollte ich ihn verteidigen, ihm zu Hilfe kommen? Aber: er war es nicht gewohnt, über das Leben groß nachzudenken – das war einfach eine Tatsache. Er war es nicht gewohnt, und wahrscheinlich sah er es auch nicht als erstrebenswert für sich an, dies zu tun. Selbst dann nicht, wenn er darüber Maria verlor?

Sie schob ihren Teller zurück, stand auf und setzte sich im Schneidersitz auf das Bett. Über den Tisch hinweg sah sie mich an. »Lass uns über etwas anderes reden«, sagte sie. Sie klopfte neben sich auf die Decke. »Komm – lass uns Pläne machen – lass uns überlegen, was wir heute tun wollen, oder hast du keine Zeit?«

Ich lächelte. »Ich habe alle Zeit der Welt«, sagte ich. »Es sind ja schließlich Ferien!«

»Ach ja – daran hatte ich gar nicht gedacht«, gab sie zurück. »Also – was machen wir heute?«

Ich setzte mich neben sie. Sie duftete nach meinem Parfum. Ihre Haare hatte sie hochgesteckt, sodass man ihren schönen Nacken sah. Ich starrte darauf. Erst nach einiger Zeit bemerkte ich, dass sie nichts sagte. Ich hob meinen Blick. Wir sahen uns in die Augen. Wenn sie nicht gleich etwas sagte …

»Maria«, flüsterte ich.

»Ja?«, gab sie leise zurück.

Ich beugte mich zu ihr hinüber. Immer näher kamen ihre leicht geöffneten Lippen … Meine Hand umfasste ihren Nacken, und ich küsste sie. Mein Herzschlag setzte aus, als sie, für den Bruchteil einer Sekunde, meinen Kuss erwiderte. Doch dann schob sie mich zurück. Ich senkte die Augen. Sie strich mir über die Wange. In diesem Augenblick wusste ich, dass ich sie verloren hatte. Kälte kroch mir den Rücken hinauf. Ich wandte mich ab. Sie nahm meine Hand, doch ich entzog sie ihr.

»Jetzt weißt du es«, sagte ich mühsam.

Ich spürte, wie sie nickte. »Ich – ich weiß nicht, was ich sagen soll«, flüsterte sie.

»Am besten gar nichts«, sagte ich gewollt forsch. Eine tiefe Röte war mir in die Wangen gestiegen. Linkisch erhob ich mich. Ich stellte mich ans Fenster, mit dem Rücken zu ihr.

»Ich hätte nicht kommen sollen«, sagte sie. »Es tut mir leid – sehr leid!«

»Es braucht dir nicht leidzutun«, gab ich zurück.

»Doch, tut es – o Gott, verzeih mir …«

Ich hörte, wie sie aufstand und zu mir ans Fenster trat. Sie legte mir ihre Hand auf die Schulter. »Ich habe dich sehr lieb«, sagte sie leise. »Weißt du das?«

Ich nickte stumm.

Dann machte sie sich hinter mir zu schaffen; ich hörte das Scheppern von Geschirr, hörte, wie sie hin und her lief. Ich rührte mich nicht. Ein Reißverschluss wurde zugezogen. Ich wandte mich um.

»Was wirst du tun?«, fragte ich leise.

»Zuerst einmal hier ausziehen«, sagte sie. »Alles Weitere wird sich finden!«

»Brauchst du Geld?«

Sie schüttelte den Kopf. Dann trat sie vor mich hin und nahm mein Gesicht in ihre Hände. »Mach's gut, Nikolas«, sagte sie weich. »Und danke für alles!«

»Mach's du auch gut«, sagte ich heiser.

Die Tür klappte.

Maria war gegangen.

Das ist die ganze Geschichte.

Maria kehrte zu Johann zurück. Und ich machte mich daran, von ihnen zu erzählen: von Maria, von Johann, meinem Bruder. Und von mir. Diese Erzählung gab ich einem Verlag, und er nahm sie an.

Doch halt: eines muss ich noch hinzufügen. Ein Jahr später, als ich die beiden zum ersten Mal auf ihrem Hof besuchte, hatte Maria gerade einen Sohn geboren. Sie nannten ihn Nikolas.

Snorre Björkson
Präludium für Josse
Roman
262 Seiten. Gebunden
ISBN 3-351-03085-1

Ein Sommer voller Glück und Poesie

Holtes liebt Josse, und sie liebt Johann Sebastian Bach. Das erste Mal begegnen sich die beiden im Posaunenchor auf einem Friedhof im November. Nichts scheint verheißungsvoller als der bevorstehende Sommer, denn Josse hat das Abitur in der Tasche und genießt ihre freien Tage. Um ihr Herz zu gewinnen, macht Holtes einen verwegenen Vorschlag und entführt Josse auf eine Reise: Die Bach-Biographie im Gepäck unternehmen die beiden eine Wanderung auf den Spuren des Komponisten. Sie erleben einen Sommer der Liebe zwischen duftenden Wiesen und Getreidefeldern und verbringen romantische Nächte unter freiem Himmel. Irgendwann aber erreichen sie Lübeck, das Ziel der Reise, mit dem sich ihre gemeinsame Zeit dem Ende nähert. Ein warmer, tiefgründiger und zu Herzen gehender Roman über Musik, große Gefühle und den Zauber des Augenblicks, geschrieben in einer meisterhaft komponierten Sprache.

Mehr Informationen erhalten Sie unter
www.aufbau-verlag.de oder in Ihrer Buchhandlung

aufbau
AUFBAU VERLAGSGRUPPE

Goliarda Sapienza
In den Himmel stürzen
Roman
442 Seiten. Gebunden
ISBN 3-351-03022-3

»Radikal-feministischer Aufklärungsroman« Die Presse

Die respektlose Geschichte einer Frau, die zeit ihres Lebens nur einem Gott huldigt: der Freiheit. »Dieser Roman ist eine Anhäufung von Bosheit und Scheußlichkeiten. Solange ich lebe, werde ich niemals zulassen, daß ein solches Buch veröffentlicht wird«, befand 1976 ein bedeutender italienischer Kritiker. Erst 20 Jahre später wagten sich italienische Verlage an den skandalös freizügigen Text.
Sizilien um 1900. Die Waise Modesta wächst im Kloster auf. 16jährig fädelt sie den »tragischen Tod« der bigotten Oberin ein. Anschließend findet sie sich, deren Testament zufolge, auf dem Landgut einer Adelsfamilie wieder. Zwei Leidenschaften, eine Hochzeit und einen Todesfall später ist sie mit 18 Jahren Herrin des Landgutes und beginnt, ihren ganz eigenen Traum von Freiheit zu verwirklichen.

»Ein Buch, das man von der ersten bis zur letzten Zeile verschlingt.« il Giorno

Auch als im Taschenbuch:
In den Himmel stürzen. Roman. AtV 2281-6

Mehr Informationen erhalten Sie unter
www.aufbau-verlag.de oder in Ihrer Buchhandlung

aufbau
AUFBAU VERLAGSGRUPPE

Gabriele Wohmann
Scherben hätten Glück gebracht
Erzählungen
200 Seiten. Gebunden
ISBN 978-3-351-03081-0

Keine sieht schärfer, keine schreibt pointierter

Wenn jemand die hohe Kunst der Kurzgeschichte beherrscht, dann ist das Gabriele Wohmann. Mit jeder Erzählung erweitert sie die Erfahrung ihrer Leser um ein neues Minidrama, bevölkert sie mit Figuren, die um so abgründiger sind, je normaler sie wirken. Verpaßte Gelegenheiten, alte Verletzungen, verdrängte Sehnsüchte blitzen in Sekunden auf oder überschatten ein ganzes Leben. Die Figuren bewegen sich wie überforderte oder listige Hauptdarsteller in der Wirklichkeit, fallen aus ihrer Rolle, hinein in Mißgeschicke, erleben Leid und Wonne sowie Augenblicke des Triumphs. Frisch, ironisch und lustvoll seziert Gabriele Wohmann individuelle und zwischenmenschliche Katastrophen.

»Niemand hat mit sensibleren Ohren in unsere Häuser gehorcht.« SÜDDEUTSCHE ZEITUNG

»Eine unbestechliche Beobachterin.« DIE ZEIT

Mehr Informationen erhalten Sie unter
www.aufbauverlagsgruppe.de oder in Ihrer Buchhandlung

aufbau
AUFBAU VERLAGSGRUPPE

Literatur der Gegenwart: Zwischen Traum und Realität

BARBARA FRISCHMUTH
Die Entschlüsselung
»Wie ein minuziös recherchierter Kriminalroman führt das Buch in die furchtbar schöne Steiermark mit ihren Originalschauplätzen der nicht allzu lang vergangenen Nazi-Geschichte und weiter zurück in die mythische Vorzeit der Druiden.«
NEUE ZÜRCHER ZEITUNG
»Barbara Frischmuth verdreht dem Leser mit einem ungewöhnlichen literarischen Puzzle den Kopf.«
DEUTSCHLANDRADIO
195 Seiten. AtV 1943

HANSJÖRG SCHERTENLEIB
Von Hund zu Hund
Geschichten aus dem Koffer des Apothekers
»Die Geschichten enthalten ein Geheimnis, das Schertenleibs lakonische Beschreibungsprosa um neue, fast kafkaeske Nuancen bereichert. Manchmal verdichten sich die Alltagsdetails und spröden Aussagesätze zu einer somnambulen Magie.« TAGESANZEIGER
208 Seiten. AtV 1912

LENKA REINEROVÁ
Das Traumcafé einer Pragerin
In all ihren Erzählungen beschreibt Lenka Reinerová, eine der letzten Zeitzeuginnen der Emigration, Stationen ihres Lebens – das Prag der 30er Jahre, das Exil in Frankreich und Mexiko, den Stalinismus in den 50ern und jüngste Erfahrungen. Trotz aller bitteren, furchtbaren Geschehnisse sind es menschen- und lebensfreundliche Erinnerungen, weise und wehmütig. 2003 erhielt Lenka Reinerová mit Jorge Semprún die Goethe-Medaille des Goethe-Instituts Inter Nationes.
Erzählungen. 269 Seiten. AtV 1168

KLAUS SCHLESINGER
Trug
Klaus Schlesinger treibt ein perfektes, suggestives Vexierspiel um zwei Identitäten und zwei Lebensentwürfe im geteilten Deutschland.
»Schlesingers letzter Roman schließt auf eine paradoxe Weise Anfang und Ende eines Lebenswerks zusammen. Schlesinger ist ein begnadeter Erzähler gewesen.«
FRANKFURTER RUNDSCHAU
Roman. 190 Seiten. AtV 1785

Mehr unter
www.aufbauverlagsgruppe.de
oder bei Ihrem Buchhändler

aufbau taschenbuch
AUFBAU VERLAGSGRUPPE

Literatur der Gegenwart: Von Sehnsucht und Glück

HANSJÖRG SCHERTENLEIB
Die Namenlosen
Christa Notter wird gejagt. Die 40jährige Frau versteckt sich in Irland und schreibt ihrer Tochter. Sie schreibt gegen die Zeit und um ihr Leben, denn sie hat die Sekte verraten, deren Mitglied sie war. Gekonnt verbindet Schertenleib das Thriller-Genre mit seiner einfühlsam beobachtenden, poetischen Sprache. »Knapper kann man eine Geschichte nicht erzählen, spannender auch nicht.« BERNER ZEITUNG
Roman. 314 Seiten. AtV 1853

DETLEV MEYER
Das Sonnenkind
In seinen letzten Lebensmonaten hat sich Detlev Meyer an seine Kindheit erinnert, an die intensiven Momente des Glücks und der Geborgenheit. Der junge Held seines Romans wächst, wie der Autor, im Berlin der Wirtschaftswunderzeit auf, zwischen Neuköllner Schiffahrtskanal und Café Kranzler, das er mit dem geliebten Großvater besucht. Als der alte Charmeur stirbt, verändert sich die Welt des »Sonnenkindes«. »Ein fast märchenhaftes Buch vom Abschiednehmen.«
FRANKFURTER NEUE PRESSE
Roman. 188 Seiten. AtV 1938

RICHARD WAGNER
Miss Bukarest
Ein meisterlicher Roman über die rumänische Vergangenheit und die deutsche Gegenwart, erzählt von drei Protagonisten, die die verschiedensten Motive verfolgen: politische, poetische und kriminalistische. Der Tod einer faszinierenden und standhaften Frau ruft ihren ehemaligen Liebhaber als Detektiv auf den Plan. Ein unbestechliches Buch, das sprachliche Brillanz, Gedankenschärfe und Aufrichtigkeit vereint. »Spannend, von der ersten bis zur letzten Seite.« F.A.Z.
Roman. 190 Seiten. AtV 1951

MARTIN MOSEBACH
Eine lange Nacht
Martin Mosebachs Roman erzählt nicht nur voller Ironie von einer überraschenden Selbstfindung, sondern zugleich von den Verunsicherungen und Variationen der Liebe. Ein Roman, »um dessentwillen man sich eine einsame Insel wünscht, auf der man es sich mit ihm gemütlich machen kann«.
LITERATUREN
Roman. 575 Seiten. AtV 1974

Mehr unter
www.aufbauverlagsgruppe.de
oder bei Ihrem Buchhändler